KB252872

劍皇至尊步

검황지존보

휘(暉) 신무협 판타지 소설  6 완결

검 황 지 존 보 6
휘 新무협 판타지 소설

초판 1쇄 찍은 날 § 2007년 2월 15일
초판 1쇄 펴낸 날 § 2007년 2월 26일

지은이 § 휘
펴낸이 § 서경석

편집장 § 문혜영
편집책임 § 이재권
편집 § 유경화

펴낸곳 § 도서출판 청어람
등록번호 § 제1081-1-89호
등록일자 § 1999. 5. 31
어람번호 § 제2-1131호

주소 § 경기도 부천시 원미구 심곡1동 350-1 남성B/D 3F (우) 420-011
전화 § 032-656-4452 팩스 § 032-656-4453
http://www.chungeoram.com
E-mail § eoram99@chollian.net



ISBN 978-89-251-0552-9 04810
ISBN 89-251-0251-X (세트)

휘(暉) 신무협 판타지 소설

# 검황지존보

**6 완결**

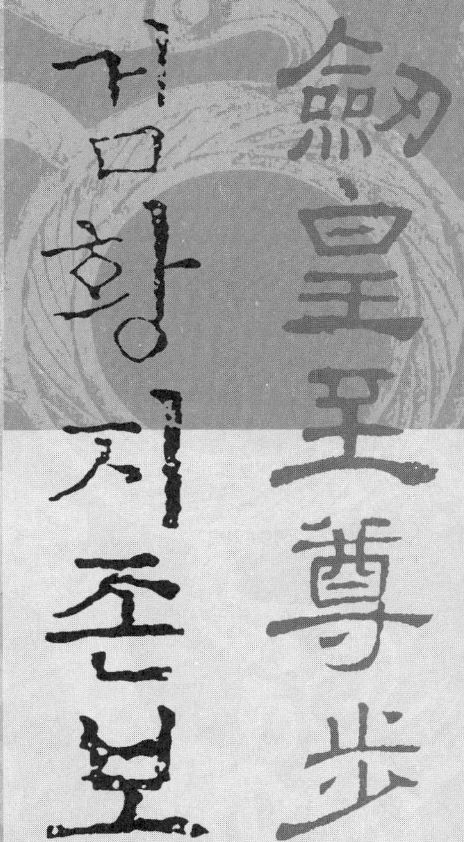


대경은 묵직한 무게를 느끼며 마치 자신의 한 부분인양 소중하게 느껴졌다. 이제는 자신과 평생을 같이한 벗이자, 애검이었다. 마음속 깊은 곳에서 울리는 검명(劍鳴)을 들었다. '웅웅웅.' 마치 새 주인을 반기는 것처럼… 훗날, 검황지존이라 불리는 작은 감동의 외침이었다.

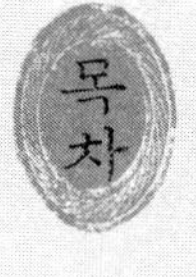

# 목차

第十一章

인연의 시작과 끝은 어드메뇨

**산**서의 남단에 위치한 설화산의 가파른 산등성이가 굽이
쳐 흐르는 심처에 불회곡이라 불리는 험한 계곡이 자리하고
있었다.

불회곡(不回谷)!

인근 마을에서는 마곡이라 부르며 발길을 삼가는 곳으로
인적이 끊어진 지 이미 오래된 계곡이었다.

항시 사시사철 짙은 안개에 뒤덮여 있을 뿐 아니라 한 번
들어서면 결코 살아 돌아올 수 없다는 유계곡(幽界谷)으로 더
잘 알려진 곳이었다.

불회곡의 심처에 끝없이 하늘을 향해 드높이 솟아오른 한 쌍의 기암절벽이 운무 속에 제 모습을 감추고 있었다.

그리고 그 아래에는 희뿌연 안개 속에 희미하게 보이는 커다란 성채가 자리하고 있었다. 견고한 계단식 전각이 층을 이루고 있어 마치 성벽 위에 또 다른 성벽을 쌓아놓은 모습을 보는 것 같았다. 이 난공불락으로 보이는 철옹성은 바로 천황문이었다.

황천야(黃泉野)!

천황문의 전방 사십여 장 앞에는 제법 평탄한 지형을 이루는 좁고 긴 벌판이 놓여 있었다.

이곳 역시 불회곡에 위치한 장소라 대낮에 해당하는 하루 두세 시진의 시간을 제외하면 황천의 입구처럼 항시 어둠이 깃드는 장소였다. 따라서 천황문도 사이에서는 황천야라 불리고 있었다.

'현무당!'

지금 황천야에는 몰려든 무인들로 북적이고 있었다.

바로 무림맹의 선봉대인 현무당원이었다. 황룡당의 선전으로 인해 강남맹의 발길이 고융중에 묶이자 한동안 주춤거리던 그들의 행보가 드디어 이곳 설화산으로 향한 것이다.

하지만 천황문 자체가 계곡을 이용해 만든 천연의 요새이고, 황천야 역시 폭이 좁고 긴 지형이라 주작당까지 들어서기에는 무리가 있었다. 따라서 화산, 곤륜, 공동, 종남, 그리고 개방으로 이루어진 현무당이 먼저 선발대로 나선 것이다.

현무당은 소림, 무당, 청성, 아미와 점창으로 구성되어 있는 주작당에 비해 다소 뒤처지는 전력이기에 사실상 이번 공략은 전초전의 성격을 띠고 있었다.

‘이건 도무지……’

현무당의 당주를 맡고 있는 청원 진인(靑原眞人)의 미간은 잔뜩 찌푸려져 있었다.

그는 현 화산의 장문인으로서 혜검자와 절친한 사이로 알려진 청양 진인의 사형이었다.

또한 화산이 자랑하는 자하신공을 극성으로 익혔을 뿐 아니라 구파일방의 수뇌부 중에서도 단연 그 무위가 손꼽히는 인물이었다. 그런 그가 벌겋게 달아오른 얼굴로 천황문을 바라보고 있었다.

그의 얼굴에는 왠지 당황하는 기색이 역력했다.

“후― 유!”

청원 진인이 긴 한숨을 내쉬며 잠시 주변을 둘러보았다.

예상대로 운룡 진인, 허각 진인, 진우자, 그리고 천결개에 이르기까지 각파의 장문인들과 개방주의 얼굴은 잔뜩 굳어져 있었다. 그들 역시 거대한 철탑을 보는 듯한 견고한 철옹성에 왠지 위축된 모습이었다.

문득 청원 진인의 옆에서 걱정스런 표정으로 천황문을 바라보던 운룡 진인이 입을 열었다.

"당주! 어떻게 하실 생각이시오?"

"글쎄요… 정면 돌파를 시도하기도 그렇고, 이미 전력이 노출된 상태에서 암벽 뒤로 돌아가 기습을 가하기도 그렇고, 참으로 애매하군요."

두 사람의 말에 허각 진인이 나섰다.

"당주! 그 무슨 말씀을 하시는 게요? 잊으셨소이까? 우리 현무당은 무림맹의 선발대올시다. 당연히 위험을 무릅쓰고라도 저들을 공략해야 하지 않겠소이까?"

순간, 듣고 있던 운룡 진인의 탐스러운 눈썹이 꿈틀거렸다.

"허, 답답하구려! 지금 그걸 누가 몰라서 이러고 있소? 저들을 공략할 만한 적절한 대책이 없으니까 이러고 있는 것이 아니오. 만일 장문인께서 납득할 만한 계책이 있다면 서슴없이 말씀해 보시구려!"

"크흠!"

허각 진인이 헛기침을 하며 슬그머니 시선을 옆으로 향했다.

그의 얼굴은 벌겋게 달아올라 있었다. 항시 마음에 들지 않던 운룡 진인에게 제대로 일침을 당하고 나니 심사가 편할 리 없었다.

‘호호호!’

반면 운룡 진인의 얼굴에는 화사한 미소가 떠올라 있었다.

항시 당하고만 있다가 오랜만에 확실한 일침을 가하고 나니 십 년 묵은 체증이 확 뚫리는 기분이었다. 잠시 두 사람 사이에 냉랭한 기류가 흐르자 청원 진인이 빠르게 나섰다.

“두 분 모두 조금씩만 양보하시지요. 지금은 저들을 공략할 만한 계책에 대해 논의해야 할 때가 아니겠습니까? 그러니…….”

하지만 그의 말은 이어지지 못했다. 갑자기 황천야를 뒤흔드는 커다란 목소리가 들려왔다.

“네놈들이 무림맹의 떨거지들이냐?”

진기가 실려 있는지 고함은 계곡 안에 울려 퍼졌다.

순간, 현무당의 수뇌부를 포함한 모두의 시선이 일제히 전방의 누각을 향했다.

천황문 앞에는 계곡 사이를 막아서는 오 장 높이의 성벽과 같은 담장이 쌓여 있었다. 그 담장의 한가운데 위치한 정문 위에 솟아 있는 누각에는 한 노인이 모습을 드러내고 있었다.

굳세게 바닥을 딛고 서 있는 그의 두 다리는 마치 거대한 전각의 굵은 대들보를 연상케 했다.

‘저자는……?’

청원 진인의 미간이 심한 골을 이루었다.

왠지 눈앞에 보이는 노인의 기도가 심상치 않아 보였던 것이다. 자신이라 해도 결코 장담할 수 없는 인물이었다. 그렇게 잠시 생각에 잠겨 있는 사이 또다시 노인의 거친 목소리가 들려왔다.

"제 주제도 모르고 헐떡거리며 땅 위로 기어올라 온 토룡(土龍) 같은 놈들아! 왜 거기서 한 발자국도 움직이지 못하고 있는 것이냐? 그럴 것 같으면 뭐 하러 이 먼 곳까지 다리품을 팔아가며 온 것이냐?"

'허……!'

청원 진인이 난생처음 들어보는 거친 말에 당황스런 표정을 짓고 있을 때였다.

"야, 이 바람이 들어 푸석해진 무 같은 늙은 놈아! 그러는 너는 철이 지나고도 왜 밭고랑에서 헤어나지 못하고 그렇게 처박혀 있는 것이냐?"

허각 진인의 속 시원한 반박에 모처럼 운룡 진인이 편을 들고 나섰다.

"공동 장문인의 말씀이 지당하오! 저자는 사리를 분별하지 못하는 우매한……."

하지만 그의 말은 더 이상 이어지지 못했다.

"오라! 네놈이 바로 그 공동의 벌거숭이 허각이란 놈이로구나! 추운 이른 봄에 잘못 뛰쳐나와 덜덜 떨고 있는 개구리

같이 생긴 놈이 생뚱맞은 소리만 지껄여 대고 있구나!"

노인의 거친 말이 사방에 울려 퍼졌다.

"풋! 푸웃!"

순간, 여기저기서 킥킥거리는 소리가 터져 나왔다.

"이익······!"

허각 진인의 얼굴이 벌겋게 달아올랐다.

평소 그가 부모로부터 물려받은 고귀한 유산 중 가장 듣기 싫어하는 소리가 바로 개구리를 닮았다는 말이었다.

갑자기 머릿속이 뿌예지며 말문이 막히는 것을 느꼈다. 뿐만 아니라 등줄기를 따라 식은땀마저 줄줄 흘러내리고 있을 때였다.

또다시 일격을 날리는 노인의 커다란 목소리가 들려왔다.

"풋허허허! 네놈의 얼굴을 보아하니 겨우내 땅속에서 잠을 자며 쌓여 있던 굵은 덩어리들을 쏟아내고 싶은 게로구나. 내 잠시 기다려 줄 터이니 어서 뒷간에나 다녀오너라!"

'윽······!'

결국 허각 진인의 안면이 심하게 구겨지고 말았다.

더불어 시뻘겋게 달아오른 화로를 연상케 하는 얼굴에 삐죽 튀어나온 양 귀는 마른 장작에 불을 지펴 몽실몽실 연기가 피어오르는 굴뚝으로 변했다.

노인은 계속해서 만면에 미소를 띠며 말을 이었다.

"나는 천황문의 장로인 권왕 진천이라고 한다. 네놈들이 이곳까지 발품을 판 것을 가엾이 여겨 내 한 가지 제안을 하마! 기꺼이 도전을 허락해 줄 테니 자신있는 놈이 있으면 어서 나서보아라!"

'으음!'

순간, 청원 진인의 미간이 좁아졌다.

상대는 교묘히 격장지계를 펼치며 자신과의 대결을 부추기고 있었다. 그것은 분명 자신감의 표출이기도 하지만 현 수뇌부 중 한 명을 제거함과 동시에 현무당의 사기를 꺾으려는 수작이었다.

문득 계곡에 들어서기 전, 후방의 진영에 남아 있는 제갈 군사가 해준 말이 떠올랐다.

"장문인, 분명 놈들은 어떻게 해서든지 수뇌부와의 일 대 일 대결을 유도할 것입니다. 거기에 휘말리면 절대로 안 됩니다. 그들 개개인의 무위가 현무당의 수뇌부에 비해 상대적으로 강할 뿐 아니라 일방적으로 패할 경우 현무당원의 사기에 지대한 악영향을 미칠 수 있기 때문입니다. 따라서 그들의 격장지계에 절대로 휘말리면 안 됩니다."

그의 말은 정확히 맞아들었다.

　상대는 자꾸만 수뇌부들의 자존심을 건드리며 대결을 유도하고 있었다. 따라서 그와 맞서는 일은 결국 그들의 의도에 말려드는 일이나 다름없었다.

　흥분하고 있는 수뇌부에게 그 점을 알리기 위해 시선을 돌리는 사이 또다시 그의 커다란 목소리가 들려왔다.

　“야, 이 자라 같은 겁쟁이 놈들아! 기회를 주어도 나서지 못하는 것을 보니 참으로 한심하구나! 그러고도 네놈들이 정파의 수장이라고 떠들어대는 것이냐? 머리만 파묻지 말고 자신 있으면 어서 썩 나서보아라!”

　순간, 여기저기서 웅성거리는 소리가 들려왔다.

　청원 진인이 잠시 뒤를 돌아다보니 제자들이 잔뜩 붉어진 얼굴로 설왕설래(說往說來)하고 있었다.

　‘으음!’

　그의 말에 현무당원 모두가 흥분하고 있는 것이었다.

　명문정파라는 자부심을 가지고 있는 그들에게 그의 거친 말은 참을 수 없는 모욕임에 분명했다. 상대는 정확히 그 점을 파악하여 감정을 자극하고 있었다.

　문득 전방을 주시하던 개방주 천걸개가 입을 열었다.

　“아무래도 놈이 격장지계를 펼치는 것 같구려!”

　“그렇소! 우리 수뇌부 중 누군가와의 대결을 유도해 현무당의 사기를 꺾어놓으려는 수작임이 분명하오!”

　순간, 터질 듯 붉어진 얼굴의 허각 진인이 목청을 돋우었다.

　"하지만 이대로 일방적으로 당하고만 있을 수는 없지 않소이까? 어떻게든 놈들의 기를 꺾어놓아야 현무당의 사기를 북돋울 수 있지 않겠느냐는 말이오."

　듣고 있던 운룡 진인이 허각 진인의 편을 들고 나섰다.

　"본인의 생각도 그러하오. 이곳까지 와서 변변한 공략 한 번 해보지 못하고 심한 언공만 당한 뒤 물러선다면 참으로 난감하지 않겠소?"

　"그렇기는 하지만……."

　청원 진인이 말끝을 흐리며 입을 다물었다.

　상황이 너무 애매한 것이다. 그의 말대로 무림맹의 선발대로 나서 공략 한번 제대로 해보지 못하고 일방적으로 독설만 들은 채 물러서기에는 다소 난감한 상황이었다.

　하지만 누가 있어 장담할 수 없는 무위를 지닌 그와 겨루겠는가?

　아무리 둘러봐도 권왕이라는 인물에 맞설 만한 수뇌부는 보이지 않았다. 그렇다고 자신이 나서기도 뭐하니 선뜻 결정을 내리지 못하고 있을 때였다.

　또다시 권왕의 커다란 목소리가 들려왔다.

　"야, 이 겁 많은 정파의 떨거지 놈들아! 내가 무서워서 나서지 못하는 것이냐? 그렇다면 우리 무전(武殿)의 오각 중 금각(金閣)을 맡고 있는 비호도(飛虎刀) 장룡을 내보낼 테니 그와 겨루어보아라! 설마 각주마저 두려워서 피하는 것은 아니겠지?"

순간, 장내에는 또다시 웅성거리는 소리로 술렁거렸다.

어느새 그의 옆에는 사십대로 보이는 당당한 체구의 한 사내가 모습을 드러내고 있었다.

'으음……!'

청원 진인의 미간이 심한 골을 이루었다.

더 이상은 피할 수 있는 상황이 아니었다. 장로도 아닌 각주가 나서겠다는데 그마저 회피한다면 정말 사기에 악영향을 미칠 수밖에 없었다.

문득 누구를 지명해야 할지 난처해하고 있을 때였다.

"당주님, 제가 저자를 상대하겠습니다."

이대주를 맡고 있는 허월 진인(虛月眞人)이 나섰다.

그는 허각 진인의 사제로 공동의 장로 신분이었다. 구파일방 내에서는 제법 출중한 무위를 지녔다고 알려져 있을 뿐 아니라 자신의 사제인 일대주 청양 진인과 비교해 결코 우열을 가리기 어려운 인물이었다.

'으음! 허월 진인이라면……!'

청원 진인의 고개가 천천히 끄덕여졌다.

문득 허월 진인 정도라면 아무리 천황문이 고수로 이루어진 집단이라 해도 각주급은 충분히 상대할 수 있을 거란 생각이 들었다. 시선을 잠시 옆으로 향하니 허각 진인이 동의한다는 표정을 지으며 고개를 끄덕이고 있었다.

청원 진인의 시선이 허월 진인을 향했다.

"좋네! 그럼 자네를 믿겠네! 꼭 저들에게 우리 현무당의 위상을 보여주기 바라네!"

"예, 걱정하지 마십시오. 놈들의 코를 납작하게 만들어놓겠습니다."

청원 진인이 만족스런 표정을 지으며 누각으로 시선을 향했다.

"좋소! 우리 현무당에서는 이대주를 맡고 있는 공동의 허월 진인이 나설 것이오. 그대에게 구파일방의 저력이 무엇인가를 보여주겠소!"

그의 말이 끝나는 순간이었다.

"와! 대주님! 건방진 천황문 놈들에게 구파일방의 무공이 무엇인지를 확실하게 보여주십시오!"

"와아! 무림맹 만세! 현무당 만세!"

갑자기 여기저기서 당원들의 함성이 터져 나왔다.

그 모습을 둘러보는 청원 진인의 얼굴에 미소가 맺힐 때쯤 금각주 비호도 장룡이 누각에서 뛰어내렸다.

'응?'

순간, 청원 진인의 눈에 이채가 서렸다.

오 장가량 되어 보이는 적지 않은 높이이건만 그의 내려서
는 동작에는 일체의 흐트러짐이 없었다. 오히려 사뿐히 내려
섬과 동시에 빠르게 자세를 취하고 있었다.

'으음! 상당한 고수로구나!'

왠지 쉽지만은 않겠다는 생각이 들었다.

문득 발걸음을 옮기고 있는 허월 진인의 신형이 시선을 가
득 메워왔다.

잠시 후, 이 인의 신형이 마주 서자 장내는 찬물을 끼얹은
듯 고요한 침묵 속에 빠져들었다. 곧이어 어디선가 불어오는
한줄기 바람이 두 사람 사이를 스쳐 가는 순간이었다.

"타앗!"

비호도의 커다란 외침이 장내에 울려 퍼졌다.

동시에 그의 신형이 쭉 미끄러지는가 싶더니 새하얀 도신
이 번쩍이며 허월 진인의 목을 향해 날아들었다. 일체의 군더
더기 없는 깔끔한 동작에 이어지는 엄청난 쾌도였다.

하지만 상대는 공동이 자랑하는 허월 진인이었다. 재빨리
옆으로 비켜서며 도를 쳐내고는 옆구리에 일검을 날렸다.

챙! 챙! 챙!

도검이 세차게 맞부딪치며 토해내는 소리가 장내에 가득

울려 퍼졌다.

하지만 그들의 접전은 오래가지 않았다. 한순간 비호도의 눈빛이 반짝이는가 싶더니 날아드는 검을 내려치며 바닥을 차고 올랐다. 동시에 비스듬히 신형을 누이며 허월 진인의 태양혈을 향해 일각을 날렸다.

"허억!"

허월 진인의 입에서 헛바람 켜는 소리가 흘러나왔다. 예상치 못한 일각에 상체를 뒤로 젖히며 일각을 피해냈지만 자세가 흐트러지고 말았다.

상대는 결코 그 틈을 놓치지 않았다. 일체의 망설임 없이 허공에 떠 있는 신형을 비틀며 남은 한 발을 빠르게 내뻗었다.

"크흑!"

허월 진인의 입에서 고통에 찬 신음이 터져 나왔다.

거궐에 말로는 표현하기 어려운 끔찍한 고통이 느껴진 것이다. 하지만 그마저도 통증을 느낄 시간이 없었다.

쐐애액!

어느새 등줄기가 싸늘해지며 정수리를 향해 내리꽂히는 날카로운 기운을 느꼈다.

눈앞이 새까매지며 정신이 가물거리는 와중에서도 이를 악물며 재빨리 신형을 옆으로 굴렸다. 뇌려타곤으로 겨우 위기를 모면하며 신형을 일으켜 세우는 순간이었다.

'이런……!'

또다시 상대의 발그림자가 전면을 시커멓게 메우며 안면을 향해 쇄도해 왔다. 할 수 없이 거리를 벌리기 위해 신형을 뒤로 날리려 할 때였다.

쐐애액!

거센 파공성이 들리며 목덜미를 향해 날카로운 기운이 쏘아져 왔다.

갑자기 온몸의 신경이 곤두서며 소름이 돋아나고 심장이 세차게 두근두근거렸다. 본능은 어서 신형을 피하라 재촉하며 아우성치고 있었다.

'아……!'

하지만 안타깝게도 거기까지였다.

"크아악!"

오늘의 자신을 있게 해준 복마검 한번 제대로 펼치지도 못하고 비명을 토하며 나뒹구는 자신이 느껴졌다.

어느새 허월 진인의 목덜미에는 굵은 혈선이 그어져 피분수가 솟구쳐 오르며 푸르스름한 도복은 온통 붉은 선혈로 물들고 있었다.

순간, 장내는 싸늘하게 식어가며 온통 침묵 속에 빠져들었다. 동시에 모두의 시선이 한곳으로 쏠리며 집중되었다.

그곳에는 맥없이 바닥에 엎어져 꿈틀거리고 있는 허월 진인의 신형이 놓여 있었다. 모든 인원이 숨죽이며 지켜보는 가운데 허각 진인의 커다란 외침이 터져 나왔다.

"사제!"

허월 진인을 향해 빠르게 신형을 날리며 쏘아져 갔다.

곧바로 목덜미의 상처를 지혈하기 위해 목 부위의 혈도를 짚고 두 손으로 짓누르며 안간힘을 다하고 있지만 안타까운 몸부림일 뿐이었다. 피는 멈추지 않고 계속해서 쏟아져 나오고 있었다.

문득 절망에 찬 허각 진인의 표정과 함께 허월 진인의 신형이 두세 번가량 버둥거리며 심한 발작을 일으키더니 그대로 움직임을 멈추었다.

"사제! 사제! 사— 제!"

허각 진인의 울먹이는 목소리가 장내에 울려 퍼졌다.

어느새 어둠이 깃들고 있는 불회곡에는 그의 처절한 절규만이 메아리치고 있었다. 허월 진인의 신형을 부둥켜안고 울부짖던 허각 진인의 시선이 서서히 전방을 향했다.

어느새 천황문의 정문이 열리고 비호도의 신형 뒤로 형형한 안광을 뿌리는 천황문도가 삼십여 장가량의 거리를 두고 도열해 있었다. 예상을 뒤엎고 철옹성이 오히려 활짝 열린 것이다.

그들의 얼굴에는 비릿한 미소가 떠올라 있었다.

울분에 찬 허각 진인의 시선이 청원 진인을 향했다.

"당주! 이대로 계실 것이오?"

'으음……!'

청원 진인의 미간이 천(川) 자를 이루었다.

잠시 넋을 잃고 있다가 허각 진인의 험한 표정에 정신을 퍼뜩 차린 것이다. 그는 지금 자신에게 진격 명령을 내리라 강요하고 있었다.

'무엇인가 잘못되었어……!'

청원 진인은 왠지 상대의 전력을 잘못 파악하고 있다는 생각이 들었다.

일개 각주에게 구파일방 내에서 제법 명성을 떨치던 공동의 장로 허월 진인이 검 한 번 제대로 휘둘러 보지 못하고 일방적으로 당하며 목숨을 잃은 것이다. 결코 가볍게 생각할 문제가 아니었다.

하지만 상황은 계속 여의치 않게 흘러가고 있었다. 또다시 허각 진인의 커다란 목소리가 들려왔다.

"당주! 정녕 이대로 가만히만 계시고 있을 것이오?"

청원 진인의 대답이 없자 더욱 목청을 돋우었다.

"어서 결정을 내려주시오!"

"장문인! 잠시 냉정하게 생각해 보시구려! 아무래도 저들은 쉽게 상대할 자들이…….”

순간, 허각 진인의 날카로운 음성이 말을 막았다.

“좋소! 당주의 심중이 정 그렇다면 우리 공동만이라도 움직이겠소! 놈들을 공략해 저 비웃고 있는 낯짝을 모두 뭉개 버릴 것이오!”

“장문인! 잠시만…….”

그의 말은 더 이상 이어지지 못했다.

허각 진인은 아랑곳하지 않고 고개를 돌려 큰 목소리로 외쳤다.

“공동의 제자들은 들어라! 놈들을 친다! 다시 한 번 말한다! 공동의 제자는 즉시 놈들을 깨끗이 쓸어버려라!”

“와! 장로님의 원수를 갚아라!”

“와아! 천황문 놈들을 쓸어버려라!”

여기저기서 커다란 외침이 터져 나왔다.

동시에 대열이 급격히 흐트러지며 수십여 명의 인원이 쏟아져 나왔다. 그들은 모두 공동의 제자들이었다. 그들의 동공에는 이글거리는 분노의 화염이 활활 치솟아오르고 있었다.

“장문인! 잠시만 기다려 보시오!”

사태가 심상치 않게 흘러가자 청원 진인이 빠르게 제지하며 나섰다.

하지만 이미 이성을 잃은 허각 진인을 말리기에는 역부족이었다. 그의 눈에는 지금 보이는 것이 없었다. 오직 들끓어 오르는 증오심만이 가득 차 있었다.

문득 청원 진인에게 원망스러운 눈빛을 띠더니 빠르게 선두로 나섰다. 곧이어 검을 곧추세우며 큰 목소리로 외쳤다.

"공동의 제자는 나를 따르라! 모두 용감하게 나서 단 한 놈도 남기지 말고 모두 쓸어버려라!"

"장문인의 명을 따릅니다!"

"와아! 천황문 놈들을 섬멸하라!"

허각 진인을 선두로 공동의 제자들이 커다란 함성을 내질렀다.

곧이어 일제히 신형을 날리며 대열을 이루고 있는 천황문도를 향해 쏘아져 갔다. 장내에 남은 현무당원은 곤욕스러운 표정을 지으며 전방으로 쇄도해 가는 공동 제자들의 뒷모습을 바라보고 있었다.

'이런……!'

청원 진인의 얼굴에 다급한 표정이 떠올랐다.

분명 좀 더 상황을 예의 주시해야 할 시점이건만 허각 진인은 이미 이성을 잃고 판단력마저 상실한 상태였다. 왠지 그가 상대의 격장지계에 말려들었다는 생각이 들었다.

하지만 나 몰라라 할 수도 없는 입장이었다.

어느새 그의 신형이 제자들과 함께 천황문도 가까이에 이르고 있었다. 어서 물러설지 말지 신속한 결정을 내려야 할 시점이었다.

'할 수 없구나!'

청원 진인이 미간을 좁히며 큰 목소리로 외쳤다.

"현무당원은 진격하라! 현무당원은 모두 진격해 공동의 제자들을 보호하라!"

"와! 명이 떨어졌다! 어서 놈들을 제거하라!"

"와아! 겁없이 날뛰는 천황문 놈들에게 현무당의 무서움을 뼈저리게 보여주어라!"

현무당원의 커다란 함성이 장내에 울려 퍼졌다.

동시에 그들의 신형이 일제히 허공을 꿰뚫는 화살이 되어 빠른 속도로 쏘아져 갔다.

'으음!'

청원 진인은 진격 명령을 내리고도 왠지 꺼림칙한 기분을 떨칠 수가 없었다.

하지만 일단 상대와 짧은 교전을 벌인 후 신속히 물러난다면 큰 피해는 없을 거란 생각이 들었다. 어차피 상대의 전력을 탐색하는 전초전이라 생각하니 조금은 마음이 편해지는 것을 느꼈다.

잠시 당원들이 쏘아져 가는 뒷모습을 바라보다가 그 역시 빠르게 신형을 날리며 뒤를 따랐다.

챙! 챙! 챙!

곧이어 장내에 거친 쇳소리가 울려 퍼졌다.

공동의 제자들에 이어 남은 현무당원이 가세하면서 천황문도와 어우러지기 시작했다. 더불어 장내에는 그들이 부딪치는 도검의 번뜩임으로 가득 찼다.

"으악! 크아악!"

여기저기서 비명이 터져 나왔다.

일체의 물러섬 없이 맞부딪치는 가운데 피해자가 속출하기 시작했다. 한편 최전방에는 허각 진인이 노호를 터뜨리며 비호도와 사납게 맞붙고 있었다.

'공동의 복마검!'

허각 진인은 처음부터 극성의 내력을 담아 공동의 절기인 복마검을 펼쳤다.

복마검 역시 척박한 환경에서 탄생한 검이기에 점창의 사일검과 함께 상당히 실전적이며 호전적인 검에 속했다. 따라서 거칠고 단호한 검의 성격으로 인해 구파일방 사이에서 변방의 무공이라며 은근히 무시를 당해왔던 것이 사실이었다. 심지어는 사파의 무공으로 취급당하기도 했다.

그렇게 오랫동안 외면받아 오던 복마검이 서러움을 토해내듯 불을 뿜으며 펼쳐지고 있었다.

"혼극파!"

허각 진인의 입에서 커다란 외침이 터져 나왔다.

어느새 그의 신형이 땅을 박차고 올랐다. 동시에 두 무릎을 가슴에 모아 떨어져 내리며 일검을 날렸다.

쐐애액!

허각 진인의 묵중한 검이 비호도의 정수리를 향해 내리꽂혔다.

일체의 변식을 제외한 일도양단의 기세 속에 형언할 수 없는 속도로 떨어져 내리는 무거움을 담은 살초였다.

순간, 비호도의 미간이 잔뜩 찌푸려졌다. 생각할 사이도 없이 곧바로 극성의 내력을 끌어올리며 빠르게 도를 쳐 올렸다.

"백수막(百收幕)!"

퍼엉!

비호도의 외침과 함께 커다란 폭음이 장내에 울려 퍼졌다.

"크흑!"

비호도의 입에서 짧은 비명이 터져 나오며 두세 걸음 뒤로 밀려났다.

상대의 내리꽂히는 일검이 심상치 않음을 느끼자 자신의 절기 익호도(翼虎刀)의 최강 방어 초식인 백수막을 극성으로 펼친 것이다.

하지만 허각 진인의 내력이 극성으로 담긴 복마검의 절초를 막아내기에는 다소 무리가 있었다. 정면으로 맞부딪치다가 괜히 극심한 손해만 입고 말았다. 진탕된 내부를 가라앉히기 위해 재빨리 숨을 고르는 순간이었다.

'네놈을 아주 요절내고 말리라!'

허각 진인의 입가에 시리도록 차가운 미소가 맺혔다.

비호도가 입가에 선혈을 내비치며 주춤거리는 사이 빠른 속도로 달려들며 연이어 복마검을 펼쳤다. 일단 기세가 오르자 결코 선공의 기회를 놓치지 않았다. 쉴 새 없이 상대의 전신 요혈을 노리며 날카로운 검을 찔러 넣었다.

시간이 흐를수록 비호도는 인상을 찌푸리며 밀리기 시작했다. 정신없이 몸을 비틀고 도를 휘두르며 날아드는 검을 쳐내기에 바빴다. 어느새 그의 이마에는 땀방울이 가득 차 빗물이 되어 흘러내리고 있었다.

문득 거궐을 향해 쏘아져 오던 검을 쳐내며 한 발 물러서던 비호도의 하체가 돌부리에 걸리며 휘청거리는 순간이었다.

"혼극섬!"

허각 진인의 입에서 커다란 외침이 토해져 나왔다.

동시에 날카로운 쾌검이 빛을 뿌리며 여지없이 허공을 갈랐다. 단 한순간의 틈을 놓치지 않고 가장 빠른 검초인 혼극섬을 펼친 것이다.

쐐애액!

짙푸른 기운이 검신에서 피어오르며 엄청난 속도로 비호

도의 천돌을 향해 쏘아져 갔다.

비호도는 이미 피하기 늦었다는 생각이 들자 지체없이 극성의 내력을 쏟아 부으며 익호도의 최절초를 펼쳤다.

"익호천하(翼虎天下)!"

새하얀 도신에서 희뿌연 기운이 솟아오르며 빠르게 쏘아져 오는 짙푸른 기운과 세차게 마주쳤다.

퍼엉!

커다란 폭음이 장내에 울려 퍼졌다.

"크흐윽!"

순간, 비호도의 입에서 비명이 터져 나오며 거칠게 퉁겨져 나갔다.

삼 장가량을 뒷걸음질치며 물러선 그는 심한 충격을 받은 듯 입가에 굵은 선혈을 쏟아내며 신형마저 비틀거리고 있었다.

'으윽!'

부딪침의 여파로 허각 진인 역시 적지 않은 충격을 받았다.

하지만 비호도를 노려보는 두 눈만은 이글거리며 활활 타오르고 있었다. 이 절호의 기회를 놓칠 수는 없었다. 다시 한 번 혼극섬을 펼치기로 마음먹었다.

"이놈! 저승에 가거든 내 사제에게 용서를 빌거라!"

그의 신형이 퉁겨지듯 비호도를 향해 쇄도해 갔다.

곧이어 남은 내력을 극성으로 쏟아내며 혼극섬을 펼쳤다.

"혼극섬!"

허각 진인의 입에서 커다란 외침이 터져 나왔다.

검에서 피어오른 짙푸른 기운이 또다시 비호도의 천돌을 향해 형언할 수 없는 속도로 쏟아져 갔다.

'헉!'

순간, 짙푸른 기운을 바라보는 비호도의 눈빛은 암울하게 변해갔다.

이미 자신의 내부에는 상대의 검을 막아낼 만한 한 올의 내력도 남아 있지 않았다. 그저 엄청난 속도로 천돌을 향해 날아드는 짙푸른 기운을 피하기 위해 사력을 다해 몸을 비틀 뿐이었다.

문득 허각 진인의 얼굴에 잔인한 미소가 피어올랐다.

상대가 몸을 비틀어 천돌을 피하고 있지만 구릿빛 굵은 목이 고스란히 시야에 들어왔다. 자신의 검이 그 갈색 기둥을 여지없이 꿰뚫는 장면을 떠올리며 검병을 쥔 손에 막 힘을 가하는 순간이었다.

'응?'

갑자기 전신에 말로는 표현할 수 없는 한기가 솟구쳐 올랐다.

곧이어 늑골 부위에 살을 에는 듯한 날카로운 촉감이 느껴졌다. 그것은 병장기에서나 느낄 수 있는 그런 예리한 기운이었다. 분명 자신보다 한 수 위의 고수가 쏟아내는 살기임에 틀림없었다.

'이런……!'

허각 진인은 생각할 겨를도 없이 본능적으로 신형을 비틀었다.

"크아악!"

하지만 의식하지 못하는 사이에 커다란 비명을 토해내고 말았다.

상대는 엄청난 고수였다. 화끈한 통증과 함께 날카로운 이물질이 자신의 늑골을 관통하는 것을 느꼈다.

서서히 시선을 아래로 향하니 좌측 옆구리에 삐죽 튀어나온 새하얀 도신이 보였다. 멍한 표정을 지으며 우측을 바라보니 무표정한 노인의 얼굴이 시야를 메워왔다.

"누구……?"

허각 진인의 말은 더 이상 이어지지 못했다.

노인이 일말의 망설임도 없이 옆구리를 꿰뚫은 도를 뽑아내며 신형을 날렸다. 허각 진인은 자신의 옆구리에서 뿜어져 나오는 시뻘건 선혈을 바라보며 참으로 어이없다는 생각이 들었다.

'이럴 수는 없어……!'

그랬다. 자신이 누구였던가?

지난 세월 오로지 공동의 부흥을 위해 불철주야로 노력해 온 감숙의 혜성이었다. 그런 자신이 머나먼 타지에서 사제를 앞세운 것도 모자라 이제는 이름 모를 고수에게 무참히 일격을 당한 것이다.

이상하게도 아무리 정신을 차리려 해도 자꾸만 졸음이 쏟아졌다. 곧이어 부르르 떨며 무너져 내리는 신형과 함께 허무한 생을 마쳤다.

"장문인!"

청원 진인의 처절한 외침이 장내에 울려 퍼졌다.

곧바로 달려드는 적을 베고는 빠르게 신형을 날려 허각 진인에게 쏘아져 갔다. 다가서자마자 허각 진인의 신형을 흔들며 목청을 돋우었다.

"장문인, 정신 차리시오! 장문— 인!"

하지만 부질없는 외침이었다.

차디찬 땅바닥에 누워 있는 허각 진인의 초점 잃은 동공은 말없이 점차 어둠이 깃들고 있는 잿빛 하늘을 바라보고 있을 뿐이었다.

"장문— 인!"

청원 진인은 눈시울을 붉히며 주위로 시선을 향했다.

'저럴 수가……?'

순간, 그의 눈은 더 이상 커질 수 없을 만큼 부릅떠졌다.

처음 정문의 누각에 신형을 드러냈던 권왕과 강력한 파괴력을 자랑하는 개방의 절기 강룡십팔장(降龍十八掌)을 펼치며 용호상박으로 맞서던 천걸개의 목이 허공 높이 솟아오르는 장면이 시야를 가득 메워왔다.

그리고 그 옆을 무심히 지나치는 붉은 무복의 노인이 보였다. 분명 조금 전 허각 진인의 옆구리에 일도를 날린 노인임에 틀림없었다.

'대체 저자가 누구란 말인가?'

하지만 더 이상 생각할 시간이 없었다.

그가 움직이는 방향은 운룡 진인이 괴이한 장(掌)을 펼치며 강한 압박을 가하는 초로인과 사투를 벌이는 장소였다. 초로인의 무위는 결코 권왕의 아래가 아니었다. 그의 신형이 미끄러지듯 그곳을 향해 빠른 속도로 다가서고 있었다.

'이런……!'

지체할 시간이 없었다. 노인은 운룡 진인마저 노리고 있음이 분명했다.

"운룡 진인! 조심하시오!"

청원 진인의 진기가 실린 목소리가 황천야에 울려 퍼졌다.

순간, 운룡 진인이 무엇인가를 느낀 듯 빠르게 운룡대팔식을 펼치며 허공으로 높이 솟구쳐 올랐다. 하지만 어느새 다가

선 노인의 도 역시 형언할 수 없는 속도로 허공을 향해 쏘아
져 갔다.

운룡 진인의 얼굴에 다급한 표정이 떠올랐다.

곧바로 그는 허공에서 발등을 찍으며 또다시 신형을 솟구
쳐 올랐다. 하지만 도무지 상상을 뛰어넘는 상대의 일도를 완
벽히 피해낼 수는 없었다.

"크흑!"

운룡 진인의 입에서 짧은 비명이 터져 나왔다.

동시에 구름 속을 노닐던 한 마리 운룡이 땅으로 곤두박질
치듯 피보라를 뿌리며 떨어져 내렸다. 하지만 나자빠진 상태
에서도 필사적으로 서너 바퀴 구르며 신형을 일으켜 세웠다.

그의 몸은 이미 정상이 아니었다.

가슴에 길게 새겨진 일자의 도흔에서 끊임없이 피가 흐르
며 도복을 붉게 적시고 봉두난발로 변해 버린 머리카락 아래
신형은 급살을 맞은 듯 부르르 떨리고 있었다.

'아……!'

하지만 안타깝게도 거기까지였다.

형언할 수 없는 속도로 다가선 노인의 도를 주시하는 사이
함께 맞서 싸우던 초로인의 일장이 아랫배 깊숙이 파고들었
다.

"크아악!"

운룡 진인의 처절한 비명이 사방으로 퍼져 나갔다.

더불어 비틀거리던 신형은 초로인이 손을 빼냄과 동시에 힘없이 무너져 내렸다. 곤륜의 절기인 태허도룡검과 함께 운룡대팔식으로 한 마리 고고한 선학(仙鶴)처럼 일세를 풍미하던 운룡 진인의 최후는 그렇게 비참한 모습이었다.

"장문인!"

청원 진인이 묵청을 돋우며 신형을 날렸다.

운룡 진인의 차가운 시신이 나뒹구는 장소에 도착하자 힘없이 두 무릎을 꿇고 앉았다. 그의 시신은 차마 눈 뜨고 볼 수 없을 정도로 만신창이가 되어 있었다.

"장문인……."

갑자기 청원 진인은 목이 메어왔다.

구파일방의 장문인들 사이에서도 세속적인 삶을 등지고 도에 가까운 생활을 해오던 이가 바로 운룡 진인이었다. 곤륜의 영기가 샘솟는 신비로운 자연을 벗 삼아 구도의 길을 걸어오던 진정한 도인이었다.

그런 그가 우화등선하지 못하고 참혹한 모습의 시신으로 변해 음습한 황천야에 나뒹굴고 있는 것이다.

하지만 그마저도 슬픔을 길게 느낄 시간이 없었다.

"으악! 으아악!"

어디선가 들려오는 구슬픈 단말마가 그의 정신을 차리게

만들었다.

‘이런……!’

청원 진인이 고개를 돌려보니 어이없는 장면이 펼쳐지고 있었다.

이미 종남 장문인 진우자의 모습이 사라지고 각파의 장로들 역시 현저히 그 수가 줄어 있었다. 붉은 무복의 노인을 비롯한 천황문의 고수들이 황천야를 누비며 철저히 현무당의 수뇌부만을 노리고 있었다.

“크악! 크아악!”

장내에는 계속해서 단말마가 터져 나왔다.

그 단말마의 대부분은 현무당원의 비명이었다. 갈수록 천황문도의 도검에 일방적으로 밀리고 있었다.

‘아……!’

그랬다. 지금 현무당은 상대의 계책에 철저하게 말려든 상태였다.

천황문도는 현무당의 수뇌부를 우선 제거하는 금적금왕(擒賊擒王)의 공전계를 펼치고 있었다. 그리고 그 효과는 여실히 드러나고 있었다.

눈앞에서 하늘 같아 보이던 장문인들과 장로들이 쓰러지는 어이없는 광경에 당원들은 크게 위축되었다. 또한 구심점을 잃으니 당황하며 제 기량을 발휘하지 못한 채 속수무책으로 당하고 있었다.

정녕 이대로 가다가는 현무당원 전원이 이곳에서 몰살당하는 끔찍한 결과를 낳을 수밖에 없었다. 어서 서둘러 퇴각할 일만이 남아 있었다.

"퇴각하라! 현무당원은 전원 퇴각하라!"

청원 진인의 내력이 실린 중후한 목소리가 황천야에 울려 퍼졌다.

"퇴각 명령이 떨어졌다! 모두 퇴각하라!"

"어서 현무당원은 퇴각하라!"

여기저기서 커다란 외침이 터져 나왔다.

동시에 힘겹게 천황문도와 사투를 벌이던 현무당원이 일제히 썰물 빠지듯 물러서며 퇴각하기 시작했다. 마치 커다란 파도가 긴 너울로 변해 퍼져 나가듯 신속한 동작으로 황천야를 빠져나가고 있었다.

"놈들이 도망간다! 어서 쫓아라!"

"한 놈도 남기지 말고 모두 목을 베어라!"

갑자기 상대를 잃은 천황문도가 노호를 터뜨리며 빠르게 뒤를 쫓았다.

"으악! 크아악!"

여기저기서 비명이 줄지어 터져 나왔다.

구석진 곳에서 적과 상대하는 바람에 미처 신형을 피하지 못하거나 후미에서 퇴각하던 당원들은 여지없이 비명을 터뜨리며 나뒹굴었다. 그렇게 안타까운 장면은 계속해서 이어지고 있었다.

'으음……!'

청원 진인의 얼굴은 벌겋게 달아올라 있었다.

퇴각하는 당원들의 후미를 따르며 적을 베고 있지만 좌우에서 쓰러지는 당원들은 어떻게 손을 쓸 수가 없었다.

만일 자신이 위치한 중앙의 방위가 뚫리면 더 큰 피해로 이어질 것은 자명한 사실이었다. 그나마 협곡의 넓이가 한정되어 있어 중앙의 방위를 지키며 살얼음판 같은 퇴각을 유지하고 있는 것이다.

'정말 답답하구나!'

그런데 그마저도 점점 상황이 악화되고 있었다.

도무지 퇴각하는 일이 여의치 않았다. 개개인의 무위가 현무당원에 비해 손색이 없으니 퇴각하는 것에도 한계가 있는 것이다.

빠른 속도로 퇴각하고 있지만 상대와의 거리가 전혀 벌어지지 않았다. 계속해서 일정한 간격이 유지되며 후미에 위치한 당원들의 피해가 속출하고 있었다. 무엇인가 어떤 결정을 내려야 할 시점이었다.

문득 시선을 옆으로 향하니 달려드는 적을 베고 있는 사제

청양 진인의 모습이 보였다. 청원 진인은 지체없이 큰 목소리로 외쳤다.

“사제! 이대로 가다가는 전멸을 당하겠네! 자네가 이곳에서 저들을 막아주게!”

순간, 청양 진인이 의아해하는 표정을 지었다.

“사형! 그게 무슨 말씀이십니까?”

“시간이 없네! 어서 이곳의 방위를 맡아주게!”

청원 진인이 말을 마치며 신형을 멈춰 섰다.

할 수 없이 중앙을 맡으며 내달리던 청양 진인의 얼굴에 다급한 표정이 떠올랐다. 사형이 자신의 방위를 맡아달라던 말뜻이 무엇인지 알게 된 것이다.

‘사형……!’

청양 진인의 가슴은 갈가리 찢어지는 것 같았다.

생각 같아서는 당장이라도 신형을 멈추어 최후를 함께하고 싶었지만 그것은 사형의 희생을 헛되이 하는 일에 불과했다. 그렇게 참담한 심정과는 상관없이 사형의 신형은 점점 시야에서 멀어지고 있었다.

어느새 극성으로 자하신공을 끌어올리며 주위를 온통 자색으로 물들이고 있는 청원 진인을 향해 목청을 돋우었다.

“사형! 무사히 돌아오셔야 합니다!”

청원 진인은 등을 보이며 전방을 주시한 채 손을 흔들었다.

곧이어 주위에서 벌 떼처럼 달려드는 천황문도를 향해 화
산의 절개가 물씬 배어 나오는 매화검을 펼치기 시작했다.

한 발을 축으로 신형을 누이며 상대의 거궐에 일검을 내뻗
고, 휘감아 올린 검은 뒤돌아서며 상대의 아랫배에 찔러 넣었
다. 팽그르르 신형을 돌리며 검을 휘둘러 거리를 벌리고 빠르
게 바닥을 박차고 올랐다. 허공에서 두 발을 내뻗으며 상대의
천돌과 거궐을 가격하고, 다시 반동으로 솟구친 신형을 비틀
며 뒤쪽에서 다가서던 상대의 미간에 일검을 꽂았다.

바닥에 내려서자 곧바로 한 다리를 뒤로 쭉 뻗어 검을 휘돌
리며 상대의 하체를 휩쓸고, 일으켜 세운 신형 그대로 검을
뒤로 찔러 넣어 주춤거리는 상대의 복부에 꽂았다. 다시 검을
뽑아 자세를 취하며 넓게 휘두른 검의 궤적을 따라 매화향이
퍼져 나갔다.

어느새 그의 주위에는 진한 매화향이 피어오르며 자색의
기운이 더욱 짙은 빛을 띠기 시작했다.

"크악! 크아악!"

청원 진인의 주위에서 연이어 비명이 터져 나왔다.

그의 검이 검로에 따라 춤을 출 때마다 어김없이 일인의 단
말마가 이어졌다. 자색의 기운이 짙어질수록 그의 검은 한층
더 위력이 강해지고 있었다.

"으악! 크아악!"

계속해서 천황문도의 비명이 불회곡에 메아리쳤다.

어느새 그의 주위에는 이십여 명이 넘는 천황문도의 시신이 널브러져 있었다. 더불어 반경 삼사 장가량 되는 공터가 형성되며 더 이상 달려드는 이들도 사라졌다. 그저 무거운 침묵이 흐르며 서로를 노려보는 매서운 시선만이 번뜩이고 있었다.

'응?'

잠시 숨을 고르던 청원 진인의 미간이 찌푸려졌다.

갑자기 형언할 수 없는 강한 기운들이 빠르게 다가서고 있었다. 그중 둘은 결코 자신이 감당할 만한 그런 기운이 아니었다. 어느새 전방에는 당당한 모습의 오 인이 신형을 드러내고 있었다.

'응?'

사 인은 조금 전 장내에서 보았던 이들이었다.

붉은 무복의 노인과 권왕을 포함한 삼 인의 장로였다.

하지만 남은 일인은 처음 보는 얼굴이었다. 문득 두리번거리던 시선을 중앙으로 향하며 그곳에 서 있는 낯선 노인과 마주치는 순간이었다.

'으음!'

갑자기 한없이 초라해지는 것을 느꼈다.

그의 기세에 대항이라도 하듯 자하신공을 극성으로 끌어 올려 보았지만 마찬가지였다. 오히려 대항할수록 더욱 위축 될 뿐이었다.

갑자기 노인이 비릿한 미소를 띠며 입을 열었다.

"자줏빛 노을 속에 매화향이라… 정말 운치있고 아름다운 검이로구먼!"

청원 진인이 의아한 표정을 짓자 말을 이었다.

"그런데 구파일방의 무공은 너무도 변식이 많단 말이야. 한마디로 군더더기가 많다는 말이지. 그래서야 어디 극을 넘 어설 수 있겠나? 갈수록 혼란스러워질 뿐이지. 잘해봐야 조 사의 무위에 다가설 수 있을 뿐, 결코 그 수준을 넘어서기 힘 들 게야."

"그게 무슨 말이오?"

"무슨 말이냐… 허허허! 자네도 잘 알면서 어찌 되묻는 것 인가? 본좌는 천황문주 지마신 갈천이라고 하네. 나도 한때 는 무의 세계에 흠뻑 빠져본 적이 있기에 솔직히 느낀 것을 말해준 것뿐일세."

순간, 청원 진인의 얼굴에 묘한 표정이 떠올랐다.

역시 감당하기 어려운 무위를 지녔다고 생각되던 노인은 천황문주 지마신이었다.

그런데 의외로 그의 말이 가슴에 와 닿았다. 적이라기보다는 마치 무림의 고인이 한 수 가르침을 주는 것 같은 느낌이었다.

자신 역시 언제부터인가 사문의 절기인 매화검에 심한 갈증을 느껴온 것이 사실이었다. 그 흐름을 벗어나 무엇인가 분출하고 싶은 욕망을 강하게 느껴왔던 것이다. 그것은 자신이 추구하는 이상적인 검과 매화검이 가진 특성과의 괴리에서 오는 목마름이었다.

그렇게 한참 생각에 잠겨 있는 사이 지마신의 목소리가 이어졌다.

"무인이란 말이지, 자신의 길을 찾아 그 험로의 극을 넘어섰을 때 진정한 무인으로 태어날 수 있는 것이네. 남이 닦아놓은 길을 걸어 그 끝에 도달해 봐야 그저 그의 그림자를 쫓을 뿐이지. 무공을 창안한 이의 무위에 다가설 수 있을 뿐, 그 이상의 성취는 불가능하다는 말일세."

청원 진인이 묘한 표정을 지으며 물었다.

"당신이 그런 말을 하는 저의가 무엇이오?"

"저의라… 그냥 별다른 뜻은 없네. 단지 우리와 자네들이 생각하는 차이점이 무엇인지를 말해주고 싶었을 뿐일세."

갑자기 청원 진인은 말문이 막히는 것을 느꼈다.

상대에게 무엇이라 반박하고 싶은데 이상하게도 적당한 말이 떠오르지 않았다. 왠지 그의 말이 옳다는 생각마저 들었다.

하지만 그의 말이 옳다고 맞장구칠 수는 없는 노릇이었다.

"그렇다면 계속 추구하는 무의 길을 걸으면 될 일이지 왜 이토록 무림에 크나큰 분란을 일으키는 것이오?"

순간, 지마신의 미간이 꿈틀거렸다.

"그걸 말이라고 하는 것인가?"

"그게 무슨……?"

청원 진인이 황당하다는 표정을 짓자 말을 이었다.

"화산을 포함한 구파일방과 사대세가의 무리가 현 무림에서 위세를 떨치며 한 일이 무엇이 있는가? 정과 사라는 잣대를 그어놓고 자신들의 영달을 지키기에만 골몰하지 않았는가 말일세. 조금만 자신들을 위협할 만한 문파가 보이면 사파로 몰아세우거나 아예 짓밟아 멸문에 가까운 피해를 입도록 만들지 않았는가?"

"그게 무슨 말이오? 그 무슨 궤변을 늘어놓고 있는 것이오?"

"궤변이라… 하긴 가진 자의 입장에서 보면 자신들의 영역을 지키는 것이 당연한 일이겠지. 결코 자신들의 밥그릇을 뺏길 수는 없을 테니까."

지마신이 눈빛을 번쩍이며 청원 진인을 직시했다.

"하지만 말일세, 무림이란 몇몇 문파와 가문만을 위한 세상은 아니라고 생각하네. 비록 약육강식이 존재하더라도 진정 무를 숭상하는 이들이 질타하고 포효하며 마음껏 자신들의 무공을 펼칠 수 있는 장이 되어야 한다는 말일세."

순간, 청원 진인이 고개를 갸웃거렸다.

그의 얼굴에는 왠지 이해하지 못하겠다는 듯한 표정이 떠올라 있었다.

"그건 또 무슨 말이오? 당신의 말은 무림이 온갖 무인이 활보하는 무질서 속에 혼란스러워야 한다는 말이오?"

"으음! 정말 대화하기가 어렵구먼! 어차피 자네는 이 자리를 벗어나기 어려우니 정 이해가 되지 않으면 저승에 가서 물어보게나. 자네들에 의해 그곳에 먼저 자리를 잡고 있는 이들에게 물어보면 절로 그 서러움을 알게 될 걸세."

곧바로 지마신의 시선이 붉은 무복의 노인을 향했다.

시선을 받은 노인이 고개를 끄덕이며 앞으로 나서자, 지마신을 포함한 사 인의 신형이 일제히 뒤로 물러섰다.

'이자는?'

청원 진인의 표정이 긴장으로 굳어졌다.

노인은 허각 진인과 천걸개, 그리고 운룡 진인에게 다가서며 기습적으로 도를 날리던 바로 그 인물이었다. 그의 일도에 여지없이 일파를 이끌던 장문인들과 개방주가 황천으로 향한 것이다.

비록 상대와 대결하는 와중에 가한 기습이라 할지라도 현격한 무위의 차이가 없으면 결코 불가능한 일이었다. 잠시 이어지던 팽팽한 긴장감은 노인에 의해 막을 내렸다.

그의 시선이 천천히 청원 진인을 향했다.

"천황문의 부문주를 맡고 있는 혈성마도 황준이라고 하네."

'으음……!'

순간, 청원 진인의 눈가에 가는 경련이 일어났다.

그 역시 어떤 한계를 넘어선 인물임에 틀림없었다. 그저 평범하게 보이는 외모 속에 무쇠 덩어리를 연상케 하는 무거움만이 가득했다.

그의 기도에 대항이라도 하듯 자하신공이 저절로 일으켜지며 진기가 마구 임독맥을 휘돌기 시작했다.

하지만 이상하게도 상대의 묵중한 기도에 자꾸만 위축되는 것을 느꼈다. 왠지 지마신의 말대로 이 자리를 벗어나기 어렵다는 생각이 드는 순간이었다.

'헉……!'

상대의 신형이 움직이는가 싶더니 새하얀 도신이 번뜩이며 날아들었다.

쇄애애액!

청원 진인의 두 눈은 한없이 부릅떠졌다.

갑자기 사고가 일시 정지하는 것만 같았다. 장내에 무지막지한 파공성이 울려 퍼지며 어느새 미간을 향해 시리도록 매서운 기운이 살갗을 파고들고 있었다.

어떻게 피하고 막아야겠다는 생각을 떠올릴 여유조차 없었다. 그저 형언할 수 없는 속도로 쏟아져 오는 새하얀 도신을 향해 본능적으로 들끓고 있는 자하진기를 극성으로 쏟아내며 검을 쳐 올렸다.

퍼어엉!

커다란 폭음이 주위로 빠르게 퍼져 나갔다.

"크흑!"

청원 진인의 입에서 짧은 비명이 터져 나왔다.

동시에 거칠게 뒤로 튕겨져 나가며 힘겹게 중심을 잡았지만 버거운 듯 비틀거렸다. 머리는 온통 산발이 되어 흩날리고 입가에는 굵은 선혈이 빗줄기를 이루며 흘러내렸다.

하지만 그것도 잠시뿐이었다. 어느새 무심한 표정의 혈성마도가 빠르게 다가서며 또다시 묵중한 일도가 정수리를 향해 내리꽂히고 있었다.

청원 진인은 지체없이 남은 내력을 쥐어짜 내며 평소 자신이 그토록 갈망하던 검의 흐름을 떠올렸다.

'아……!'

순간, 한없는 자유로움이 느껴졌다.

복잡한 초식을 떠나 방황하던 정체에서 벗어나며 또렷이 떠오르는 검로가 보인 것이다. 더불어 말로는 표현하기 어려운 속도로 검신이 쭉 뻗어나가며 떨어져 내리는 새하얀 도신과 세차게 맞부딪쳤다.

번쩍! 푸쉬시시식!

부딪치는 도검 사이로 일광이 번뜩이는 순간이었다.

"크아악!"

"크흐윽!"

두 사람의 입에서 동시에 비명이 터져 나왔다.

청원 진인은 여지없이 일 장가량을 퉁겨져 나가며 나뒹굴었다. 즉사한 듯 그의 신형은 일체의 움직임도 없었다. 다만 알 수 없는 희미한 미소가 입가에 맺혀 있을 뿐이었다.

반면 혈성마도는 넋을 잃은 채 힘없이 주저앉아 있었다. 뻥 뚫린 옆구리에서 피분수가 솟구치고 있지만 멍한 시선은 계속해서 청원 진인의 시신을 향하고 있었다. 왠지 그의 얼굴에는 믿을 수 없다는 표정이 떠올라 있었다.

'어찌……!'

그랬다. 그는 지금 어이가 없다 못해 아예 미칠 지경이었다.

마지막 순간에 자신의 도를 가르며 날아든 상대의 검을 믿을 수가 없었다. 아무리 순간적으로 방심을 했더라도 상상할

수 없는 궤적을 그리며 옆구리로 날아든 검은 도무지 이해가
되지 않았다. 하지만 그것에 대해 골몰히 생각하기에는 이미
늦어 있었다.

상대의 시신을 멍하니 바라보며 날아든 검의 궤적을 떠올
리는 사이 시야가 급격히 흐려지고 있었다. 더불어 의지와는
상관없이 온통 세상이 시커멓게 변하는 것을 느끼며 정신을
잃고 말았다.

"부문— 주!"

지마신의 다급한 목소리가 장내에 울려 퍼졌다.

그의 커다란 외침과 함께 황천야에는 강한 바람이 몰아치
며 서서히 짙은 어둠 속에 잠기고 있었다.


＊　　　＊　　　＊


동쪽 하늘에 서서히 붉은 기운이 감돌며 아침 해가 살며시
고개를 내밀고 있었다.

아직 어둠이 가시지 않은 이른 시각, 설화산의 등성이가 완
만한 곡선을 이루는 남쪽 지대의 벌판에 세워져 있는 막사들
중 유난히 큰 막사 안에는 불빛이 어둠을 밝히고 있었다. 바
로 무림맹의 수뇌부가 사용하는 임시 막사였다.

그 안에는 무림맹주 공령을 비롯한 전체 수뇌부가 심각한

표정으로 커다란 장방형의 탁자를 마주 보고 앉아 있었다.

'현무당의 대패!'

전날 밤에 무림맹의 진영으로 생각지도 못한 급보가 날아들었다.

황천야에서 벌어진 천황문과의 일전에서 현무당 수뇌부의 대부분과 절반에 가까운 당원들이 목숨을 잃었다는 청천벽력과 같은 소식이 전해진 것이다.

그 충격이 가시기도 전에 많은 부상자를 포함한 당원들이 퇴각해 오며 또다시 한바탕 난리를 치렀다. 곧바로 비상 수뇌부 회의가 열렸지만 설왕설래만 거듭할 뿐 뚜렷한 대책을 세우지 못한 채 지금까지 이어지고 있었다.

문득 공령이 다 식은 쓸쓸한 차를 들이켜며 입을 열었다.

"혹여 묘안이 있다고 생각하는 분들이 계시면 서슴지 말고 말씀해 주시기 바라오!"

순간, 장내는 고요한 침묵 속에 빠져들었다.

예외적으로 각 문파의 장로급까지 소집된 대규모 회의였지만 많은 인원 중 의견을 제시하는 이는 단 한 사람도 없었다.

잠시 후, 고개를 설레설레 흔들던 공령의 시선이 좌측에 조용히 앉아 있는 제갈현을 향했다.

"군사! 아무래도 군사께서 한말씀해 주서야겠소이다!"

공령의 말에 모두의 시선이 일제히 제갈현을 향했다.

그는 시선을 의식한 듯 턱수염을 만지작거리던 동작을 멈추고는 좌중을 둘러보았다. 모두 하나같이 그에게서 어떤 뚜렷한 해결책이 나오기를 바라는 표정들이었다.

'허……!'

제갈현은 내심 속이 새까맣게 타 들어가고 있었다.

생각과는 달리 천황문의 세력이 터무니없이 강한 것이다. 그동안 여러 경우의 수를 생각해 놓았지만 하나같이 무용지물일 뿐이었다. 한마디로 대책이 없는 것이다.

아무리 은림에서 떨어져 나온 천황문이라지만 그들의 세력이 이 정도일 줄은 상상조차 하지 못했다. 내심 전력으로 밀어붙이면 양패구상은 가능할 거라고 생각했던 예상이 무참하게 무너진 것이다.

사실 현 상황에서 택할 수 있는 유일한 대책이라고는 일단 하남의 정주에 있는 무림맹으로 귀환하는 일이었다.

'으음……!'

제갈현의 미간이 깊은 밭고랑을 이루었다.

하지만 추후 자신에게 이어질 비난이 문제였다. 많은 반대에도 무릅쓰고 자신이 주도해 밀어붙인 강공책이 힘 한번 써 보지 못하고 처참하게 무너진 것이다. 따라서 사전에 미리 그 비난을 차단할 필요가 있었다.

'후후후!'

다행히 그 희생양이 떠올랐다.

바로 지금과 같은 수뇌부 회의에 다시는 얼굴을 마주할 수 없는 고인(故人)들이었다. 살며시 좌중을 둘러보니 자신에게서 현재의 급박한 상황에 대한 타개책이 나오기를 학수고대하는 눈치였다.

제갈현은 짐짓 안타까운 표정을 지으며 긴 한숨을 내쉬었다.

"후─ 유! 참으로 답답합니다. 그렇게 주의를 주었건만 무한의 외곽에서 벌어진 대평원 전투도 그렇고, 이번 역시 적의 간계에 휘말려 전면전으로 치닫다가 돌이킬 수 없는 결과를 초래하고 말았습니다."

의외로 좌중의 수뇌부들이 침통한 표정을 지으며 조용히 앉아 있자 재빨리 화제를 바꾸며 목청을 돋우었다.

"현재 우리에게 남은 시간이 그리 많지 않습니다. 곧바로 적의 대규모 반격이 이어질 것입니다. 따라서 현 시점에서 가장 중요한 일은 이곳에서 완전히 물러설 것인지 마지막 승부수를 띄울 것인지 가부간 결정을 내려야 한다는 사실입니다."

순간, 공령이 눈빛을 반짝이며 물었다.

"군사! 퇴로에는 이상이 없는 것이오?"

제갈현이 턱수염을 쓸어내리며 입을 열었다.

"장담하기 어렵습니다. 천황문의 거센 추격뿐 아니라 강남맹 역시 신경을 써야 하는 입장입니다. 현재 황룡당이 강남맹의 북진을 차단하고 있지만 확실히 안심할 수 있는 상황은 아닙니다. 따라서 황하를 무사히 건넌다 하더라도 정주의 본영까지는 최대한 빠른 속도로 이동해야 합니다."

잠시 좌중을 둘러보더니 말을 이었다.

"만일 별 탈 없이 무림맹에 도착한다면 황룡당이 정주로 향하는 강남맹의 행보를 계속 차단하도록 요청하고 우리는 수성을 택하는 차선책이 남아 있습니다."

"군사! 얼마 전 황룡당에서 강남맹이 북진하기 어려울 거라는 연락을 해오지 않았소? 또한 이미 대홍산 공략에도 들어갔다는 소식을 전해오지 않았소이까? 그러니 남쪽 전선은 황룡당에게 믿고 맡깁시다! 그리고 우리는 서둘러 정주로 퇴각한 후 그곳에서 천황문을 상대하도록 합시다!"

공령의 말에 제갈현이 천천히 고개를 저었다.

"아무튼 그것은 정주의 무림맹으로 무사히 귀환했을 때의 이야기입니다. 현 상황에서 천황문이 우리가 퇴각하는 것을 지켜만 보고 있지는 않을 겁니다. 어떻게 해서든지 황하를 건너 정주로 이동하는 것을 막으려 들 것입니다. 아예 이곳에서 끝장을 보려고 하겠지요."

잠시 숨을 돌리더니 말을 이었다.

"따라서 적지 않은 인원이 남아 목숨을 걸고 한시적이나마 적의 발길을 막아주어야 합니다. 최소한 모든 인원이 완전히 황하를 건널 때까지 물고 늘어지며 시간을 벌어줄 결사대의 조직이 필요하다는 말입니다."

순간, 장내는 찬물을 끼얹은 듯 무거운 침묵 속에 빠져들었다.

'끄응!'

더불어 공령의 얼굴이 마치 소태를 씹은 듯 떨떠름한 표정으로 변했다.

그의 말은 상황이 여의치 않으니 곧 방패막이를 조직하자는 것이나 다름없었다. 정주로의 퇴각을 위해 희생양이 필요하다는 말이었다.

하지만 한두 명도 아니고 많은 인원을 차출해야 되는 사항이니 참으로 난처한 입장이 아닐 수 없었다. 계속해서 장내에는 무거운 침묵이 이어졌다.

일다경쯤 지나자 우측에 앉아 있던 혜우자가 입을 열었다.

"무량수불! 참으로 심각한 상황이 아닐 수 없습니다. 현재로서는 제갈 군사의 말대로 일부의 희생을 바탕 삼아 정주로 퇴각하는 일이 가장 현명한 선택임에 틀림없습니다. 하지만 누가 그 희생에 나서느냐의 문제인 것 같습니다……."

잠시 말끝을 흐리더니 천천히 말을 이었다.

"우선 저희 무당이 결사대의 선봉을 맡겠습니다. 이 자리에서 뜻이 있는 분들의 참여를 바랍니다."

그의 말이 끝나는 순간이었다.

"무량수불!"

"아미타불!"

장내의 여기저기서 요란한 음성이 터져 나왔다.

혜우자가 과감히 희생의 선봉을 서겠다며 자청하고 나선 것이다. 어느새 좌중의 조심스럽던 분위기는 사라지고 술렁거리며 동요하기 시작했다.

잠시 후, 몸에 걸치고 있는 승복에 어울리지 않게 긴 머리를 늘어뜨리고 있는 한 노인이 입을 열었다.

"빈승 역시 이곳에 남도록 하겠네!"

순간, 또다시 장내가 시끄러워지며 노인에게 일제히 시선이 쏠렸다. 바로 소림성승이었다. 그가 남겠다고 선언한 것이다.

하지만 이곳에 남겠다는 것은 곧 자신의 목숨을 내놓겠다는 말이나 다름없었다. 당연히 공령으로서는 승낙하기 어려운 문제였다.

"사숙! 그 무슨 말씀이십니까? 어서 말씀을 거두어주시기 바랍니다. 사숙께서는 당연히 정주로 퇴각하여 저희를 이끌어주셔야 하지 않겠습니까?"

공령이 붉어진 얼굴로 만류하자 성승이 빙그레 미소를 지었다.

"내 맹주가 걱정해 주는 마음을 모르는 바 아닐세. 하지만 지금은 사사로운 감정을 내세울 때가 아니네. 중대한 결정이기에 맹주로서 냉정한 판단을 내려야 할 시점이란 말일세. 우선 이곳에 남을 인원은 퇴각하는 맹도들이 무사히 황하를 건널 수 있도록 철저히 적의 추격을 봉쇄해야만 하네. 절대로 어설픈 희생이 되어서는 안 된다는 말일세."

잠시 좌중을 둘러본 후 말을 이었다.

"그런데 여러 정황에 비추어보니 그들에게는 구파일방의 수뇌부가 감당하지 못할 고수가 존재하는 것으로 보이네. 따라서 그들의 진로를 막지 못할 경우 자칫 각개격파당하며 황하를 건너기도 전에 몰살을 당하는 최악의 수를 둘 수 있다는 말일세."

장내는 갑자기 싸늘히 식어가며 긴장감이 감돌기 시작했다.

충분히 일리가 있는 말이었다. 귀환한 현무당원의 말에 의하면 각파의 장문인들이 고수로 보이는 인물들과 용호상박으로 맞서다가 붉은 무복을 걸친 노인의 기습을 받아 힘 한번 제대로 써보지 못하고 당했다는 것이다.

그 말은 곧 노인의 무위가 상상할 수 없는 경지에 이르러 있다는 말이나 다름없었다. 제아무리 상대와 대결 중에 받은 기습이었다 하더라도 현격한 무위의 차이가 없으면 절대로 불가능한 일이었다.

한동안 차갑던 분위기는 공령에 의해 막을 내렸다.

"그렇다면 빈승 역시 이곳에 제자들과 함께 남도록……."

순간, 청성 장문인 현성 진인이 빠르게 말을 막았다.

"무량수불! 맹주께서 남으시겠다니요? 불가하외다! 차라리 빈도와 청성의 제자들이 남도록 하겠소이다!"

생각지도 못한 현성 진인의 말에 공령의 얼굴이 붉어졌다.

"아미타불! 감사한 말씀이기는 하지만… 워낙 강요하기 어려운 중요하고도 미묘한 사안이라……."

공령이 말끝을 흐리자 재빨리 제갈현이 나섰다.

"참으로 용기 있는 선택이십니다. 성승 어르신을 포함한 무당과 청성이 뒤를 막아만 준다면 남은 인원이 모두 무사히 황하를 건너는 데 아무런 지장이 없으리라 사료됩니다. 우리 모두는 세 분의 숭고한 희생정신을 결코 잊지 않고 간직하도록 하겠습니다."

그의 말에 막사 안의 분위기는 숙연해지고 말았다.

잠시 후, 그곳에는 벌겋게 달아오른 공령의 얼굴과 연신 고개를 끄덕이며 환한 표정을 짓고 있는 제갈현의 얼굴이 묘한 대조를 이루고 있었다.

해가 중천을 지나 서편으로 기울어가는 시각, 무림맹이 머물던 임시 진영은 황량한 바닥을 드러내며 썰렁한 모습으로 변해 있었다.

소림성승이 이끄는 결사대만이 넓은 삼각의 대형을 이룬 채 한복판에 주둔하고 있었다.

'으음!'

문득 성승이 주위를 둘러보았다.

그의 좌우로는 혜우자와 현성 진인을 비롯한 몇몇 장로가 주요 방위를 밟으며 형형한 안광을 뿌리고 있었다. 그리고 그들의 뒤에는 무당과 청성의 제자들이 진을 이루며 바람에 옷깃을 펄럭이고 있었다.

그들의 얼굴에는 하나같이 퇴로를 지키고야 말겠다는 굳센 각오가 새겨져 있었다. 하지만 사람인 이상 목숨을 바쳐 시간을 벌어야 하는 상황이니 불안한 기색이 감도는 것은 어쩔 수 없었다.

"후— 유!"

성승은 자신도 모르게 긴 한숨을 내쉬었다.

'이미 공(空)을 이루었다고 생각했건만……'

그랬다. 소실봉 꼭대기에 칩거하며 모든 희로애락을 초월해 질기디질긴 인연의 늪을 건넜다고 생각했건만, 아니, 이미 무상(無常), 무아(無我)를 깨우쳐 공의 경지에 들어섰다고 생각했건만 그것은 혼자만의 착각이었다.

만일 자신 혼자라면 모를까, 저 많은 제자가 비명을 토하며 나뒹구는 모습을 떠올리니 억장이 무너지는 것 같았다. 그야말로 좀처럼 앞이 보이지 않는 험난한 미로 속에 갇혀 헤매는 심정이었다.

'사람의 욕심이란 참으로 끝이 없구나!'

성승은 갑자기 답답한 마음이 들었다.

특히 이십여 년 전 천황문도와 부딪친 사건에 대해서는 못내 아쉬움이 남았다. 지금 생각해 보면 아무 일도 아닌 것을 사소한 시시비비에 휘말려 무거운 원한의 앙금을 남긴 것이다.

사실 그 일은 소림이란 명성을 지킨다는 이기적인 자긍심이 불러온 헛된 망상의 발로일 뿐이었다.

'업보로다……!'

비록 현 무림에 폭풍을 일으키는 중심이 아닌 외풍에 속하지만 그들은 분명 원한의 앙금이 되어 그대로 되돌아온 것이다. 그리고 자신은 그 업(業)을 고스란히 짊어지고 있는 것이라 할 수 있었다.

새로운 무림을 창조한다는 천황문의 기치 역시 마찬가지

였다. 결국 혹세무민에 지나지 않았다. 단지 자신들이 원하는 무림을 만들고 그 위에 군림하고 싶은 것이다.

솔직히 이 세상에 극선(極善)과 극악(極惡)이 어디 있겠는가?

그저 자신이 생각하는 모든 일에 옳고, 그르고의 편견이 있을 뿐이었다.

문득 욕망으로 가득 찬 제갈현의 모습이 스쳐 지나갔다. 성승의 눈에 비친 그는 세속의 탐욕으로 뭉쳐 있는 화신으로밖에 보이지 않았다.

'으음……!'

성승의 미간에 깊은 골이 새겨졌다.

결국 인간의 온갖 이기심과 위선, 그리고 탐욕이 작금의 상황을 불러온 것이다.

하지만 따지고 보면 그것 역시 하나[一]가 변하는 일부에 지나지 않았다. 분명 세월이 흘러가면 현재의 만개한 꽃은 시들고 새로운 꽃봉오리가 돋아나며 그 자리를 대신하게 될 것이다.

'장대경이라 했던가?'

문득 머릿속으로 한 청년의 모습이 떠올랐다.

비록 짧은 만남이었지만 그와 나눈 선문답은 심오한 내용을 포함하는 긴 이야기였다. 왠지 그가 무림의 새로운 꽃봉오리가 아닐까 하는 생각이 드는 순간이었다.

"적이다! 적이 나타났다!"

누군가 커다랗게 외치는 목소리가 들려왔다.

성승의 시선이 빠르게 전방을 향했다. 그곳에는 들판을 가로지르며 천황문도로 보이는 무인들이 새까맣게 몰려오고 있었다.

그런데 문제는 상대의 전력이었다. 선두에서 쭉쭉 미끄러지며 달려오는 인물들을 제외하더라도 뒤따르는 무인들의 무위 역시 가볍지 않아 보였다.

저 정도의 전력이라면 이곳에서 예상했던 시간만큼 버틴다는 것은 불가능한 일이었다. 잘해봐야 반 시진을 버틸 수 있을 뿐이었다.

"무림맹의 잔졸들이다! 어서 쓸어버려라!"

"놈들을 쓸어버리고 도망간 놈들을 쫓아라!"

잠시 생각에 잠겨 있는 사이, 거친 고함이 들리며 어느새 천황문도가 무서운 속도로 다가오고 있었다.

"후유!"

성승은 자신도 모르게 한숨을 내쉬었다.

선두에서 달려오는 인물은 결코 장담할 수 없는 무인이었다. 그 역시 자신의 존재를 느꼈는지 내달리던 방향을 바꾸며 빠른 속도로 다가서고 있었다.

'허허허! 이 또한 세존의 뜻이 아니겠는가?'

그랬다. 모든 성패는 인간의 능력 밖에 있었다. 다만 목적을 이루고자 부단한 노력을 하며 그 가까이에 다가설 뿐이었다. 자신이 세존이 아닌 이상, 그저 매순간마다 최선을 다하면 되는 것이다.

'부디 세존의 가호가 있기를…….'

성승은 모든 걱정을 벗어던지기로 마음먹었다.

그러나 왠지 마음이 편안해지는 것을 느꼈다. 곧이어 십여 장 앞까지 다가선 묵중한 기도를 뿌리는 노인을 향해 미끄러지듯 다가섰다. 어느새 두 사람의 신형 주위에는 엷은 막이 둘러쳐 있었다.

곧이어 천년바위를 뚫어버릴 듯 매서운 시선이 마주치는 순간이었다. 이 인의 신형이 솟구쳐 오르더니 일체의 소리도 없는 장영과 검영이 공간을 가득 메우며 엄청난 속도로 쇄도해 갔다.

고오오오!

성승의 양 장에서는 관음보살과 같은 형상이 떠오르며 수없이 갈라지더니 전방을 향해 쏘아져 갔다.

그 모습이 마치 중생을 구제하기 위해 천(千)의 손을 가졌다는 천수관음(千手觀音)의 현신을 보는 것 같았다. 바로 소림의 비전 중 하나인 천수여래장(千手如來掌)이었다.

반면 노인의 검에서는 벼락이 치듯 붉은 불길이 치솟아올라 긴 꼬리를 남기며 떨어져 내렸다. 곧바로 두 개의 상이한 기운은 허공을 가르며 세차게 맞부딪쳤다.

콰과과광!

갑자기 엄청난 폭음이 주위로 퍼져 나갔다.

두 사람의 세찬 부딪침으로 인해 굵은 돌멩이들이 튀어 오르고 흙먼지가 비상하며 주위는 온통 희뿌연 안개 속에 파묻혔다.

"크흐윽!"

"크흑!"

그 사이로 묵중한 신음과 답답한 신음이 터져 나왔다.

동시에 성승의 신형이 비틀거리며 뒷걸음질치는 모습이 보였다. 그의 입가에는 어느새 굵은 선혈이 흘러내리며 앞가슴을 붉게 적시고 있었다.

장내에 흙먼지가 가라앉으며 신형을 드러낸 노인 역시 크게 다를 바 없었다. 단지 입가에 흘러내리는 굵은 선혈과 상관없이 무엇인가 믿지 못하겠다는 표정으로 두 눈을 동그랗게 뜨고 있었다.

'낭패로구나!'

잔뜩 미간을 찌푸리며 성승을 노려보고 있는 노인은 바로 천황문주 지마신이었다.

‘과연 부문주의 말대로 엄청난 성장을 했어!’

그는 지금 등골이 시리도록 섬뜩한 한기가 머리끝까지 치솟고 있었다.

이곳으로 오는 동안 소림성승이라고 해봐야 이미 황천으로 떠난 부문주 혈성마도와 동수를 이룰 거라 생각했었다.

그런데 그것이 큰 오산이었다. 결코 쉽게 상대할 만한 인물이 아니었다. 자신이 최선을 다한다 하더라도 장담할 수 없는 무위를 지니고 있었다. 당연히 예상치 못한 복병이 아닐 수 없었다.

자신이 수장인 성승을 맞아 속전속결로 끝내고 그 여세를 몰아 무림맹도의 뒤를 쫓으며 황하를 건너기 전에 아예 끝장을 보려던 계획에 차질이 빚어진 것이다.

‘으음……!’

지마신의 머리는 빠르게 회전했다.

그러나 결론은 역시 한 가지, 자신의 절기인 천뢰검(天雷劍)의 최절초로 승부수를 띄우는 일이었다.

이곳에서 성승이 이끄는 무리에게 막혀 시간을 지체할 수는 없었다. 어떻게 해서든지 빨리 무림맹의 주력을 뒤쫓아야 하는 상황이었다.

생각보다 몸이 먼저 반응해 주었다. 지마신의 신형은 어느새 바닥을 박차고 오르며 높이 솟구치고 있었다.

“천멸(天滅)!”

입 안에 가득 고인 피보라를 뿌리며 커다란 외침을 토해냈
다.

고오오오!

붉다 못해 시퍼런 빛이 번쩍이며 소리도 없는 가공할 기운
이 육안으로는 구분하기 어려운 속도로 성승을 향해 쏟아져
갔다.

‘흐윽……!’

성승은 갑자기 쏟아지는 엄청난 압박을 느끼며 미간을 심
하게 찌푸렸다.

어느새 전신으로 살가죽이 갈가리 찢어지는 듯 시리도록
차가운 예기가 파고들고 있었다. 순간적으로 무엇을 어떻게
해야 할지 아무런 생각도 떠오르지 않았다. 그저 육신의 아우
성치는 소리단이 뇌리로 파고들며 온통 메아리치고 있었다.

지금 본능은 처절하게 울부짖으며 소림 최후의 비전인 보
리패엽신강을 펼치라 강력히 경고하고 있었다.

“보리패엽신강!”

순간, 성승의 입에서 커다란 외침이 터져 나왔다.

핑그르릉!

그의 신형 주위에 맺힌 희뿌연 기운이 마치 소라와 같은 형
상을 띠며 거칠게 휘돌기 시작했다.

드디어 이백여 년 전 오직 요료성승만이 익혔다고 알려진 불문 최고의 비전 보리패엽신강이 설화산의 이름 모를 벌판에서 시공을 초월해 펼쳐진 것이다.

두드드— 득!

어느새 성승의 주위에 휘돌던 희뿌연 기운이 소라 껍데기에 솟아오른 거친 돌기처럼 튀어 오르며 산산이 갈라졌다. 동시에 수많은 패린(貝鱗)으로 변해가며 형언할 수 없는 속도로 쏘아져 오는 시퍼런 기운과 세차게 맞부딪쳤다.

번쩍! 푸쉬시시식!

퍽! 퍼버벅! 퍽! 퍼억!

번뜩이는 불꽃과 함께 마치 쇠북을 두들기는 듯한 소리가 울려 퍼졌다.

"크아악!"

"크흐윽!"

동시에 커다란 두 마디 비명이 터져 나오며 시커먼 두 그림자가 거세게 퉁겨져 나갔다.

순간, 벌판에서 도검을 휘두르며 맹렬히 맞서던 무인들의 신형이 약속이라도 한 듯 일제히 멈춰 섰다. 그들의 시선은 두 사람이 부딪친 장소로 향하고 있었다.

그곳에는 어이없는 장면이 펼쳐져 있었다.

성승의 신형은 미간에서 복부에 이르기까지 일자로 갈라

진 검흔과 함께 시커멓게 그을린 송장이 되어 있었다.

또한 지마신은 구멍이 숭숭 뚫린 상반신에서 십여 개가 넘는 피분수가 솟구치며 어이없는 표정을 짓고 있었다. 목숨이 경각에 달린 와중에서도 멍하니 성승의 시신을 바라보며 눈을 떼지 못하고 있었다.

장내에는 질식할 것 같은 무거운 침묵이 이어졌다.

하지만 침묵은 오래가지 않았다. 평소의 자애로운 모습과는 달리 두 눈에 굵은 핏발이 솟구친 혜우자에 의해 막을 내렸다.

"성승 어르신!"

그의 커다란 외침이 사위에 울려 퍼졌다.

곧이어 제운종을 펼치며 미끄러지듯 빠르게 성승의 시신을 향해 쏘아져 갔다.

"어르신……!"

혜우자는 성승의 시신을 부둥켜안으며 오열했다.

하지만 이미 시신으로 변한 성승에게서 대답이 있을 리 만무했다. 혜우자의 두 눈에서는 굵은 빗물이 소낙비처럼 흘러내렸다.

정파의 정신적 지주이자 최고수로 평가받던 성승이 황량한 벌판에서 처참한 몰골로 변해 나뒹굴고 있는 것이다.

반면 칠팔 장가량 떨어진 반대편에서도 천황문의 장로들

중 수장 격인 부왕이 지마신의 신형을 무릎에 대고 있었다.

"문주님! 저를 알아보시겠습니까?"

순간, 지마신이 힘겨운 표정으로 고개를 끄덕였다.

곧이어 온통 피범벅으로 변한 안면을 심하게 찌푸리며 입을 열었다.

"제갈, 제갈… 현!"

"예? 제갈현이오? 무림맹의 나부랭이들을 이끌고 있는 지다성이라는 그 여우를 말씀하시는 것입니까?"

지마신은 말하기도 힘에 겨운 듯 고개를 끄덕였다.

그는 지금 희미해지는 기억 속에서도 상대의 머리만은 꼭 제거해야 한다는 생각이 들었다. 혹여 천황문의 두뇌 역할을 하는 자신에게 불상사가 생길 경우 천황문의 절대적인 우위를 결코 장담할 수 없기 때문이었다.

제갈현을 제거하지 않고는 자칫 그의 술수에 걸려 오히려 위기가 닥칠 수 있었다. 무림맹도가 정주로 퇴각해 전열을 가다듬기 전에 어떻게 해서든지 그만은 제거해야겠다는 절박함이 밀려든 것이다.

"제, 제갈현을… 꼭……!"

지마신은 부왕의 두터운 손을 움켜잡았다.

그 모습을 바라보던 부왕이 거부(巨斧)를 꼭 움켜쥐며 장내가 떠나갈 듯한 큰 목소리로 외쳤다.

“문주님, 걱정하지 마십시오! 속하가 이 자리에서 약속드리겠습니다! 무슨 일이 있더라도 이곳의 떨거지들을 쓸어버린 후, 놈들이 황하를 건너기 전에 그 여우 놈의 목만은 반드시 베도록 하겠습니다!”

곧이어 뒤쪽을 바라보며 외쳤다.

“귀영(鬼影)!”

순간, 누군가 엄청난 속도로 다가섰다.

바로 현 천황문 내에서 경공 하나만은 독보적이라 평가받고 있는 비전의 일각주 귀영 공문영이었다.

그가 다가서자 부왕이 빠르게 말을 이었다.

“문주님의 상세가 심상치 않으니 지체 말고 어서 본 문의 약당으로 뫼시어라!”

“존명!”

부왕의 말이 끝나기 무섭게 귀영이 지마신을 둘러 업었다.

곧이어 엄청난 속도로 미끄러지듯 내달리며 천황문이 자리한 불회곡으로 쏜살같이 사라져 갔다.

부왕이 신형을 일으켜 세우며 전방으로 시선을 향했다.

그곳에는 혜우자가 분노를 머금은 표정을 지으며 서서히 신형을 일으키고 있었다. 곧이어 두 사람의 시선이 허공을 사이에 두고 마주치는 순간이었다.

“단천세(斷天勢)!”

부왕의 신형이 미끄러지며 커다란 외침이 터져 나왔다.

쐐애애액!

갑자기 주위로 거친 파공성이 울려 퍼졌다.

동시에 세상의 모든 것을 쪼개 버릴 것 같은 큼지막한 부신이 육안으로는 구분하기 어려운 속도로 꿈틀거리며 혜우자의 정수리를 향해 떨어져 내렸다.

'으음!'

혜우자는 미간을 찌푸리며 검을 꼭 움켜쥐었다.

어느새 그의 검이 엄청난 속도로 둥그런 태극을 그리며 거칠게 쏟아져 내리는 부세(斧勢) 속으로 마주쳐 갔다.

"최후의 일인까지 놈들을 막아서라!"

"와! 무림맹의 잔졸들을 깡그리 쓸어버려라!"

순간, 지켜보던 양측의 무인들이 토해내는 고함이 벌판에 울려 퍼졌다.

곧이어 눈앞에 보이는 상대를 향해 병장기를 곧추세우며 세차게 부딪쳐 갔다.

챙! 챙! 챙!

벌판에는 양측의 움직임이 난무하는 가운데 병장기 부딪치는 소리로 가득 찼다.

"크악! 으아악!"

무차별적으로 벌어지는 난전 속에 처절한 단말마가 이어

졌다.

하지만 시간이 흐를수록 줄을 이루던 비명이 점차 줄어들기 시작했다. 더불어 피투성이가 된 채 힘겹게 검을 휘두르고 있는 결사대원의 모습 역시 줄어만 갔다.

안타까웠다. 참으로 안타까웠다. 남은 내력을 모두 쥐어짜 내며 상대를 베어도 적의 수는 결코 줄어들지 않았다. 오히려 하나를 베면 둘이 달려들고 둘을 베면 셋이 달려들었다.

이미 수장을 잃은 결사대원이 제아무리 목숨을 걸고 막아서려 해도 천황문도의 많은 인원 앞에서는 불가항력일 뿐이었다. 그렇게 억겁의 긴 시간은 흘러만 갔다.

"크아악!"

누군가의 외마디 비명이 터져 나오는 순간이었다.

안타깝게도 더 이상 벌판에서 검을 휘두르는 무림맹의 결사대원은 단 한 명도 남아 있지 않았다. 모두 설화산의 이름 모를 벌판에서 장엄하게 산화한 것이다.

'으음!'

부왕이 눈빛을 반짝이며 주위를 둘러보았다.

마구 뒤엉킨 채 나뒹구는 시신들이 가득하고 그들의 신형에서 흘러나온 선혈이 벌판 전역을 붉게 물들이고 있는 광경이 시선을 메워왔다.

"모두 전열을 가다듬고 놈들을 쫓아라! 그리고 군사를 맡고 있는 제갈현이란 여우를 베어라! 다른 놈을 모두 놓치더라도 그 여우의 목숨만은 반드시 취해야 한다!"

"존명!"

천황문도의 커다란 목소리가 일제히 벌판에 울려 퍼졌다.

'제갈현! 네놈의 목만은 반드시 베고 말리라!'

부왕은 재빨리 가슴 부근의 여러 혈도를 짚었다.

상의를 붉게 적시며 흘러내리는 선홍색의 피가 멈추자 핏발 선 두 눈이 전방으로 향했다.

곧이어 그의 신형은 남쪽을 향해 쏜살같이 내달렸다. 어느새 전열을 가다듬은 천황문도 역시 삼 열씩 줄을 이루며 빠른 속도로 사라져 갔다.

휘이이잉!

어디선가 한바탕 소낙비라도 쏟아져 내릴 듯 거센 바람이 일기 시작했다.

천지의 운행이 만들어낸 회오리바람이 마치 곡성이라도 토해내듯 붉은 시신으로 가득 찬 황량한 벌판에 세차게 휘몰아치고 있었다.

**격**정의 회오리 속에 휘말려 숨죽이던 무림에 순풍이 불어오며 한줄기 영롱한 빛이 떠오르기 시작했다. 바로 청의신협이 이끄는 황룡당이었다.

"강남맹이 황룡당에게 일격을 당하고 고융중에 고립되었다!"

"황룡당이 대흥산 일대를 장악했다! 흩어진 백호당원이 청의신협의 구원으로 그의 휘하에 모여들었다!"

무림은 온통 황룡당에 대한 이야기로 끊이지 않았다.

좀처럼 가망성이 없어 보이던 황룡당과 강남맹의 일전이

낳은 의외의 결과에 모두 흥분하는 모습이었다. 더욱이 예상치 못한 황룡당의 신속한 대홍산 공략에는 그저 혀를 내두를 뿐이었다.

황룡당의 거보(巨步)!

일보를 내디딜 때마다 불가능을 넘어서고 있는 그들의 행보는 이제 무림의 이목을 끄는 것을 넘어 새로운 희망으로 떠오르고 있었다.

또한 그들의 선전은 깊은 수렁 속에 빠져 있던 무림에 새로운 활기를 불어넣었다. 그 미미한 시작은 바로 도도하게 흘러가는 장강의 물줄기에서였다.

수로연맹채의 부활!

장강 유역의 곳곳으로 숨어들었던 수로연맹채가 드디어 기지개를 켜고 나섰다.

악양 일대를 순시하던 혈왕채의 강력한 전선인 귀왕선 한 척을 십팔 채주들이 기습해 장강의 물고기 밥으로 만들어 버린 것이다.

귀왕선의 침몰!

혈왕채에게는 크나큰 충격이 아닐 수 없었다.

궁왕전을 장착한 커다란 규모의 전선으로 무적전선이라고까지 불리던 화려한 명성을 지닌 귀왕선 한 척이 불의의 일격을 당하며 커다란 손실을 입은 것이다.

현재 남은 두 척의 귀왕선을 위시한 모든 전선을 장강에 띄운 채 눈에 불을 켜고 수로연맹채의 흔적을 찾아다니고 있었다.

하지만 그들의 자취는 오리무중(五里霧中)일 뿐이었다. 아침의 희뿌연 안개가 걷힌 것처럼 일제히 모습을 감춘 상태였다.

그렇게 조금씩 숨통이 트이는 상황으로 변해갈 때쯤 날벼락 같은 비보가 날아들었다. 바로 설화산으로 원정을 떠났던 무림맹이 천황문에게 대패했다는 소식이었다.

"무림맹이 설화산에서 소림성승과 군사인 제갈현, 그리고 장문인들의 반수 이상을 잃고 퇴각했다!"

"현무당과 주작당 역시 반수에 가까운 피해를 입고 하남의 정주로 퇴각했다!"

무림은 또다시 크게 술렁거리기 시작했다.

그나마 천황문주 지마신이 심한 부상을 입어 목숨을 장담할 수 없는 상황이라는 소식이 함께 전해진 것이 큰 위안이었다.

일휘(一暉) 황룡당!

하지만 항시 움츠러들기만 하던 이전과는 확연히 달라져 있었다.

이제 무림의 새로운 희망으로 떠오른 황룡당의 행보에 촉

각을 곤두세우며 또다시 그들의 신출귀몰한 활약을 잔뜩 기대하는 눈치였다.

일부 호사가 사이에서는 아예 그들의 진로를 놓고 내기를 거는 등 의견이 분분한 모습이었다. 그렇게 전체적인 분위기는 황룡당과 천황문의 대결로 압축되어 가는 양상으로 흘러가 있었다.


대홍산의 산자락이 굽이치는 외곽의 한 넓은 들판에 제법 높은 목책으로 둘러싸인 진영이 자리하고 있었다.

이전에 강남맹의 폭풍대와 추혼대, 그리고 천룡문의 연합 세력이 주둔하던 곳이었다.

진영 안에는 여러 채의 목조 건물이 세워져 있었다. 그중 가장 커다란 규모의 건물에는 많은 무인이 장방형의 탁자를 중심으로 앉아 있었다.

황룡당의 전력 증강!

그동안 이곳 대홍산에는 커다란 변화가 있었다.

대경이 폭우검과 멸혼장을 포함한 추적조를 몰살시켰다는 소식이 전해지자 대홍산 곳곳으로 숨어들었던 백호당원이 삼삼오오 짝을 이루며 그의 휘하로 모여들었다.

이후 비밀리에 정주를 떠나와 백호당원의 행적을 찾아다니던 세가의 가주들이 가세하고 홀로 조양문도의 행방을 찾아 나섰던 유정검 역시 무사한 모습으로 합류했다.

또한 검후의 전인이 사연화(四蓮花)라 불리는 검각 수호영(守護影)들을 대동하고 가세하며 황룡당은 막강한 전력으로 급부상하게 되었다.

그들은 곧바로 대홍산의 외곽에 대기하던 백리향이 이끄는 인대와 합류하여 강남맹의 추혼대와 잔존하던 오조, 육조, 칠조 등 세 추적조를 압박하며 포위망을 좁혔다. 그동안 추적을 당하던 상황이 오히려 뒤바뀐 것이다.

황룡당의 대홍산 장악!

그렇게 쫓고 쫓기던 공방은 강남맹도가 한 깊은 계곡에 갇히며 종지부를 찍었다.

이미 공동 수장이었던 폭우검과 멸혼장을 잃은 그들이 세가의 가주들이 포함된 황룡당을 당해낼 수 없었던 것이다.

결국 황룡당에게 대패하며 대부분의 강남맹도가 대홍산에 뼈를 묻었다. 단지 십수 명에 이르는 인원만이 운 좋게 살아남아 도주했을 뿐이었다.

청의신협의 좌절!

더불어 한 가지 고민스런 문제가 발생했다.

대홍산을 장악한 후 대경은 진영의 한곳에 소희를 묻고 아예 무덤가에서 지냈다. 유정검을 비롯한 많은 이의 만류가 있었지만 빙그레 미소만 지을 뿐 계속해서 그 상태로 지내온 것이다.

그의 흐트러진 모습은 신속히 다음 행보를 결정해야 하는 이들에게 커다란 고민이 아닐 수 없었다. 어서 슬픔을 딛고 일어서기를 고대하고 있지만 무덤가에서의 생활은 좀처럼 변함이 없었다. 그렇게 안타까운 시간이 속절없이 흘러가고 있을 때였다.

수로연맹채의 방문!

그러던 어느 날이었다.

아침 일찍 수로연맹채의 좌호법인 무정검 이홍이 밀사의 임무를 띠고 진영을 찾아왔다.

곧바로 임시 회의가 열리며 이곳의 사실상 수장인 대경을 청했다. 혹여 참석하지 않으면 어쩌나 걱정을 했지만 다행히 모습을 드러낸 상태였다.

'으음……!'

무정검은 왠지 좌중의 분위기가 무겁다는 생각이 들었다.

상석에는 그 유명한 황룡당주라는 청년이 표정없는 얼굴로 앉아 있었다. 그리고 그를 바라보는 중인들의 눈빛에는 하나같이 안타까움이 서려 있었다.

홀로 피로 얼룩진 의복 위에 천으로 꼬아 만든 끈으로 칭칭 동여맨 소희의 시신을 업고 나타난 이후 그의 얼굴에서 웃음이 사라진 것이다.

　언뜻 보면 그저 생의 모든 희로애락을 벗어나 득도한 모습처럼 보이지만 그가 왜 웃음을 잃었는지 무정검이 그 이유를 알 리 없었다.

“크흠!”

　무정검은 헛기침을 하며 좌중의 이목을 자신에게 쏠리도록 만들었다.

　아무튼 그로서는 현재 자신이 이곳을 방문한 중요한 목적을 달성해야 하는 상황이었다. 그것을 이루기 위해서는 썰렁한 분위기를 조금 바꿀 필요가 있었다.

　모든 이의 시선이 쏠리자 재빨리 입을 열었다.

　“황룡당의 혁혁한 전과에 감탄스럽고 또한 놀라울 뿐입니다. 현재 고융중과 이곳에서의 선전으로 인해 황룡당은 무림에 새로운 희망으로 떠오르고 있습니다.”

　그의 말에 건너편에 앉아 있던 황보세가의 가주인 벽력권 황보웅이 웃음을 터뜨렸다.

　“허허허! 우리 역시 자네가 속한 수로연맹채의 활약에 대해 익히 들어 알고 있네. 혈왕채의 무적전선을 격파했다니 참으로 놀라운 일일세.”

　순간, 무정검이 눈빛을 반짝였다.

　“그렇게 칭찬해 주시니 감읍할 따름입니다. 사실은 그 때문에 이곳을 방문하게 되었습니다.”

“응? 그게 무슨 말인가?”

“그것이…….”

무정검은 자신이 임무를 띠고 온 내용에 대해 자세히 설명하기 시작했다.

강남맹의 핵심 세력이 고용중에 고립된 상태이기에 강남전선은 사실상 무주공산이나 다름없다는 내용이었다.

혈왕채의 제거!

그 내용의 핵심은 바로 혈왕채의 제거였다.

이미 흑룡방이 지리멸렬한 상태로 남창으로 되돌아간 상황이니 혈왕채의 제거가 무엇보다도 시급한 사안이라는 것이었다.

현재 흑룡방이 머물던 장사는 원주인이라 할 수 있는 백화문주 백학검 노구룡이 지역의 수복을 위해 호기를 엿보고 있으며 자신들 역시 동정호 일대를 되찾기 위해 호시탐탐 기회를 노리고 있다는 내용이었다.

하지만 호남의 악양에서 호북의 무한에 이르는 장강의 뱃길이 혈왕채의 수중에서 요지부동이기에 황룡당이 황석에 위치한 혈왕채의 본영을 무너뜨려 달라는 요청이었다.

더불어 그곳에 머무르고 있는 전선을 파손시킬 수만 있다면 제아무리 강력한 두 척의 무적전선을 보유한 혈왕채라 할지라도 크게 흔들릴 수밖에 없다는 말이었다.

만일 그렇게 된다면 그들이 본거지를 잃고 우왕좌왕하는 사이 수로연맹채가 기습을 가해 장강의 고혼으로 만들어 버리겠다는 계획이었다.

무정검이 빠르게 좌중을 둘러보며 목청을 돋우었다.

"지금이 바로 그 절호의 기회입니다. 그러니 황룡당에서 황석에 자리한 놈들의 본거지를 꼭 소탕해 주시기 바랍니다."

그의 긴 얘기가 끝나자 좌중에는 침묵이 흘렀다.

충분히 일리가 있는 말이었다. 또한 이곳에 있는 황룡당의 전력이면 황석에 자리한 혈왕채의 본거지를 치는 일은 큰 무리가 아니었다. 다만 무림맹이 정주로 퇴각한 시점에서 전력을 남쪽으로 향한다는 것이 애매할 뿐이었다.

좌중의 시선은 자연히 상석에 앉아 있는 대경에게 쏠렸다. 아무래도 현재로서는 그의 판단이 결정적일 수밖에 없었다.

그 모습을 바라보던 무정검이 재빨리 대경에게 시선을 향했다.

"당주님! 제발 도와주십시오! 지금의 이 기회를 놓치면 저희가 장강 유역을 수복하는 일은 극히 요원해집니다. 또한 황룡당 역시 현재의 혼란한 틈을 타 혈왕채를 무너뜨리고 강남 전선을 석권할 수 있는 절호의 기회를 놓치는 일입니다."

그의 애절한 목소리가 좌중에 메아리쳤다.

잠시 후 무심한 표정의 대경이 차 한 모금을 마시며 천천히 입을 열었다.

"좌호법께서 무슨 말씀을 하고 싶은 것인지 충분히 이해가 됩니다. 하지만 무림맹이 이미 천황문에게 대패하여 정주로 퇴각한 시점이기에 저희로서는 그들에 대한 지원을 생각지 않을 수 없는 입장입니다."

'으음!'

순간, 무정검의 인상이 심하게 구겨졌다.

이곳으로 오면서 내심 걱정하던 문제를 대경이 언급한 것이다. 무림맹에 비하면 수로연맹채의 일은 사실상 후순위에 속할 수밖에 없었다.

'후유!'

무정검은 내심 긴 한숨만 나왔다.

무한의 대평원에서 전면전을 벌이다 대패한 일도 그렇고, 설화산에서 천황문을 무모하게 공략하다 역시 대패한 사실도 그렇고, 그저 무림맹이 원망스러울 뿐이었다.

하지만 그것은 자신의 넋두리일 뿐 현실은 그렇게 못했다. 왠지 이 먼 곳까지 헛다리 품만 팔았다는 생각이 드는 순간이었다.

갑자기 귀를 번쩍 뜨이게 하는 대경의 억양없는 목소리가 들려왔다.

"그동안 저로 인해 다소 시간이 지연된 것 같아 이 자리에서 모든 결정을 내리겠습니다. 정주로 향하는 일에는 변수가 생길 수 있으니 일단 고융중에 머물러 있는 사마 군사와 합류한 후 다시 논하기로 하겠습니다. 우선 당문주 일천수 어르신과 남궁가주 진천검께서는 백호당의 남은 인원을 이끌고 인대주 백리 형이 이끄는 인대원과 연합해 신속히 강남전선으로 이동해 주시기 바랍니다."

순간, 여기저기서 웅성거리는 소리가 들려왔다.

대경이 좌중을 둘러보더니 천천히 고개를 끄덕였다.

"비록 고립되기는 했지만 고융중에는 아직 파랑마검이 이끄는 강남맹의 정예가 머무르고 있습니다. 현재 사마 군사가 그들의 발길을 효과적으로 봉쇄하고 있지만 무림맹이 정주로 퇴각한 시점이기에 이전과는 상황이 많이 달라졌습니다. 자칫하면 강남맹이 무리수를 두어 강공책을 구사할 위험이 있습니다. 따라서 무엇보다도 고융중의 안정이 최우선입니다."

잠시 차 한 모금을 마시더니 말을 이었다.

"무림맹은 정주에서 수성하는 입장이기에 일정 시간을 견딜 만한 여력이 있습니다. 하지만 강남전선은 다릅니다. 좌호법의 말대로 강남맹의 정예가 자리를 비운 지금이 바로 호기입니다. 장강을 확보할 수만 있다면 혹시 발생할 수 있는 퇴로를 확보함은 물론 유사시 수로연맹채가 강남으로 향하는 천황문의 발길을 막아줄 수 있습니다.”

대경의 말이 끝나는 순간이었다.

얼굴이 벌겋게 달아오른 무정검이 벌떡 일어서더니 침을 튀어가며 목청을 돋우었다.

“지당하신 말씀입니다! 혈왕채만 제거된다면 저희가 있는 한 그 어떤 세력도 장강의 물길을 건널 수 없다는 것을 확실히 말씀드릴 수 있습니다. 아니, 저 무정검 이홍이 이 자리에서 수로연맹채의 명예를 걸고 약속드리겠습니다!”

“크흠! 흠! 흠!”

갑자기 건너편에 황보웅과 나란히 앉아 있던 일천수 당천기가 심하게 미간을 찡그렸다.

곧이어 얼굴에 쏟아진 제법 굵직한 암기들을 닦아내며 잠시 무정검을 쏘아보았다. 그가 어쩔 줄을 몰라 하자 천천히 고개를 돌려 대경에게 시선을 향했다.

“내 장 당주의 말을 따르도록 하겠네. 놈들 역시 대평원 전투에서 한몫 단단히 했다는 얘기를 들었네. 이번 기회에 놈들에게 당문의 암기와 독이 무엇인지 확실히 보여주도록 하겠네.”

진천검 남궁진 역시 거들고 나섰다.

“나 역시 강남맹과 관련된 놈들이라면 용서치 않겠네. 아우를 죽인 놈들과는 결코 같은 하늘 아래 공존하지 않을 것이네.”

두 사람의 싸늘한 표정에 갑자기 좌중의 분위기가 썰렁해
졌다.

대경이 일천수와 진천검을 강남전선에 투입하는 것에는
또 다른 이유가 있었다. 어차피 신속히 마무리 지어야 할 원
정이라면 강남맹과 악연이 있는 인물들이 적합하다는 생각이
든 것이다.

두 사람 모두 그들에게 배다른 아우와 사촌 아우를 잃었으
니 앙금이 남지 않을 리 없었다. 오히려 그들은 이를 갈며 강
남으로 향하는 것을 반기는 모습이었다.

잠시 후, 대경이 좌중을 둘러보며 입을 열었다.

“그럼 가능한 한 오늘 중에 모든 일을 정리하고 내일 아침
에 모두 이곳을 떠나도록 하시지요.”

“당주님! 정말로 감사합니다!”

무정검이 감격스런 표정을 지으며 눈물을 흘렸다.

대경이 빙그레 미소를 띠며 자리에서 일어나 좌중의 인물
들에게 일일이 묵례를 취한 후 밖으로 나왔다.

‘으음!’

어디선가 시원한 바람이 불어오며 전신을 스쳐 갔다.

조금은 답답한 마음이 가라앉자 천천히 뒷짐을 지며 진영
의 뒷산으로 발걸음을 옮겼다.

한동안 터벅터벅 언덕길을 오르자 양지바른 완만한 경사면이 나타났다. 그 중간쯤에 잘 다듬어진 분묘 하나가 자리하고 있었다.

그 앞에 이르자 대경이 무릎을 꿇고 손을 넓게 펼쳐 분묘를 하나 가득 감싸 안았다.

'희 매! 이제 이곳을 떠나야겠구려! 그동안 당신을 떠나보내야 한다고 생각하면서도 차마 그러지 못했소! 당신이 이미 태허로 돌아갔다는 사실을 알면서도 그것을 인정하지 못하는 내 자신이 정말 밉구려!'

대경의 두 눈에서 눈물이 주르르 흘러내렸다.

한참 흐느껴 울다가 누군가의 인기척을 느끼자 눈물을 거두며 고개를 돌아다보았다. 그곳에는 유정검이 안타까운 표정을 지으며 서 있었다.

서로 시선이 마주치자 유정검이 천천히 걸음을 옮겨 대경에게 다가왔다.

"빙장 어른!"

대경이 일어서며 예를 갖추자 유정검이 어깨를 다독거렸다.

"그만하면 됐네. 진정 자네의 진심을 알았으니 소희 또한 만족했을 걸세. 이제는 기운을 차려야 하지 않겠나? 지금 자네가 이끄는 황룡당의 도움을 필요로 하는 이들이 얼마나 많은가 한번 생각해 보게. 그들 역시 스스로의 의지와는 상관없이 난세 속에 얼마나 많은 고통을 받으며 살아가고 있겠는가. 어서 자네가 털고 일어나서 이 혼란스런 사태를 빨리 종식시켜야 할 것이 아닌가?”

“하지만……”

대경이 말을 잇지 못하자 유정검이 강한 어조로 말을 이었다.

“지금 소희가 자네의 이런 모습을 원하고 있겠는가? 아닐세! 절대로 아니란 말일세! 오히려 자신과 같은 무의미한 희생이 줄어들 수 있도록 어서 난세를 종식시켜 달라며 간절히 바라고 있을 걸세.”

“빙장 어른!”

순간, 대경이 무너지듯 유정검의 품에 안겼다.

유정검이 잠시 꼭 보듬으며 너털웃음을 터뜨렸다.

“허허허! 천하의 황룡당주 청의신협이 어찌 이리도 나약한 모습을 보인다는 말인가?”

두 사람은 한참 동안 그 자세로 소희의 분묘 앞에 서 있었다.

조금 전 유정검이 서 있던 자리에는 어느새 오 인이 다가와 있었다. 부리부리한 호목의 염무, 허리에 흰 천을 칭칭 동여매고 있는 숙빈, 왠지 풍류공자의 모습이 떠오르는 백리향,

고지식함이 절로 얼굴에 배어 있는 이웅, 그리고 챙이 넓은 약립으로 얼굴을 가린 늘씬한 몸매의 여인이었다.

모두 가슴 찡한 모습으로 두 사람을 바라보고 있었다. 그들의 얼굴에는 쓸쓸한 미소와 함께 안타까운 표정이 떠올라 있었다.

하지만 널따란 챙에 가려 얼굴이 보이지 않는 여인의 신형은 왠지 모르게 조금씩 떨리고 있었다. 그녀의 마음을 아는지 어디선가 시원한 바람이 불어오며 쓸쓸한 마음을 달래주었다.

*　　　*　　　*

서산마루로 해가 기울고 있는 시각, 고융중의 남쪽에 자리한 소하의 어귀에 칠 인의 신형이 긴 그림자를 남기며 들어서고 있었다.

얼마 전 대홍산을 떠나온 대경 일행이었다. 조금 특이한 것은 일행 중에 의외로 두 여인이 속해 있다는 점이었다.

그들 중 거동이 불편해 보이는 오십대 여인은 챙이 넓은 약립을 쓰고 있는 여인의 부축을 받으며 힘겹게 걸음을 옮기고 있었다. 바로 검후와 그녀의 전인이었다.

대경은 일행인 염무, 숙빈, 이웅, 그리고 황보가주 벽력권 황보웅과 두 여인을 제외한 모든 인원을 수로연맹채의 좌호법 이홍과 함께 혈왕채의 본거지로 원정을 보낸 상태였다. 그들은 임무를 완수하는 대로 고융중에서 합류하기로 약속이 되어 있었다.

잠시 후, 선두에서 대경과 함께 나란히 걷고 있던 황보웅이 의아한 표정을 지으며 걸음을 멈추었다.

"장 당주! 혹여 저들이 누구인지 알겠는가?"

황보웅의 말에 대경의 미간이 좁아졌다.

"글쎄요… 무인들로 보이는데 저도 잘 모르겠습니다."

"허! 그것참! 난데없이 웬 무인들이 떼거리로 나타나 진입로를 막아서며 진을 치고 있다는 말인가?"

황보웅의 말에 일행 역시 당황스런 표정을 지었다.

소하를 가로지르는 입구의 언덕에는 묘한 풍경이 벌어져 있었다. 족히 수백은 되어 보이는 무인들이 크게 세 무리로 나뉘어 진을 치고 있었던 것이다.

'으음……!'

대경은 갑자기 머릿속이 복잡해지는 것을 느꼈다.

그들은 마치 누군가를 기다리는 듯한 모습이었다. 사실 그들 중 딱히 눈에 띄는 고수는 보이지 않았다. 대부분 중소 문파나 낭인으로 보이는 인물들이었다.

하지만 저들이 이곳에서 일행의 발길을 막아서기 위해 기다리고 있는 상황이라면 얘기가 달라지는 것이다. 목적지까지 하루 거리를 앞두고 그야말로 생각지 못한 난관에 봉착하는 꼴이었다.

다만 다행이라면 그들에게서 큰 살기가 느껴지지 않는다는 점이었다. 대경이 무심코 고개를 저으며 시선을 우측으로 향할 때였다.

'응……?'

우측에 진을 치고 있는 무리 중 앞쪽에 서 있던 한 사내가 반갑게 손을 흔들며 빠른 걸음으로 다가오는 모습이 보였다.

'저 사람은?'

순간, 대경의 두 눈은 휘둥그레지고 말았다.

환한 표정을 지으며 다가서는 사내는 예전에 분명 일면식이 있는 인물이었다.

강호에 첫 발을 내디딘 후, 구화산의 화성사에서 소희를 만나 일행과 함께 무한을 경유해 사천으로 향하는 장거리 객선에 몸을 실었을 때였다.

갑자기 생각지도 못한 혈왕채의 습격을 받고 객선 안은 온통 혼란이 극에 달하던 상황이었다. 당시 갑판 위에서 혈왕채의 수적들과 용감하게 맞서다가 위기에 처한 다섯 명의 무인을 간발의 차이로 구해준 적이 있었다.

청의신협 장대경!

오늘날 대경의 별호가 청의신협으로 불리게 된 이유은 바로 그들에 의해서였다.

물론 흑룡방의 총호법을 맡고 있는 단월도 한웅을 꺾으며 명성을 얻은 이유도 있었지만 이면에는 그들이 입에 거품을 물고 소문을 내준 덕분에 무림에서 빠르게 유명세를 탈 수 있었던 것이다.

아무튼 사내는 당시 갑판에 있던 오 인 중 일인이었다. 어느새 앞까지 다가선 사내가 커다란 웃음을 터뜨리며 입을 열었다.

"하하하! 저를 기억하시지요? 정검(情劍) 홍운입니다."

대경이 미소를 띠며 고개를 끄덕이자 빠르게 말을 이었다.

"이게 대체 얼마만입니까? 정말 반갑습니다. 예전의 일이 마치 어제의 일처럼 생생하게 떠오르네요. 별 탈 없이 무고하셨는지요? 참으로 뵙고 싶었습니다. 그동안 천하를 떠돌고 다니며 귀가 닳도록 대협의 소문을 들었습니다."

'풋……!'

대경은 절로 웃음이 터져 나오는 것을 간신히 참았다.

홍운이 넉살 좋은 얼굴로 만면에 미소를 띠며 다짜고짜 쉴 새 없이 안부를 물어오니 갑자기 말문이 막히며 웃음이 나오는 것이다.

한편으로는 왠지 모르게 가슴 한구석이 훈훈해지며 감동

의 물결이 이는 것을 느꼈다. 누군가의 머릿속에 잊혀지지 않고 오랫동안 좋은 모습으로 기억되어 있다는 사실이 참으로 고마웠다.

그렇게 잠시 생각에 잠겨 있는 사이 무리를 이루던 장소에서 제법 출중한 기도를 지닌 삼 인이 발걸음을 옮기며 다가왔다. 상당히 나이가 들어 보이는 날카로운 인상의 노인과 그에 조금 뒤처지는 기도를 뿌리는 두 명의 초로인이었다.

그들이 다가서자 홍운이 좌측의 인물부터 차례로 소개하기 시작했다.

"대협! 이분은 운남 곤명에 자리한 오독문(五毒門)의 문주로 파천독수(破天毒手) 갈독 노형님이십니다. 제가 이십여 년 전에 만난 이후 존경하며 따르는 의형님이시지요. 그리고 가운데 계신 분은 귀주의 덕홍에 위치한 오랜 전통의 승천문(昇天門) 문주인 섬창(閃槍) 조충 어른이시고, 바깥쪽에 계신 분은 낭인 사이에서 그 명성이 자자한 낭인왕(狼人王) 지천후 어른이십니다."

그는 숨을 들이키기 무섭게 말을 이었다.

"특히 낭인왕께서는 이번에 새로이 조직된 낭인들의 조직체, 정무방의 방주를 맡고 계십니다. 두 분 모두 의형님과 제가 이곳에서 대협을 뵙기 위해 기다리는 동안 각각 승천문도와 정무방도를 이끌고 합류하신 분들입니다."

홍운의 말이 끝나자 굵직한 목소리들이 뒤를 이었다.

"노부는 오독문의 파천독수 갈독이라 하오!"

"승천문의 섬창 조충입니다! 천하에 명성이 드높은 청의신협을 뵙게 되어 참으로 영광입니다."

"그동안 대협의 명성은 익히 들어왔습니다. 정무방주 낭인왕 지천후라 합니다!"

삼 인이 포권을 취하며 자신들을 소개하자 대경 역시 정중히 포권을 취했다.

"황룡당을 맡고 있는 장대경이라 합니다. 무림에 명망이 높으신 고인들을 뵙게 되어 참으로 반갑습니다."

순간, 삼 인의 얼굴이 벌겋게 달아올랐다.

곧이어 마구 손사래를 치며 이구동성으로 목청을 돋우었다.

"그 무슨 겸양의 말씀을……."

하지만 그들은 손을 크게 휘젓는 와중에서도 대경의 전신을 훑어보기에 여념이 없었다.

대경은 왠지 쑥스러워지자 자신도 모르게 얼굴을 붉히고 말았다. 그렇게 조용한 침묵이 흐를 때였다.

문득 파천독수가 궁금한 표정을 지으며 물었다.

"청의신협께서는 현 무림의 정세에 대해 어떻게 생각하시오?"

“글쎄요… 참으로 어려운 질문이십니다. 사견(私見)을 말씀드리자면 솔직히 누구를 위한 싸움인지 잘 모르겠습니다. 어서 이 난세가 종결되어 전 문파가 서로 어우러지며 평화롭게 지낼 수 있기를 바랄 뿐이지요.”

‘으음……!’

순간, 파천독수의 눈빛이 반짝였다.

그동안 당문에 뒤지지 않는 전력을 보유하고 있음에도 정사의 중간으로 애매한 취급만 받아오던 오독문이었다.

그런데 그 이유가 지극히 단순한 것에 있었다. 이미 독과 암기로 명성을 날리고 있는 당문의 그늘에 가리고 지역적으로 운남이라는 오지에 위치했다는 것이 이유였다. 심지어는 중원의 문파들로부터 오랑캐 취급을 받기도 했다.

오독문주 파천독수 갈독!

솔직히 그는 전란의 초기에 심한 갈등을 느껴왔다.

현 정파가 주도하는 무림의 반대편에 서고자 하는 쪽으로 절반 이상 마음이 기운 상태였다.

하지만 한 가지, 자신이 아끼는 의제 홍운이 목숨을 구원받고 그토록 침이 마르게 칭찬하는 청의신협이 대체 어떤 인물인지 궁금한 생각이 들었다.

하지만 그는 이미 정파 내에서 중요한 위치에 서 있는 인물이었다. 따라서 일단 그를 만나보고 결정을 내리기로 마음먹었다. 이후 고심을 거듭한 끝에 전 오독문도를 이끌고 먼 길을 떠나와 삼 일째 이곳에서 진을 치고 기다렸던 것이다.

승천문주 섬창 조충과 정무방주 낭인왕 지천후!

그것은 섬창 역시 만찬가지였다.

그 또한 내색을 하고 있지 않지만 파천독수의 마음과 별반 다를 게 없었다. 단지 낭인왕이 이끄는 정무방만이 유독 대경에게 강한 호감을 보이며 따르기를 원하는 상태였다.

아무튼 막상 그를 만나고 보니 갑자기 그동안 가져왔던 정파에 대한 거부감이 일순간에 사라지는 것을 느꼈다. 이상하게도 그에게는 평범함 속에 사람의 마음을 끄는 묘한 매력이 있었다.

또한 생각과는 달리 겸손한 언행이 참으로 마음에 들었다. 왠지 저런 인물이라면 강호를 함께 누비고 싶다는 생각이 강하게 뇌리를 파고들었다.

"좀 자세히 말씀해 주시겠소?"

파천독수의 말에 대경이 잠시 생각에 잠겼다.

곧이어 삼 인을 둘러보며 천천히 입을 열었다.

"확실한 원인을 지적하기는 어렵지만 분란의 근본적인 이유는 바로 욕심 때문입니다. 현 사태 역시 그와 함께 원한이 앙금으로 남아 화가 반복되는 현상이지요."

"그것이 무슨 말씀인지, 가르침을……."

파천독수가 말끝을 흐리자 대경이 고개를 끄덕였다.

"시원은 천지만물이 끝임없이 움직이도록 만듭니다. 하늘은 바람을 일으켜 쌓인 찌꺼기를 날리우고 때로는 더운 곳에 소낙비를 뿌려주지요. 땅은 만물이 소생하여 자신들의 보금자리를 차릴 수 있도록 묵묵히 기름진 대지를 가꿉니다. 그저 자신의 길을 걸으며 본연의 역할을 다하고 있는 것이지요."

문득 한숨을 내쉬더니 시선을 하늘로 향했다.

대경의 맑고 청아한 눈에는 왠지 답답해 보이는 잿빛 그림자가 드리워져 있었다.

"인간을 제외한 만물 역시 크게 다를 바 없습니다. 자신의 주위에 날아든 씨앗과 공존하지 못해 다투고 때로는 허기진 배를 채우기 위하여 다른 생명의 목숨을 노립니다. 하지만 그들은 생존을 위한 본능적인 몸부림일 뿐 결코 인간과 같이 그릇된 욕심의 발로는 아닙니다."

곧이어 안타까운 표정을 지으며 말을 이었다.

"솔직히 탐욕으로 얻은 순간의 복은 오래가지 못하고 기나긴 화의 반복이 이어질 뿐입니다. 또한 화의 당사자들이 결자해지(結者解之)하면 좋으련만 그 와중에 다시 주변에 새로운 원한의 앙금을 남기니 그 굴레는 참으로 질기디질긴 것이지요. 따라서 저는 현 무림의 혼란을 순리에 따라 행하고자 합니다."

순간, 삼 인의 얼굴에는 감탄스런 표정이 떠올랐다.

파천독수는 연신 고개를 끄덕이며 대경을 직시하더니 굵직한 목소리를 토해냈다.

"역시 청의신협 장 대협이시오! 그동안 소문으로만 들어오다가 그처럼 높은 무공을 지녔음에도 겸양하고 정대한 모습을 보니 오늘에서야 비로소 하늘이 넓다는 사실을 깨달았소!"

파천독수의 말이 끝나자 낭인왕의 커다란 목소리가 뒤를 이었다.

"지당하신 달씀이오! 진정 저희를 이끌어주실 지존임을 믿어 의심치 않습니다! 낭인왕 이하 이백오십오 명의 정무방도가 청의신협의 휘하에 들기를 청하나이다!"

순간, 뒤쪽에서 웅성거리는 소리와 함께 누군가 목청을 돋우었다.

"지존! 방주의 청을 받아주십시오!"

"정무방도의 청을 거절하지 말아주십시오! 지존이시여!"

"저희 정무방도 전원은 지존을 따라 무림을 위해 목숨을 바치겠습니다!"

말이 끝나기 무섭게 정무방도로 보이는 무리에서 수많은 무인이 자리를 박차고 일어서며 큰 목소리로 외쳤다.

"와! 정무방 만세! 황룡당 만세!"

“와아! 청의신협 만세! 지존 만세!”

장내에는 걷잡을 수 없는 함성이 줄을 이루며 터져 나왔다.

‘허! 그것참……!’

대경은 갑자기 생각지도 못한 상황에 얼굴이 더욱 붉어지는 것을 느꼈다.

예전에는 지금과 같이 난감한 사태가 발생되면 어떻게 해서든지 피하려 했겠지만 지금은 그럴 만한 상황이 아니었다. 솔직히 단 한 명의 인원이 아쉬운 판이었다.

그런데 생각지도 않은 무인들이 덩굴째 굴러들어 온 것이다. 그것도 최소한 삼류는 벗어난 무인들이었다. 왠지 지존이라 부르는 호칭이 어색하기는 하지만 굳이 그들의 합류를 거절할 필요는 없었다.

‘그럽시다! 우리 함께 어우러져 이 험한 난세를 헤쳐 나갑시다!’

대경이 마음을 굳히는 순간이었다.

“허! 아예 주위로 사람들이 알아서 모여드는구먼!”

황보웅의 입에서 왠지 부러운 듯한 목소리가 흘러나왔다.

그의 말에 일행은 모두 흐뭇한 표정을 지으며 고개를 끄덕였다. 한동안 소하의 입구에는 오로지 정무방도의 만세 소리만이 가득했다.

다음날, 이미 해가 중천을 지나 기울고 있는 시각이었다.

고융중의 외곽 지대에 솟아 있는 한 야산의 평탄면에 자리한 진영에는 많은 막사가 세워져 있었다. 얼마 전 황룡당이 이동을 멈추고 임시로 머무는 진영이었다.

그곳의 가장 큰 막사 안에는 많은 무인이 찻잔을 앞에 두고 앉아 있었다.

그들 중에는 소하에서 대경 일행과 합류해 온 파천독수와 섬창, 그리고 낭인왕의 모습도 보였다. 한동안 이어지던 침묵은 대경에 의해 막을 내렸다.

문득 찻잔을 기울이던 대경이 사마염을 바라보았다.

"군사께서 앞으로 우리 황룡당의 움직임에 대한 전반적인 계획을 말씀해 주시기 바랍니다."

순간, 좌중의 시선이 일제히 사마염을 향했다.

시선을 의식한 듯 사마염이 고개를 끄덕이며 입을 열었다.

"현재 이곳 고융중에 주둔하고 있는 강남맹은 조만간 이동을 시작할 것입니다. 하지만 다행인 점은 당주님께서 이미 대홍산에서 적절한 조치를 취했기에 우리의 움직임이 한결 가벼워지고 계획을 세우는 일 역시 수월해졌다는 점이지요. 아직 강남맹에서는 황룡당 소속의 인대원과 생존한 백호당원 모두가 강남전선으로 향했다는 사실을 모르고 있을 겁니다."

잠시 숨을 고르더니 말을 이었다.

"만일 혈왕채를 무너뜨리고 강남을 수중에 넣을 수만 있다면 더 이상의 상책은 없습니다. 우리로서는 최악의 패를 면할 수 있을 뿐 아니라 여의치 않을 경우 장기전을 대비해 장강이라는 확실한 보루를 확보하는 일이지요. 더불어 현 상황에서 잘하면 강남맹에게 치명타를 날릴 수 있는 좋은 기회가 될 것입니다."

사마염의 말에 황보웅이 궁금한 표정을 지었다.

"자네의 말은 이미 어떤 계책을 세워놓았다는 말인가?"

"그렇습니다. 다행히 오독문과 승천문, 그리고 정무방이 합류하여 인원이 대폭 증가한 덕분에 수월하게 계책을 마련할 수 있었습니다."

순간, 좌중에 앉아 있던 모든 이의 눈빛이 반짝였다.

특히 새로이 합류한 파천독수와 섬창, 그리고 낭인왕의 얼굴에는 궁금해하는 표정이 역력했다. 그동안 말로만 들어오던 현 무림에 새로운 발자취를 남기고 있는 황룡당의 두뇌이자 군사인 와봉추의 능력을 확인할 수 있는 좋은 기회인 것이다.

당연히 어떠한 신출귀몰한 계책을 제시할지 궁금할 수밖에 없었다. 그렇게 귀를 기울이는 사이 사마염의 차분한 설명이 이어졌다.

"그것이……."

막사 안에는 한참 동안 그의 나지막한 목소리만이 들렸다.

시간이 흐를수록 좌중의 수뇌부들은 환한 표정을 지으며 고개를 끄덕이기 시작했다. 사마염의 말이 끝나자 서로에게 주어진 역할 분담과 합공에 대한 열띤 토론이 벌어졌다.

모두 눈빛을 반짝이며 기대에 찬 만족스런 표정으로 막사를 벗어날 때쯤 주위에는 깊은 어둠이 내려 있었다.

*     *     *

고융중 야산 지대의 외곽에는 깊은 어둠이 내려 있었다. 아침부터 짙게 드리운 잿빛 먹구름이 가시지 않아 유난히 어두운 밤이었다.

그곳에서 양번으로 들어서는 완만한 구릉지의 숲길에 삼열을 이루는 무인들의 행렬이 길게 이어지고 있었다.

바로 정주로 향하는 강남맹도였다. 그들은 황하를 건너 정주의 외곽에 진을 치고 있는 천황문과 합류하기 위해 야음을 틈 타 이동하는 중이었다.

황룡당의 시선을 피하기 위해서는 확연히 눈에 띄는 대로보다는 아무래도 구릉지를 관통하는 숲길로 이동하는 것이 나았다.

도왕과 함께 나란히 선두에서 걷고 있는 파랑마검의 얼굴은 소태를 씹은 듯 잔뜩 찌푸려져 있었다.

"후유……."

문득 그는 긴 한숨을 내쉬었다.

이제는 그토록 염장을 지르며 들끓어오르던 분노조차 느껴지지 않았다. 생각할수록 어이가 없다 못해 기가 막혔다.

어찌 천하의 강남맹이 무림맹의 일개 예하 부대나 다름없는 황룡당을 피해 야음에 이동할 수 있다는 말인가?

무한의 외곽에 위치한 대평원에서 백호당을 대파하며 파죽지세로 강남전선을 석권할 때만 하더라도 지금의 모습은 상상조차 하지 못했다. 그토록 염원하던 새로운 무림이 눈앞에 펼쳐져 있었다. 그런데 지금의 모습은 믿기지 않을 만큼 초라해져 있었다. 그저 한숨만 나올 뿐이었다. 그렇게 멍한 시선으로 전방을 향할 때였다.

도왕의 담담한 목소리가 들려왔다.

"맹주! 기운을 내시구려! 비록 문주님의 생사를 확인할 수는 없지만 일단 정주의 외곽에 진영을 갖춘 천황문과 합류할 수 있다면 현재의 난감한 상황은 어느 정도 벗어날 수 있을 것이오!"

도왕은 말을 마친 후 입을 다물었다.

자신이 생각해 봐도 어처구니가 없으니 파랑마검의 심정은 오죽하겠는가? 달리 해줄 말도 없었다. 그저 그가 해줄 수 있는 위로의 말은 그것이 전부였던 것이다.

'그래, 잘되겠지!'

파랑마검의 미간에 새겨져 있던 깊은 고랑이 조금 펴졌다.

당장은 이곳을 무사히 벗어나는 일이 급선무였다. 만일 이곳을 벗어나 천황문과 합류할 수만 있다면 도왕의 말대로 작금의 어려운 상황은 탈피할 수 있었다.

'그렇지만?'

그랬다. 문제는 역시 황룡당이었다.

천황문과 합류하려면 일단 그들의 손아귀를 벗어나야 하는 것이다.

'으으으……!'

솔직히 황룡당이 어딘가에 진을 치고 있다는 사실을 알 수만 있다면 당장이라도 사생결단을 내고 싶은 마음이 굴뚝같았다.

그동안 소재 파악은 고사하고 그들의 치고 빠지는 용병술에는 달리 대책이 없었다. 아무리 유인작전을 써봐도 오히려 역이용만 당할 뿐이었다.

모처럼 유인책에 말려들었다 싶어 역공을 취하면 재빨리 발을 빼며 퇴각하니 일격만 당한 채 멍하니 지붕만 쳐다보는 꼴이었다.

특히 그들 중에는 자신과 도왕조차 장담할 수 없는 이상한 진을 펼치는 구 인의 고수와 무당의 최고수인 무당일검 혜검자가 속해 있어 도무지 속수무책이었다.

'끄응!'

참으로 생각할수록 약이 올랐다.

그동안 하도 당해온 터라 그저 분하고 원통한 마음이 마구 들끓어올라 하늘을 꿰뚫을 판이었다. 아니, 울화통이 치밀다 못해 화병이 생길 지경이었다.

'이놈들!'

파랑마검은 뿌드득 이를 갈았다.

또다시 화가 머리끝까지 솟구쳐 오르며 분기탱천하는 것을 느꼈다. 더불어 수신의 빈자리가 그렇게 아쉬울 수가 없었다.

그동안 괜히 머리를 쥐어짜 내며 유인책을 펼치다가 오히려 커다란 손실만 입고 말았다. 가랑비에 옷 젖는다고, 소소히 입은 손실이 누적되니 그 피해가 결코 만만치 않았다.

처음 급경사면을 돌파하다가 제대로 일격을 당한 후 추려 낸 활용 가능한 전력 중 삼분의 일 이상이 이미 고혼이 되거나 거동이 불편할 정도로 심한 부상을 입은 상태였다.

최근에는 아예 황룡당과 상대하는 것을 포기하고 전 인원이 진영에 머물며 한 발짝도 움직이지 않고 있었다.

무림맹의 대패!

그런데 모처럼 어려운 상황을 반전시킬 수 있는 좋은 기회가 찾아왔다.

무림맹이 설화산에서 대패를 당하며 다수의 수뇌부를 잃고 정주로 퇴각했다는 소식이 전해진 것이다.

당연히 이전과는 상황이 달라졌다.

이제는 더 이상 이곳에 머물러 있을 필요가 없어진 것이다. 아예 남쪽으로 기수를 돌려 회군하거나 정주로 북진해 천황문과 합류하는 양자택일만이 남아 있었다.

강남맹의 북진!

그 결정은 고심에 고심을 거듭한 결과 다소 위험이 따르더라도 북진을 택하는 일로 귀결되었다.

사실 고융중어 주둔하고 있는 강남맹도의 안전과 후일을 도모하기 위해서는 당연히 남쪽으로 회군해야 마땅하겠지만 그의 자존심이 허락지 않았다.

아무런 소득도 없이 비웃음을 받으며 만신창이가 된 상태로 물러서기에는 해남검파의 명성을 대신하는 파랑마검이란 별호가 용납지 못했던 것이다.

아무튼 진영을 벗어난 후 계속해서 순탄한 이동을 해왔다.

하지만 문제는 이미 들어선 십여 리에 해당하는 구릉지의 숲길이었다. 양변에 들어서기 위해서는 대로가 아니면 꼭 지나야 하는 외길인 것이다. 만일 황룡당의 눈에 띄지 않고 이곳을 무사히 통과할 수만 있다면 만사형통이었다.

'으음!'

파랑마검의 미간이 또다시 깊은 고랑을 이루었다.

초목개병이 따로 없었다. 어둠을 뚫고 시야에 가득 보이는 풀과 나무의 떨림은 마치 적이 은신하고 있는 것처럼 보였다.

당연히 바짝 긴장한 상태로 언제라도 출수할 수 있도록 검을 꼭 움켜쥐며 이동할 수밖에 없었다. 하지만 그것은 진정 엄청난 심력을 요하는 일이었다.

'후유…….'

한참 동안 아무런 이상이 없자 내심 한숨을 내쉬며 잠시 긴장을 풀었다. 문득 두 다리가 천 근 바위처럼 무거워지는 것을 느꼈다.

현재 그의 몸 상태는 최악이었다. 대평원 전투에서 입은 독상이 채 완치되기도 전에 경사면에서 날벼락을 당하며 너무 많은 내력을 소진한 것이 큰 원인이었다. 그 바람에 진기가 뒤엉키고 체내에 남아 있던 독기가 퍼져 근 한 달가량 운기하며 간신히 장독을 가라앉힌 상태였다.

계속해서 휴식을 취하며 독기를 몰아내야 하건만 여건이 허락지 않았다. 계속되는 황룡당의 신출귀몰한 기습 때문에 독보다는 오히려 화병이 도져 쓰러질 판이었다.

그렇게 한없이 무겁게만 느껴지는 신형을 유지하며 힘겹

게 한 걸음 한 걸음, 발걸음을 옮기고 있을 때였다.

'응?'

갑자기 옆에서 걷고 있던 도왕이 신형을 멈춰 섰다.

"무슨 일인데 그러……."

파랑마검은 질문을 하다 말고 빠르게 입을 다물었다.

전방에서 어떤 미미한 움직임이 감지된 것이다. 멀리 떨어진 곳에서 들려오는 극히 작은 소리였지만 그것을 놓칠 파랑마검이 아니었다.

더욱이 사위는 이미 고요한 짙은 어둠에 잠겨 있는 상태라 바스락거리는 소리가 청각을 자극하여 확연히 그 움직임을 감지할 수 있었던 것이다.

'이런……!'

파랑마검의 양미간은 아예 맞닿아 버리고 말았다.

은신하고 있는 인원의 규모 때문이었다. 결코 십수 명이 움직이는 소리가 아니었다. 족히 백여 명이 넘는 이들이 조심스럽게 움직이는 소리였던 것이다.

두 사람의 뒤를 따르던 강남맹도 역시 이동을 멈춘 상태였다. 모두 바짝 긴장하며 병장기를 꺼내 들고는 조심스럽게 전방을 예의 주시하기 시작했다.

숲길에는 고요한 침묵 속에 질식할 듯 긴장감만이 가득했다. 그 무겁게 가라앉은 침묵의 공간을 깬 이는 바로 파랑마검이었다.

"웬 놈들이냐? 어서 썩 모습을 드러내어라!"

그의 커다란 목소리가 짙은 어둠을 뚫고 전방을 향해 퍼져 나갔다.

제법 내력을 실어 외쳤는지 주위의 나뭇잎이 흔들거렸다. 거성(巨聲)의 울림이 사라질 때쯤 사십여 장 가까이 떨어진 전방의 숲 속에서 웅성거리는 소리와 함께 많은 신형이 쏟아져 나왔다.

그들은 제법 넓은 숲길을 가득 메우며 강남맹도의 행보를 막아서고 있었다.

'허……!'

그 모습을 바라보던 파랑마검의 얼굴에 어이없는 표정이 떠올랐다.

선두에 서 있는 노인을 비롯한 대부분의 용모가 타지인의 색이 강했다. 대부분은 조금 작아 보이는 키에 까무잡잡한 피부를 지니고 있었다.

분명 자신들과 같이 남만(南蠻)이라 불리는 종족 중 하나였다. 그리고 생김새로 보아 멀리 운남에 자리한 이들임에 틀림없었다.

'그것참!'

파랑마검은 자신도 모르게 쓴 입맛을 다셨다.

왠지 모르게 기분 나쁜 그 무엇이 스멀스멀 등줄기를 타고 기어오르는 것을 느꼈다.

하지만 끈끈하게 들러붙는 불길함을 애써 무시하며 고개를 갸웃거렸다. 난데없이 먼 외지의 족속이 나타나서 자신들의 앞길을 가로막는지 도무지 이해가 되지 않았던 것이다.

아무튼 황룡당원은 아닌 것으로 보아 다행이지만 자신들은 이곳을 조용히 통과해야 하는 입장이었다.

그런데 저렇게 버티고 있으니 난감하기 그지없었다.

'끄응!'

파랑마검의 뻣뻣한 수염이 부르르 떨렸다.

비록 자존심이 상할지언정 굳이 저들에게 적의를 드러내서 불필요한 마찰을 불러일으킬 필요는 없었다.

그는 최대한 인내심을 발휘하며 조심스럽게 물었다.

"귀하는 누구인가?"

'응?'

잠시 후, 그의 굵은 눈썹이 꿈틀거렸다.

자신이 정중하게 물었음에도 상대의 반응은 차갑기 그지없었다. 자신은 아예 안중에도 없다는 듯 비릿한 미소를 떠올리며 도왕에게 시선을 향하고 있었다.

'이런 망할 놈을 보았나?'

파랑마검은 노기가 목구멍까지 치솟아오르는 것을 느꼈다.

그리고 그 분을 삭이기 위해 비지땀을 한 바가지나 쏟아내
야 했다. 천하의 강남맹주가 예를 취하고 있건만 어디서 굴러
다니다 나타난 늙은이가 자신을 무시하고 있으니 분기탱천할
수밖에 없었다.

하지만 다시 한 번 가슴에 인(忍) 자를 되새기며 물었다.

"귀하는 누구인가?"

"노부는 파천독수 갈독이라 하네! 그러는 자네는 누구인
가?"

'이, 이런 망할 놈이 감히……!'

순간, 파랑마검의 눈에서 시뻘건 불꽃이 피어올랐다.

상대에게 생각지도 못한 하대를 받자 갑자기 피가 거꾸로
솟아오르는 것을 느꼈다. 결국 가까스로 참고 있던 분노가 폭
발하고 말았다.

"이런 시렁잡배 같은 놈을 보았나? 강남맹도의 발길을 막
아서는 것도 모자라 감히 누구를 희롱하고 나자빠진 것이
냐?"

그의 쩌렁쩌렁한 목소리가 고요한 밤하늘에 울려 퍼졌다.

하지만 파천독수의 행동은 더욱 가관이었다. 잠시 인상을
찌푸리며 귓속을 후벼 파더니 손가락 위에 올려진 그 무엇을
그를 향해 불었다.

순간, 파랑마검의 얼굴은 터질 듯 뻘겋게 달아오르며 두 볼

이 씰룩거렸다. 엄청난 기세가 피어오르며 곧바로 신형을 날리려 할 때였다.

"맹주, 잠시만……!"

옆에 서 있던 도왕이 손을 내뻗으며 빠르게 제지했다.

파랑마검의 의아해하는 표정을 보더니 입을 열었다.

"저 인간은 바로 오독문주요!"

"오독문주? 그것이 어떻다는 말이오? 오독이 아니라 만독을 다룬다 할지라도 내 저 노독물의 목만은 기필코 베어 들개밥으로 만들어 버리고 말리다!"

곧이어 뒤를 돌아보며 큰 목소리로 외쳤다.

"놈들을 모두 제거하라! 단 한 놈도 남기지 말고 깡그리 쓸어버려라!"

말을 마침과 동시에 파랑마검의 신형이 전방을 향해 쏘아져 갔다.

"와! 놈들을 쓸어버려라!"

"와아! 강남맹의 무서움을 보여주어라!"

곧이어 뒤쪽에서 커다란 함성이 울려 퍼졌다.

동시에 대열이 크게 흐트러지며 맹도들의 신형이 빠른 속도로 파랑마검의 뒤를 이었다. 어느새 널따란 숲길은 강남맹도의 신형으로 꽉 차며 오독문도를 향해 쇄도해 가기 시작했다.

'으음!'

그 모습을 바라보는 도왕의 미간은 찌푸려져 있었다.

상대는 결코 당문에 뒤지지 않는 독의 달인들이었다. 예전에 은림에 있을 당시 사기(四奇) 중의 한 명인 천독(千毒) 장선과 나눈 대화가 떠올랐다.


"강호에서 독으로 조심해야 할 곳이 당문 하나뿐인가?"

"꼭 그렇지만은 않소! 운남에 오독문이라 불리는 제법 오래된 독문이 있는데 그들의 독은 단순하면서도 상당히 까다로운 편이오. 그 이유는 주로 자연에서 자생한 독을 채취하여 사용하기에 그 지역의 인물이 아닌 이상 독에 대한 내성이 없기 때문이오. 따라서 일단 중독되면 해독약을 구하는 것은 물론이고 어지간해서는 회복하기 어려우니 조심해야 할 것이오."

"그렇다면 어떻게 대응해야 하는가?"

"허허허! 천하의 도왕께서도 독에는 신경이 쓰이는 모양이구려!"

잠시 뜸을 들이더니 말을 이었다.

"해독약을 지니는 것 외에 달리 무슨 대책이 있겠소이까? 그저 상대가 독을 사용하기 전에 서둘러 베어버리는 것이 최선의 방법이 아니겠소?"

분명 그에게서 그러한 얘기를 들은 적이 있었다.

'그것참!'

그런데 상대는 천독이 주의하라고 말하던 바로 그 오독문이었다.

더욱이 주위는 이미 까맣게 어둠이 내려 있어 독을 사용하기에 최적의 조건이었다.

자신조차도 이런 어둠 속에서 주위의 세세한 움직임까지 파악한다는 것은 불가능한 일이었다. 따라서 극히 조심스럽게 접근할 필요가 있건만 파랑마검이 이성을 잃고 성난 멧돼지처럼 길길이 날뛰고 있으니 참으로 걱정이 앞섰다.

'그런데 알 수 없단 말이야……!'

그랬다. 그가 진정으로 꺼리는 일은 오독문이 아닌 다른 것에 있었다.

제아무리 가공할 독으로 무장한 오독문도라 할지라도 그들에 대해 알고 있는 이상 그에게 큰 위협이 될 수는 없었다.

문제는 왜 이들이 난데없이 이곳에 나타나 자신들을 자극하고 있는지 그 원인을 알 수 없다는 점이었다. 철천지한(徹天之恨)이 아닌 이상 이 먼 곳까지 문주가 직접 문도들을 이끌고 나타날 이유가 없었던 것이다.

'아무래도…….'

도왕의 미간이 좁아졌다 펴지기를 반복했다.

비록 황룡당원이 모습을 드러내고 있지 않지만 자꾸만 그들과 관련이 있을지 모른다는 생각이 뇌리를 스쳐 갔다.

강남맹과 아무런 관련도 없는 저들이 굳이 이곳에 은신하면서 자신들을 기다릴 이유가 없었던 것이다.

'에휴! 할 수 없구나!'

하지만 그에게 달리 선택의 여지가 없었다.

그냥 빤히 바라보고만 있을 수는 없는 것이다. 왠지 꺼림칙한 기분이 들었지만 할 수 없이 도를 빼 들고는 전방을 향해 신형을 날렸다.

'응?'

한편, 선두에서 내달리던 파랑마검은 빠르게 신형을 멈추었다.

거리가 가까워질수록 전방에 서 있던 파천독수의 여유로운 표정에 문득 이상한 느낌이 들었던 것이다. 왠지 불길한 생각이 막 떠오를 때였다.

'이런, 망할……!'

아니나 다를까? 그의 예감은 정확히 맞아들었다.

파천독수를 비롯한 오독문도의 신형이 빠르게 움직이는가 싶더니 뒤쪽에서 한 무리가 신형을 드러냈다. 곧이어 눈에 익숙한 궁을 부풀리는 장면이 시야를 가득 메워왔다.

잠시 후, 육안으로는 구분하기 어려운 속도로 희뿌연 침들이 날아들고 뒤를 이어 화살들이 쏘아져 오기 시작했다.

'응?'

동시에 비릿한 냄새가 콧속으로 파고들었다.

문득 독침이라는 생각이 들자 빠르게 호흡을 멈추며 검을 휘돌려 막았다. 순간, 쾌속하게 날아들던 독침들과 화살들이 검풍에 휘말리며 세차게 검막을 두들겼다.

팅! 티딩딩! 팅! 티잉!

새하얀 침들이 불꽃을 튀며 방향을 틀거나 퉁겨져 나갔다.

하지만 워낙 창졸간에 펼친 검막이라 제 위력을 십분 발휘할 수 없었다. 수없이 날아드는 독침과 화살을 모두 튕겨낼 수 없었던 것이다.

검막의 영향권을 벗어난 독침들과 화살들은 여지없이 어둠을 꿰뚫으며 뒤를 따르던 수하들을 향해 쏘아져 갔다.

"으악! 크아악!"

"이게 뭐야……? 으아악!"

갑자기 뒤쪽에서 줄지어 단말마가 이어졌다.

어둠을 가르며 날아드는 독침과 화살 세례에 십수 명의 강남맹도가 맥없이 쓰러졌다. 몇몇을 제외하고는 칠공에서 피를 뿌리며 나뒹굴고 있었다.

"조심해라! 놈들이 독침을 사용하고 있다!"

누군가의 커다란 외침이 고요한 밤하늘에 울려 퍼졌다.

순간, 후미에서 달려오던 강남맹도가 일제히 멈춰 서며 장내는 순식간에 아수라장으로 변해갔다.

대부분의 강남맹도는 주춤거리며 우왕좌왕하고 있을 뿐 어쩔 줄을 몰라 했다. 마른하늘에 떨어지는 날벼락처럼 어둠 속에서 빠른 속도로 날아드는 독침과 화살에는 속수무책이었다.

더욱이 양편의 숲에는 수풀로 가득 차 있어 일시에 여러 명이 신형을 날리기 어려운 상황이었다. 그렇게 맹도들의 혼란은 가중되어 갔다.

"어서 비켜… 크아악!"

"빨리 움직, 헉……! 크흐윽!"

처절한 비명이 줄을 이어 터져 나왔다.

고스란히 신형이 노출된 상태이기에 표적에서 벗어나기가 어려웠다. 가슴과 허벅지 할 것 없이 독침과 화살이 날아들며 꽂히고 있었다. 계속해서 피해자가 속출하며 기나긴 시간은 속절없이 흘러만 갔다.

그렇게 얼마의 시간이 흘렀을까?

다행히 숲길을 메우며 쌓인 시신들이 방어벽 역할을 해주자 아수라장은 빠르게 정리되기 시작했다.

"당황하지 말아라! 신속히 양편 숲 속으로 신형을 날려라!"

누군가의 커다란 외침이 터져 나왔다.

운신이 가능해지자 맹도들의 허둥거리는 모습이 급속도로 줄어들며 뿔뿔이 주변의 숲으로 신형을 날렸다.

'이놈들이 감히 꼼수를!'

한동안 정신없이 검을 휘돌리며 검막을 펼치던 파랑마검의 굵은 눈썹이 역팔자로 휘어졌다.

'네놈들에게 당한 만큼 고스란히 돌려주리라!'

잠시 여유가 생기자 파랑마검은 극성으로 내력을 끌어올렸다.

곧이어 전방을 향해 엄청난 속도로 쏘아져 갔다. 희뿌연 검막을 펼치며 내달리는 모습이 마치 구름 속을 꿈틀거리며 포효하는 한 마리 노룡(怒龍)과 같았다.

어느새 그의 신형은 파천독수의 칠팔 장 앞에 이르고 있었다. 문득 자신의 검에 상대의 신형이 양단되는 광경을 떠올리며 입가에 시리도록 차가운 미소가 떠오를 때였다.

슉! 슈욱! 슉슉슉!

갑자기 양쪽 숲 속에서 십여 개의 번뜩이는 암기가 꼬리를 물며 날아들었다. 바로 천무단의 독문암기인 유성표였다.

'헉……!'

파랑마검은 깜짝 놀라며 순간적으로 신형을 비틀었다.

"크흑!"

하지만 짧은 신음을 토해내고 말았다.

워낙 창졸간에 기이한 각도로 날아드는 강한 내력이 실린 암기들이라 모두 피해낼 수 없었던 것이다. 어느새 가슴과 허벅지, 두 곳에는 유성표가 깊숙이 박혀 있었다.

하지만 고통을 느낄 시간이 없었다. 또다시 흰빛을 뿌리는 유성표들이 주춤거리는 신형을 뒤덮으며 쏘아져 오고 있었다.

'이익……!'

파랑마검의 미간이 심하게 찌푸려졌다.

"해룡출세(海龍出世)!"

동시에 그의 입에서 커다란 외침이 터져 나왔다.

쐐애애액!

거친 파공성이 주위로 퍼져 나가며 그의 우수(右手)를 따라 새하얀 검신이 치솟아올랐다.

동시에 검신을 따라 집채를 삼켜 버릴 듯한 노도가 일어나며 형언할 수 없는 속도로 솟구쳐 올랐다. 어느새 노도는 하얀 포말이 되어 주위를 뒤덮으며 날아드는 암기들과 세차게 맞부딪쳤다.

텅! 터덩덩! 텅! 터엉!

마치 쇠북을 두들기는 듯한 소리가 주위로 퍼져 나갔다.

'우욱!'

사방으로 튀어나가는 암기들과 함께 파랑마검의 신형이 심하게 비틀거렸다.

무엇인가 화끈거리는 기운이 전신 혈맥을 타고 퍼져 나가자 정신이 몽롱해지며 신형은 마비된 듯 움직여 주지 않았다. 어느새 얼굴에 푸르스름한 빛이 떠오르며 입가에서는 굵은 선혈이 흘러내리기 시작했다.

'이런……!'

그랬다. 그의 전신에는 독이 퍼지고 있었다.

조금 전 허용한 유성표 역시 극독이 묻어 있었던 것이다. 두 종류의 상이한 독은 빠르게 혈맥으로 스며들어 체내를 휘돌고 있었다.

그 상태에서 무리하게 내력을 끌어올리자 체내에 남아 있던 장독마저 다시 고개를 들며 세 종류의 독이 상충 작용을 일으킨 것이다.

폭우가 쏟아지면 계곡 물이 마구 불어나 거친 물살이 흘러가듯 상이한 독들은 서로 충돌하며 빠르게 혈맥을 휘돌았고 결국 걷잡을 수 없는 지경으로 치달았다.

하지만 눈이 감기고 혼미해지는 와중에서도 그의 검은 쉴 새 없이 검풍을 일으키며 휘돌고 있었다.

'나 파랑마검이 이따위 독에 당하다니…….'

파랑마검은 정신이 몽롱해지는 속에서도 피가 거꾸로 솟

구쳐 오르는 것을 느꼈다.

정녕 이럴 수는 없었다. 자신은 해남에서 조사를 포함해 해남검파의 역대 장문들 중에서도 세 손가락 안에 손꼽히는 불세출의 인물로 칭송받던 몸이었다.

그런데 은림의 고수들도 아니고 어찌 오독문도 따위의 꼼수에 걸려 이렇듯 무참하게 당할 수 있다는 말인가?

'이놈들……!'

그는 도무지 지금의 현실이 믿어지지 않았다.

더불어 참을 수 없는 분노가 머리끝까지 솟구쳐 올랐다. 하지만 현 상황을 타개할 뚜렷한 대책은 없었다.

육안으로는 구분하기 어려운 속도로 날아드는 독침들과 화살들 때문에 내력으로 독기를 억누르며 더 이상 독이 퍼지는 것을 차단하기도 어려운 상황이었다.

그나마 파랑마검이니 이 정도이지 웬만한 무인 같았으면 진작 칠공에서 피를 뿌리며 쓰러졌을 것이다.

더욱이 현 상황에서 자신이 막아서고 있는 방위로부터 물러선다면 수하들의 피해가 눈덩이처럼 불어날 것은 자명한 사실이었다. 따라서 전방으로 향할지 뒤로 물러설지 적절한 판단을 내리지 못하고 있었다.

'흐흑!'

하지만 현실은 너무도 냉정했다.

제아무리 심후한 내력을 지닌 파랑마검이라 할지라도 이미 심장까지 침투한 독에는 무사할 수 없었다. 어느새 코와 귀에서도 시뻘건 선혈이 흘러내리고 있었다.

'젠장……!'

이제는 진정 무엇인가 선택을 해야 할 시점이었다.

다행히 등 뒤에서 들려오는 수하들의 비명이 줄어들어 혼란스럽던 정신을 추스를 수 있었다. 그리고 몸은 생각보다 빠르게 반응해 주었다. 어느새 하단전에 남아 있던 진기를 극성으로 끌어올리고 있었다.

'크흐흑!'

순간, 말로는 표현할 수 없는 극한의 고통이 전신 구석구석으로 파고들었다.

진기가 마구 뒤엉키며 들끓기 시작한 것이다. 이미 그의 전신은 가닥가닥 요혈이 막힌 상태였다. 그 상황에서 극성으로 진기를 끌어올리자 거대한 흐름이 좁아진 혈도를 통과하지 못하고 터질 듯 크게 부풀어 올랐다.

'천하의 파랑마검이 이대로는……'

그랬다. 이대로 물러서기에는 그의 자존심이 허락지 않았다.

파랑마검은 이를 악물고 전신이 산산이 부서져 내리는 듯한 고통을 참아냈다. 곧이어 극성의 진기를 천천(天泉)과 곡

택(曲澤), 그리고 간사(間使)를 거쳐 태릉(太陵)으로 쏟아내며 검을 쳐 올렸다.

"만천과해!"

그의 입에서 피보라가 뿌려지며 절규하듯 커다란 외침이 터져 나왔다.

<u>고오오오!</u>

소리도 없는 무거운 기운이 검을 따라 엄청난 속도로 치솟아올랐다.

"모두 피해라!"

순간, 누군가의 급박한 목소리가 숲길에 울려 퍼졌다.

'마, 말도 안 돼……!'

전방에서 바라보던 파천독수의 두 눈은 더 이상 커질 수 없을 만큼 부릅떠졌다.

번뜩이는 파랑마검의 검을 따라 심해의 거대한 물줄기가 솟구쳐 올랐다. 동시에 거친 노도가 휘몰아치며 하얀 포말로 변해갔다. 그리고 하얀 기운은 형언할 수 없는 속도로 전방을 뒤엎으며 쏟아져 왔다.

'헉……!'

무엇을 생각할 틈이 없었다. 감히 맞받아칠 엄두조차 나지 않았다.

온몸에 소름이 돋아나고 시리도록 차가운 전율이 일며 머릿속은 하얗게 비어갈 뿐이었다. 다행히 몸이 절로 반응해 주었다. 어느새 혼신을 다해 좌측의 숲 속으로 신형을 날리고 있는 자신이 느껴졌다.

하지만 미처 포말의 영향권을 벗어나지 못한 좌측 다리가 허전해지는 것을 느끼는 순간이었다. 숲길의 양옆에서 여러 개의 희뿌연 기운이 밀려들며 거세게 몰아치는 포말과 세차게 부딪쳤다.

펑! 퍼버벙! 펑! 퍼엉!

순간, 고막이 터져 나갈 듯 엄청난 폭음이 귓가에 맴돌았다.

'저럴 수가……!'

그의 눈앞에는 믿을 수 없는 광경이 펼쳐지고 있었다.

"크아악!"

전방에서 무지막지한 패를 연상케 하는 검을 펼치던 파랑마검의 입에서 피분수가 솟구치며 나가떨어지는 모습이 시선을 가득 메워왔다.

"으악! 크흐흑!"

동시에 숲길의 양옆에서도 여러 비명이 줄지어 터져 나왔다.

"전원 퇴각하라!"

곧이어 누군가의 고함이 고막을 뒤흔드는 순간이었다.

자신의 신형이 누군가의 어깨에 둘러 메이는 것을 느끼며 정신을 잃었다.

오독문도와 천궁대원은 썰물 빠지듯 빠른 속도로 물러나기 시작했다. 재빨리 신형을 돌려세우며 후방을 향해 미친 듯이 내달리고 있었다.

달리 말이 필요없었다. 약속된 지점까지 오로지 자신의 두 다리를 믿고 달리고 또 달릴 뿐이었다.

잠시 후, 믿을 수 없는 속도로 오독문도와 천궁대원, 그리고 천무단원이 퇴각한 숲길에는 도왕이 파랑마검의 상세를 살피고 있었다.

'으음!'

그의 눈썹이 오르락내리락거리며 심각한 표정을 짓고 있었다.

옆에서 그 모습을 지켜보던 광풍장의 얼굴에는 불안한 표정이 떠올라 있었다. 그는 한참을 지켜보더니 어렵게 입을 열었다.

"맹주님의 상태가… 어떠한지요?"

그의 목소리는 왠지 모르게 떨리고 있었다.

자신 역시 파랑마검의 현 상세가 어떠한지는 한눈에 알아볼 수 있었다.

하지만 믿을 수가 없었다. 강남맹의 맹주이자 해남도의 영

웅인 그가 이런 모습으로 머나먼 타지의 숲길에서 황천길을
헤매리라고는 상상조차 하지 못했다.

심한 외상은 둘째 치고 전신에 독이 퍼져 푸르뎅뎅한 모습
으로 변해 있었다. 편작과 화타가 환생한다 할지라고 이전의
몸으로 돌려놓기에는 이미 불가능한 상황이었다.

한참 동안 파랑마검의 신형을 살펴보던 도왕이 천천히 신
형을 일으켜 세우며 광풍장을 바라보았다.

"어떻게 할 것인가?"

"예? 무슨 말씀이신지?"

"이제는 자네가 결정을 내려야 할 것이 아닌가?"

순간, 광풍장의 미간이 좁아졌다.

도왕은 참으로 냉정한 인물이었다. 이 혼란스런 와중에서
도 전혀 동요되지 않은 채 냉철하게 현실을 직시하고 있었다.

그의 말은 곧 파랑마검을 포기하겠다는 말이나 다름없었
다.

강남맹의 총호법인 자신을 임시 맹주로 인정하니 신속히
다음 결정을 내리라는 말이었다. 냉철하도록 정확한 판단을
내린 것은 분명하지만 왠지 서운한 감정이 드는 것은 어쩔 수
없었다.

하지만 그의 말대로 현 상황은 이것저것 따질 계제가 아
니었다. 곧바로 진격할 것인지 아닌지를 결정해야 할 시점

이었다.

‘어떻게 한다……?’

광풍장은 순간적으로 판단이 서지 않았다.

전방에 황룡당이 진을 치고 기다리는 것은 불 보듯 뻔한 상황이었다. 그동안 그들의 치고 빠지는 계책에는 숱하게 당해 온 터라 의심할 여지가 없었다.

하지만 퇴각한다 하더라도 자신들이 고이 물러날 수 있도록 퇴로를 비워놓았을 리는 만무했다. 어떻게 해서든지 교묘히 함정을 파놓은 채 퇴로를 차단하고 있을 것이다. 한마디로 그들의 계책에 꼼짝없이 말려든 상황이었다.

‘으음……!’

광풍장의 시선이 도왕을 향했다.

“어떻게 했으면 좋겠습니까?”

도왕의 시선이 적이 사라진 방향을 향했다.

잠시 후, 억양없는 굵직한 목소리가 들려왔다.

“무엇을 원하는가?”

“예? 무슨 말씀이신지……?”

광풍장이 말끝을 흐리자 도왕이 직시하며 물었다.

“목숨을 보전해 후일을 도모하고 싶은가? 아니면 전 맹주의 전철을 밟아 강남맹의 명예를 위해 산화할 것인가?”

잠시 뜸을 들이더니 말을 이었다.

"나는 강남맹에 온 순간부터 우리의 원대한 목표가 성사될 때까지 자네들과 생사고락을 함께해야 할 입장일세. 따라서 자네의 의향이 전자에 있다면 내 이름을 걸고서라도 반드시 자네의 목숨만은 보존할 수 있도록 해주겠네!"

"그 무슨 말씀을……."

광풍장은 말을 맺지 못한 채 입을 다물었다.

도왕의 말은 일체의 군더더기 없이 현재 처한 사태의 정곡을 정확히 찌르고 있었다. 그의 말대로 전방으로 향한다면 이제 강남맹이란 명칭은 세인들의 기억 속에서 사라져 갈 것이다.

반면 퇴각을 시도한다면 황룡당의 함정이 기다리고 있을 지언정 도왕의 도움을 받아 자신을 비롯한 일부 맹도가 사선을 벗어날 수 있었다.

'으음!'

그의 미간이 심하게 찌푸려졌다.

마음은 후자를 택하라 강요하고 있지만 선뜻 결정을 내리기가 어려웠다. 만일 퇴각을 하더라도 상황이 난감하기는 마찬가지였다.

이미 강남맹은 전력의 태반을 잃은 상태였다. 사실상 남은 전력이라고 해봐야 황석에 자리하고 있는 혈왕채가 전부였다. 그들이 중추 세력인 것이다.

'그것참!'

　하지만 그들은 수전에 능한 세력일 뿐, 육전에서 힘을 쓸 수 있는 전력이 아니었다.

　물론 그들에 의해 장강에서 버티며 천황문이 전 무림을 석권할 때까지 기다리는 일은 가능하겠지만 한 가지 문제가 있었다.

　바로 해남검파에 남아 있는 수구 세력이었다. 그들은 분명 어떠한 경로를 통해서라도 회군하라는 압력을 행사해 올 것이 뻔했다.

　'과연 그들의 압력을 견뎌낼 수 있을까?'

　광풍장은 천천히 고개를 좌우로 저었다.

　파랑마검이 없는 상황에서 그들의 회군 압력을 견뎌낸다는 것은 불가능한 일이었다. 어느 정도 시일을 미루는 것은 가능하겠지만 그 이상은 아니었다.

　문득 그의 시선이 파랑마검을 향했다.

　무슨 한이 그리도 많은지 그는 아직 이승의 끝 자락에 한 발을 걸친 채 사투를 벌이고 있었다. 이미 의식을 잃은 상황에서도 부르르 신형을 떨며 발버둥 치고 있는 모습이 시야를 가득 메워왔다.

　'그래! 이미 맹주님께 목숨을 바치기로 맹세한 몸이 아닌가?'

　광풍장의 얼굴에 굳은 각오가 새겨졌다.

　비록 이곳에서 전멸을 당하더라도 파랑마검의 뜻을 따라야겠다는 생각이 들었다. 또한 강남맹을 건드린 대가만큼은 톡톡히 받아내야겠다는 오기가 발동한 것이다.

　어느새 도왕을 바라보는 그의 두 눈에는 핏발이 가득 서 있었다.

　"가시지요! 결코 이대로 물러설 수는 없습니다!"

　곧이어 뒤를 돌아보며 큰 목소리로 외쳤다.

　"우리는 강남맹의 자랑스러운 정예들이다! 맹주님의 원한을 갚아야 한다! 맹주님의 시신은 이곳에 남기고 돌아오는 길에 수습할 것이다! 단 한 놈도 남기지 말고 황룡당원이라는 놈들을 모조리 쓸어버려라!"

　그의 말이 끝나는 순간이었다.

　"와! 황룡당을 쳐부수고 맹주님의 원한을 갚아라!"

　"와아! 놈들에게 당한 만큼 되돌려주어라! 놈들을 깡그리 쓸어버려라!"

　갑자기 여기저기서 커다란 함성이 터져 나왔다.

　잠시 그 모습을 지켜보던 광풍장이 신형을 돌려 발걸음을 옮기자 곧바로 맹도들이 전열을 가다듬어 삼 열을 이루며 뒤를 따랐다.

　'으음……!'

　도왕은 잠시 고개를 들어 하늘을 바라보았다.

하늘에는 어둠만이 가득 차 있었다. 아직도 짙은 잿빛 구름이 가시지 않은 채 달빛과 별빛을 가리고 있었다.

'허! 오늘따라 왜 이리 휘영청 둥근 달과 쏟아지는 별빛을 보고 싶은 것인지…….'

그랬다. 밤하늘을 보는 것은 왠지 오늘이 마지막일 거라는 생각이 들었다.

더 이상 그 모습을 바라보기 어렵다는 본능의 안타까운 외침이 뇌리를 뒤흔들고 있었다.

막상 그런 생각이 들자 갑자기 반짝이던 밤하늘이 보고 싶어졌다. 평소 무심코 보아왔던 밤하늘의 풍경이 한없이 그리워지는 것이다.

야속했다. 참으로 야속했다.

달빛과 별빛이 잔뜩 심술을 부리며 온통 밤하늘을 뒤덮고 있는 잿빛 구름에 가려 제 모습을 감추고 있었다.

'수구초심(首丘初心)이라 했던가? 한낱 미물인 여우조차도 죽을 때는 고향을 그리워하건만…….'

문득 은림에서 지내던 세월이 주마등처럼 스쳐 갔다.

'후후후!'

도왕은 내심 쓴웃음을 지었다.

그랬다. 모든 것은 이미 지나간 일이었다. 한낱 돌이킬 수 없는 미련일 뿐이었다. 그는 천천히 고개를 저으며 발걸음을 옮겼다.

잠시 후, 그의 신형은 후미에서 걷고 있는 맹도들의 뒤를 따라 짙은 어둠 속으로 멀어져 갔다.

*　　　*　　　*

깊은 수렁에 빠져 있던 무림에 숨통을 트이게 하는 낭보가 날아들었다. 바로 황룡당의 선전에 관한 소식이었다.

"강남맹이 고융중의 외곽 구릉지에서 전멸을 당했다!"

"파랑마검 율혁이 황룡당과 오독문의 협공에 의해 목숨을 잃고 천황문의 장로인 도왕 유천은 마지막 일전에서 청의신협에게 패해 불귀의 객이 되었다!"

또다시 불가능을 넘어선 그들의 행보는 이제 무림에 새 역사를 써나가고 있었다.

운남의 오독문과 귀주의 승천문!

더불어 떠오르는 새로운 명칭이 있으니 바로 오독문과 승천문이었다.

항시 오지의 문파로 괄시받던 그들이 일제히 무림의 주목을 받기 시작한 것이다.

낭인 세력 정무방의 귀속!

또 한 가지 놀라운 소문이 무인들의 입을 통해 빠르게 퍼져 나갔다.

새로이 창설된 정무방을 이끌고 있는 낭인왕 지천후가 청의신협의 수하를 자청하고 나선 것이다.

낭인계에서 절대적인 영향력을 행사하는 그가 청의신협을 지존으로 삼겠다는 말은 그리 간단한 문제가 아니었다.

그동안 많은 괄시를 당해왔기에 적의를 지녔다고 생각하던 많은 중소 문파와 일반 무인의 움직임이 오히려 정파 쪽으로 기울고 있다는 반증이었다.

그렇게 황룡당의 선전으로 무림이 활기를 띠어갈 때쯤 연이어 강남전선에서 또 다른 낭보가 날아들었다.

혈왕채의 멸망!

바로 혈왕채의 참패에 관한 소식이었다.

물길에서만은 무적전선이라 불리는 귀왕선을 앞세우며 절대 군림하리라 생각했던 혈왕채가 예상을 뒤엎고 무너진 것이다.

처음 그들은 당문주 일천수와 남궁가주 진천검, 그리고 검각의 사연화가 포함된 황룡당 소속 인대의 공략에 반 시진을 버티지 못하고 본영을 내주었다.

그들의 수적 우세는 수성하는 입장에서조차 별반 도움이 되지 못했던 것이다. 더욱이 본영의 뒤쪽에 위치한 절벽 아래 강가에 띄어놓았던 귀왕선 한 척과 사용 가능한 전선들이 모조리 파손되는 등 극심한 타격을 입고 회복 불가능한 상태가 되고 말았다.

일부만이 부랴부랴 그곳을 탈출해 무한 근방에서 정찰을 하던 남은 한 척의 귀왕선과 합류했지만 난감한 현실에 당황하지 않을 수 없었다. 본영을 잃은 그들에게 남은 것이라고는 귀왕선 한 척과 다섯 척의 전선이 전부였던 것이다.

그렇게 우왕좌왕하는 사이 동정채주 수로왕이 이끄는 수로연맹채가 기습을 가해 장강의 물고기 밥이 되고 말았다.

강남맹의 몰락!

그것은 참으로 예상치 못한 엄청난 사건이었다.

대평원 전투에서 백호당을 대파하고 일시에 강남전선을 석권하며 그야말로 난공불락의 세력으로 여겨지던 강남맹이 하루아침에 육지와 강상에서 자취를 감춰 버린 것이다.

그리고 그 뒤에는 어김없이 황룡당이 있었다.

이제 황룡당은 서서히 무림맹을 대신하는 명칭으로 기억되었다. 더불어 하나의 소문이 빠르게 퍼져 나갔다.

'검황(劍皇) 장대경!'

일부 무인 사이에서 검신으로 불리던 청의신협이 많은 무림인의 추앙을 받으며 검황으로 칭송되기 시작한 것이다.

또한 그는 막강한 세력의 천황문과 대적할 수 있는 현 무림의 마지막 구성으로 떠오르고 있었다. 그렇게 무림이 흥분하고 있는 사이 황룡당의 거보에 대한 소식이 불거져 나왔다.

"황룡당이 정주로 향했다!"

"검황 장대경이 이끄는 황룡당이 정주의 무림맹에서 천하를 놓고 천황문과 마지막 승부를 벌인다!"

드디어 황룡당의 움직임이 가시화되었다.

장강에서 혈왕채의 본영을 격파하고 돌아온 인대와 고융 중에서 합류하며 일제히 정주의 무림맹으로 향한 것이다.

이제 무림의 이목은 서서히 정주로 향하고 있었다. 그리고 그들의 관심은 온통 황룡당과 천황문이 펼칠 건곤일척의 승부에 쏠려 있었다.


희뿌연 안개가 산등성이에 걸쳐 있는 험한 계곡에 기암절벽으로 이루어진 거대한 산봉우리가 군락을 이루며 높이 솟아 있었다. 산봉우리 자체가 하나의 커다란 암(巖)으로 이루어져 있어 새삼 자연의 경이로움을 한껏 느낄 수 있는 삼라만상의 결정체를 보는 것 같았다.

휘이이잉!

한줄기 거친 바람이 정상을 휩쓸며 지나갔다.

전방에 병풍처럼 둘러선 암벽의 정상에는 수풀이 우거진 넓은 평탄면이 펼쳐져 있었다. 그 규모가 웬만한 벌판에 못지않은 크기였다.

뒤쪽에는 층층이 높은 산봉우리들이 자리하고 있어 뒤쪽을 제외하면 삼면이 기암절벽으로 이루어진 평탄면이었다. 마치 산중에 암벽을 쌓아 올린 하나의 성을 보는 것 같았다.

또한 평탄면의 중간 지점에서 뒤쪽의 산봉우리에 이르기까지 기묘한 풍경이 이어져 있었다.

제법 큰 규모의 목조 건물과 많은 모옥이 군데군데 세워져 있는 것이다. 그리고 평탄면의 한가운데에는 제법 넓은 개울이 휘돌아 흐르며 굽이치고 있었다.

그 개울은 암벽의 우측 끝으로 흘러들어 아래 계곡을 향해 높은 계단식 폭포를 이루며 떨어져 내리고 있었다.

천외천로(天外天路)!

암벽의 바깥쪽에는 계곡의 아래에서 정상으로 향하는 협로가 이어져 있었다. 그 협로의 입구에는 천외천로라 쓰여 있는 커다란 돌기둥이 놓여 있었다.

그런데 자세히 보면 인공의 흔적이 느껴지는 길이었다.

가파른 암벽의 중간중간에 구멍을 뚫어 작은 동굴을 만들고 암벽을 깎아 만든 수백여 개의 돌계단도 보였다. 마치 누군가 정상으로 오르는 길을 닦아놓은 듯한 형상이었다.

은림(隱林)!

이곳은 바로 오랜 세월 온갖 신비를 간직해 온 기인들의 세상인 은림이었다.

넓은 평탄면의 뒤쪽 끝에는 커다란 이층 규모의 목조 건물이 자리하고 있었다. 완만한 곡선으로 이루어진 지붕의 처마가 유난히 눈에 띄고, 용사비등한 서체로 은전(隱殿)이라 쓰여 있는 현판이 빛을 받아 반짝이는 건물이었다.

바로 이곳의 주인이라 할 수 있는 림주가 기거하는 장소였다. 건물의 이층에 보이는 다섯 개의 창문은 모두 활짝 젖혀져 있었다.

그중 가운데 위치한 창가에는 탐스러운 턱수염을 길게 늘어뜨린 노인이 상반신을 드러내고 있었다. 그의 시선은 멀리 구름으로 뒤덮인 산등성이를 내다보고 있었다.

담담한 눈동자는 맑고 투명해 오히려 평범한 촌로의 모습을 보는 것 같았다. 아니, 너무 평범하다 못해 오히려 신비해 보이는 인물이었다. 바로 림주인 천존(天尊) 혁원이었다.

'으음! 이제 기다림이 머지않았구먼! 하지만 기대에 미치지 못한다면……!'

그의 미간이 서서히 좁아지는 순간이었다.

드드드득!

갑자기 그의 주위로 형언할 수 없는 엄청난 기세가 피어오르며 은전이 무너져 내릴 듯 흔들거렸다.

때마침 주변에 있던 한 노인이 빠르게 신형을 드러내며 외쳤다.

"림주! 무슨 일인데 그러십니까?"

두 눈을 동그랗게 뜨고 있는 노인은 아무 데서나 흔히 볼 수 있는 흰색의 베옷을 입고 있었다.

하지만 그에게서 느껴지는 기도는 결코 평범치 않았다. 림주와 비교하니 평범해 보일 뿐, 지마신이나 소림성승에 비해서도 크게 뒤지지 않는 인물이었다. 바로 삼마신 중 말석을 차지하고 있는 인마신 천승이었다.

림주의 시선이 창밖에 멍한 표정을 지으며 서 있는 인마신을 향했다.

"허허허! 별일 아닐세! 그저 기다림이 무료해지니 내 잠시 기지개를 켜본 것일세."

'허! 대체 림주의 무위는……?'

인마신이 입을 다물지 못한 채 고개를 가로저었다.

그는 지마신이 이곳을 떠난 후 림주와는 급속도로 가까워진 사이였다. 그동안 말벗이 되어 많은 시간을 함께 지내왔다.

덕분에 내심 꿈꾸어왔던 야심찬 목표를 포기하게 되었다. 림주의 무위에 다가서겠다는 마음을 버리게 된 것이다.

참으로 알면 알수록 림주의 무위는 상상할 수 없는 경지에 이르러 있었다. 자신이 평생을 노력한다 해도 그의 근처에 이르기 어렵다는 사실을 뼈저리게 느낄 수 있었다.

하지만 이상하게도 모든 욕심을 버리자 오히려 홀가분해졌다. 따라서 요즘은 피아(彼我)의 구분없이 물 흐르듯 자연스러운 삶을 이어가고 있었다.

'그것참!'

그런데 최근 들어 림주의 모습이 달라지기 시작했다.

왠지 모르게 약간 들뜬 모습이었다. 특히 바깥소식을 접할 때면 그 수위가 조금씩 높아지고 있었다. 내심 기다리던 때가 예상외로 성큼 다가오고 있기 때문이었다.

그것은 최근 무림에서 검황이라 불리고 있는 장대경과의 만남이었다.

요즘 림주는 거의 하루도 거르지 않고 무림의 정세를 들으며 소일하고 있었다. 덕분에 바빠지는 사람은 바로 자신이었다. 매일같이 소식을 알아보기 위해 천외천로를 오르락내리락거리며 지내야 했다.

'하긴, 그럴 만도 할 게야……!'

인마신의 고개가 천천히 끄덕여졌다.

림주의 마음이 충분히 이해가 되었다. 자신 역시 매일같이 그의 소식을 알아보며 지내다 보니 어느새 그가 이끄는 황룡당이란 조직에 대해 호기심을 느끼게 되었다.

이곳 출신인 천황문과 대적하는 입장이라 드러내 놓고 표현하지 못할 뿐, 그들이 펼치는 예상외의 선전에 짜릿한 감흥마저 느끼고 있었다.

또한 형언할 수 없는 속도로 급성장하고 있는 검황에 대해서는 그저 혀를 내두를 뿐이었다.

특히 얼마 전 이곳의 십왕 출신인 도왕과 단독으로 맞서 그를 베었다는 소식을 들었을 때는 아예 두 귀를 의심할 수밖에 없었다. 아니, 어떻게 그러한 성장이 가능한지 도무지 이해할 수가 없었던 것이다.

'허! 도왕이 누구인데…….'

그랬다. 새로이 십왕에 오른 도왕은 타고난 무인이었다. 뛰어난 무공뿐만 아니라 일단 승부를 펼치면 냉정할 정도로 차가워지는 성격이었다. 따라서 초로의 나이에 공석을 차지하며 당당히 십왕의 반열에 오른 인물이었다.

자신 역시 그와 겨룬다면 백여 초 내에는 결코 승부를 장담할 수 없는 냉혹한 승부사였던 것이다. 그런 그를 상대해 베었다니 의구심이 드는 것은 어쩔 수 없었다. 그저 어이가 없고 의아할 따름이었다.

하지만 인마신뿐 아니라 무극진기와 태허무극검의 효용을 모르는 이들이 그의 성장을 이해한다는 것은 불가능에 가까운 일이었다.

잠시 후, 인마신이 미소를 띠며 입을 열었다.

"자꾸만 그러시면 이곳에 남아나는 것이 하나도 없겠습니다. 어차피 정주에서 서로 치고받고 하다가 끝날 싸움입니다. 편안한 마음으로 기다리십시오."

"자네도 그렇게 생각하는가?"

"그렇습니다. 이미 지마신이 사경을 헤매는 상태이기에……."

인마신이 말끝을 흐리자 림주가 혀를 차며 안타까운 표정을 지었다.

"쯧쯧쯧! 그렇게 설쳐 대더니만 결국 소림의 땡중 하나를 당해내지 못하고 양패구상을 당하다니… 하지만 어쩌겠나? 다 자신이 선택한 길인 것을. 그렇게 된 것도 다 제 팔자가 아니겠는가 말일세."

"하지만……."

"허허허! 자네가 부담을 가질 일이 아닐세! 비록 내 친우이기는 하지만 그의 의사를 존중해 독립시켜 주었네. 제 하고 싶은 대로 해주었다는 말일세. 그러니 안타깝더라도 우리의 인연은 거기까지인 셈이지. 직접 두 발로 와서 도움을 청한다면 모를까 굳이 내가 나서서 그들의 안위까지 책임져 줄 필요는 없지 않은가?"

'으음……!'

인마신은 문득 림주가 참으로 냉정한 인물이란 생각이 들었다. 그의 말 한마디면 천지가 번복할 만한 위치에 있건만 사사로운 정 따위는 등한시하는 것 같았다.

'아니야! 어쩌면 맞는 말일 수도…….'

그랬다. 어찌 보면 림주의 말이 맞을는지도 몰랐다.

림 내의 반대를 무릅쓰며 지마신이 원하는 대로 전례가 없는 파격적인 조치를 취해주었으면 그것으로 그만인 것이다. 이미 그에게 해줄 수 있는 최대한의 도움을 준 것이나 다름없었다.

굳이 이곳에 남은 이들을 동원해 가면서까지 그를 도와줄 필요는 없는 것이다. 그렇게 생각에 잠겨 있는 사이 림주의 목소리가 들려왔다.

"그에 대한 또 다른 소식은 없는가?"

"예?"

"그 장대경이란 친구 말일세!"

순간, 인마신이 퍼뜩 정신을 차리며 대답했다.

"아, 예. 그렇습니다. 요즘 검황이라 불리며 무림의 구성으로 떠오르고 있다는 말과 그가 이끌고 있는 황룡당과 함께 정주에 곧 도착할 예정이라는 소식만 들었습니다."

그의 말에 갑자기 림주가 너털웃음을 터뜨렸다.

"무림의 구성이라… 풋허허허!"

“림주님……?”

인마신이 놀란 표정을 짓자 림주는 손사래를 치며 입을 열었다.

“아, 아닐세! 검황으로까지 불린다니 대견스러운 일이네만 무림의 구성으로 떠오르고 있다니 문득 묘한 인연이라는 생각이 들어서 그렇다네.”

인마신이 잠시 생각에 잠기더니 고개를 끄덕였다.

“듣고 보니 그도 그렇군요! 마치 적장인 동시에 다시는 만나보기 드문 호적수라는 생각이 듭니다.”

림주가 허연 턱수염을 쓸어내리며 미소를 지었다.

“흐음! 적장인 동시에 호적수라… 정말 적절한 표현일세. 그동안 호적수라는 말에 심한 갈증을 느껴온 것이 사실이네. 상대가 될 만한 인물을 찾는 데 목말라 왔다는 말일세. 솔직히 천마지존공을 익힌 후 모든 것이 혼란스러웠지. 어떻게 인간이 그러한 무공을 만들어낼 수 있는지 참으로 시기심을 느낄 정도였네. 결국 방황을 하다가 대천마에게 도전해 보기로 마음을 먹었지.”

잠시 숨을 고르더니 하늘로 시선을 향했다.

“바로 천마지존공을 뛰어넘는 무공을 창안하는 것으로 말일세. 이후 일 년은 바깥세상에서 각종 무공을 두루 섭렵하는 데 보내고, 일 년은 폐관에 들어 무공을 창안하는 일에 고

심하며 보냈지. 그런 세월을 오랫동안 반복해 왔다는 말일
세. 그리고 드디어 천마지존공에 못지않다고 자부하는 여의
신공(如意神功)을 창안할 수 있었네."

잠시 회상에 잠기더니 천천히 말을 이었다.

"그런데 문제가 생겼네. 그나마 적수라 여겨오던 마교 내
원의 혈마와 검마, 그리고 여의신공을 시험해 볼 수 있는 혈
살루의 광인(狂人)들까지 모두 사라져 버린 것이네. 지마신
이라는 친구가 내 삶의 의욕을 깡그리 앗아가 버린 것이지.
진정 허탈한 마음이 들었네. 자네는 알 수 있겠는가? 천하를
오시할 무공을 지니고도 적수가 없다는 외로움을……. 아무
튼 세월이 흐를수록 그 외로움은 극을 향해 치달아가기 시작
했네. 그리고 막 터지기 일보 직전에 이르렀을 때였지. 다행
히 무령장 정진이 귀가 솔깃해지는 소식을 가지고 돌아왔
네."

인마신이 무엇인가 생각난 듯 고개를 끄덕였다.

"그랬지요! 바로 무한의 황학루에서 만났다는 장대경이란
청년에 관한 이야기였지요. 그 이야기로 인해 은림이 한참 동
안 떠들썩했었지요."

그는 당시를 회상하며 잠시 생각에 잠겼다.

자신 역시 무령장의 말을 듣고 난 후 청년을 만나보고 싶다
는 생각을 떨치지 못했던 기억이 떠올랐다.

사실 림 내에 후인으로 삼을 만한 뛰어난 인물이 보이지 않는 상황에서 그의 등장은 많은 이에게 신선한 충격이었다. 내심 서로 후인으로 삼고 싶다는 욕망이 앞설 수밖에 없었던 것이다.

림주가 고개를 끄덕이며 입을 열었다.

"그렇다네! 당시 그처럼 반가운 말은 없었지. 나의 젊은 시절을 뛰어넘는 청년, 아니, 장래에 여의신공을 제대로 상대해 낼 수 있는 가능성을 지닌 인물의 등장은 정녕 가슴을 설레게 만드는 일이었네. 하지만 더불어 한 가지 고민스런 문제가 발생하고 말았지."

인마신의 얼굴에 궁금한 표정이 떠올랐다.

"한 가지 고민스런 문제요?"

"그렇다네! 자네도 잘 알다시피 이곳에는 후인으로 삼을 만한 인재가 귀하지 않은가? 따라서 제자로 삼자니 희망이 사라지고, 적수로 성장할 때까지 기다리자니 그저 답답할 뿐이었네. 그가 잠룡인 사실은 분명하나 기대를 충족시켜 줄 만큼 성장하기 위해서는 또 얼마나 많은 시간을 기다려야 할지 가늠할 수 없었기 때문일세."

림주의 시선이 천천히 인마신을 향했다.

"솔직히 수십 년을 넋 놓고 앉아 그가 성장할 때까지 기다려 줄 수는 없지 않은가? 따라서 한참 동안 고민을 거듭할 수밖에 없었네. 결국 몇 년 정도 지켜본 후, 정 더디다 싶으면 아예 무림을 휘저으며 욕구를 충족시키고자 마음을 정했던 것일세.”

‘아……!’

이제야 인마신은 모든 의문이 풀리는 것을 느꼈다.

그동안 왜 림주가 림 내의 일을 방관하며 수차례 폐관에 들었는지, 지마신을 포함한 많은 이의 불만에도 불구하고 왜 무림의 행보에 관심을 기울이지 않았는지, 그 이유를 알 수 있었다.

“그러셨군요……! 그런데 그가 다행히 기대를 저버리지 않고 급성장하고 있으니 당연히 조바심이 날 수밖에 없겠군요.”

림주가 환한 표정을 지으며 웃음을 터뜨렸다.

“허허허! 그렇다네! 참으로 예상을 뛰어넘는 성장을 거듭하고 있지. 솔직히 지금 당장이라도 그를 만나보고 싶은 마음이 굴뚝같다네. 하지만 자네 말대로 머지않아 정주의 일이 끝날 것이니 기다리고 있을 뿐이지. 하지만 그 시일이 다가온다고 생각하니 마치 하루가 일 년같이 느껴진다네!”

인마신이 잠시 머뭇거리더니 조용히 입을 열었다.

“사실은 저 역시 그날이 기다려집니다.”

“응? 자네가?”

림주가 놀라는 표정을 짓자 인마신이 고개를 끄덕이며 말을 이었다.

"예, 그렇습니다. 얼마 전 검황이 도왕을 상대하며 그를 베었다는 소식을 들었을 때 참으로 충격을 받았습니다. 더불어 그와 한 번 상대해 보고 싶다는 묘한 호승심이 일더군요."

"허허허! 당연한……."

림주가 크게 웃으며 무엇인가 말하려는 순간이었다.

쾅! 콰광광! 쾅! 콰앙!

갑자기 지축이 흔들리며 커다란 폭음이 연이어 들려왔다.

림주가 어이없는 표정을 지으며 소리가 난 방향으로 시선을 돌리자 인마신이 빙그레 미소를 지었다.

"창왕입니다! 요즘 파극창(破極槍)라는 무공을 연마하는 데 여념이 없습니다. 소리를 들어보니 아마도 거의 완성 단계에 이른 것 같습니다."

"파극창?"

"예, 그렇습니다. 최근 창왕이 창안한 무공이지요. 림주님을 제외하면 천하에 파극창을 받아낼 인물이 없을 거라며 호언장담하는 창법입니다."

림주의 얼굴에 순간적으로 황당해하는 표정이 떠올랐다.

"허! 그 친구… 앞만 보고 내달리는 성격은 예나 지금이나

여전하구먼! 그나저나 자신의 무공을 창안할 경지에 이르다
니 대단한 일일세. 파극창이라……! 그가 그렇게 자신할 정도
의 창법이라면 아마도 대단한 무공일 게야!"

"그런데……."

인마신이 말을 더듬자 림주가 궁금한 표정을 지었다.

"응? 무슨 일인데 그러는가?"

"검황과의 승부는 자신이 첫 번째가 되어야 한다며 발악하
고 우겨대는 바람에 참으로 난감한 지경입니다."

순간, 림주가 커다란 웃음을 터뜨렸다.

"허허허! 그 친구다운 말이로구먼! 하지만 어찌 보면 지극
히 당연한 일일세. 무인이라면 강한 상대를 생각할수록 절로
호승심이 느껴지지 않겠나? 그것이 바로 무인의 본능이자 진
정한 무인의 숙명일세."

잠시 뜸을 들이더니 말을 이었다.

"그나저나 참으로 걱정이로구먼! 검황이 내 앞에 모습을
드러내기도 전에 자네들이 먼저 만신창이로 만들어놓으면
나는 어쩌라는 말인가? 입장이 곤란하지 않겠는가 말일
세."

"예? 허허허!"

"풋! 허허허!"

은림 내에는 두 사람의 웃음이 끊이지 않았다.

　그렇게 대경이 이끄는 황룡당의 숨 막히는 행보와는 상관
없이 예상치 못한 곳에서 또 다른 끈끈한 인연의 거미줄은 그
를 오라 손짓하고 있었다.

第十二章

모든 인연 이전의 인연이로다

정주대전(鄭州大戰)

북으로는 거친 황하의 물결이 굽이쳐 흐르고 남으로는
멀리 정주가 한눈에 내려다보이는 드넓은 야산 지대가 펼쳐
져 있었다.

그중 제법 높은 야산의 산등성이를 커다란 돌과 목책으로
쌓아 올린 성벽이 휘감아 돌며 주변의 야산을 에워싸고 있었
다.

이미 적지 않은 공방이 오간 듯 성벽은 군데군데 허물어져
있었다. 그곳을 다시 목책으로 쌓아 올려 단단하지는 않지만
그런대로 수성은 가능해 보였다.

무림맹!

이곳은 바로 정파무림의 희망이었던 무림맹이었다.

하지만 황룡당을 제외하고는 연전연패를 거듭하며 많은 이에게 실망을 안겨주었다.

뿐만 아니라 설화산에서 퇴각한 후에도 천황문의 계속되는 파상 공세로 화급지경에 처하며 이곳마저 내주어야 하는 급박한 상황에 놓이기도 했다. 때마침 대경이 이끌고 합류한 황룡당에 의해 겨우 위기를 모면하며 이곳을 사수할 수 있었다.

이후 매서운 한파가 불어닥치며 추운 겨울이 다가오자 양측의 접전은 소강상태로 접어들었다.

세월유수(歲月流水)!

하지만 자연은 끊임없이 계절의 수레바퀴를 돌리고 있었다.

겨우내 얼어붙었던 개울의 얼음이 녹으며 졸졸졸 개울물이 흐르고, 온통 흰색의 그림자로 뒤덮였던 야산 지대에 파릇파릇 새 풀이 돋아나기 시작했다.

그것은 곧 봄이 다가왔다는 것을 알려주는 자연의 속삭임이었다. 그 길목에 자리한 두 진영의 움직임 역시 계절의 변화를 따라 분주해지고 있었다.

봄의 기운이 완연한 야산 지대에 서서히 어둠이 내리기 시작했다.

무림맹 성벽의 곳곳에 위치한 청동화로와 높이 솟아 있는 망루에는 하나둘 불이 켜지며 밤이 다가오는 것을 알려주고 있었다.

하지만 경비를 서는 무인들의 안광만은 쉴 새 없이 반짝였다. 혹여 적의 움직임을 한순간이라도 놓칠세라 눈을 부릅뜨며 주변을 살피고 있었다.

그들 대부분의 시선은 멀리 황하의 거친 물결이 굽이쳐 흐르는 북쪽 지형을 향하고 있었다.

천황문!

그곳에는 십수 개의 깃발이 세찬 바람에 펄럭이는 사이로 많은 막사가 세워져 있었다.

바로 설화산에서 무림맹도의 뒤를 쫓아 황하를 건너온 천황문도의 진영이었다. 현재 양측은 사백여 장의 거리를 두고 대치하는 상황이었다.

천황문은 황룡당이 합류한 후, 빗장을 단단히 걸어 잠근 무림맹을 공략하기가 어려워지자 겨우내 진영을 차리고 아예 그곳에 주둔했다. 그렇게 양측의 대결은 서서히 장기전으로 흘러가는 양상이었다.

화르륵! 화르륵!

무림맹의 한가운데 자리한 정무전 앞에는 삼족의 청동화

로에서 세찬 화염이 하늘을 향해 치솟고 있었다.

그런데 오늘따라 경비를 서는 인원이 유난히 많았다. 뿐만 아니라 정무전 안에도 많은 무인으로 붐비고 있었다. 처음으로 각당의 조장급 이상 전체 회의가 열리는 날이었다.

장방형 탁자의 상석에는 공령이 염주를 굴리며 앉아 있었다.

그를 중심으로 당주급과 각파의 장로급에 해당하는 인물들이 삼삼오오 자리하고 있었다. 인원이 많아 조장급은 아예 뒤쪽에 선 채 회의를 진행하고 있었다.

하지만 그들은 전혀 개의치 않았다. 대부분 규율이 엄한 구파일방의 제자들이라 수뇌부 회의에 참석한다는 사실만으로도 적지 않게 흥분하는 모습이었다.

문득 공령의 시선이 대경을 향했다.

"장 당주! 이제 슬슬 움직여 보는 것이 어떻겠나? 계속 이 상태로 저들과 대치만 하고 있을 수는 없지 않은가? 조만간 무슨 조치를 취해야 할 텐데… 자네의 생각은 어떠한지 궁금하구먼!"

그의 얼굴에는 여유로운 표정이 떠올라 있었다.

천황문의 추격을 피해 사선을 넘을 때만 하더라도 현재의 모습은 상상조차 하지 못했다.

이곳에 퇴각해 온 이후에도 마찬가지였다. 그들의 공성(攻

城)에 하루도 편할 날이 없었다. 그저 하루하루가 살얼음판의 연속이었던 것이다.

하지만 황룡당이 합류한 후, 모든 상황이 달라졌다. 현재 무림맹의 전력이 오히려 그들을 상회한다는 느낌마저 들었다.

천황문의 장로 중 무위가 손꼽힌다는 도왕을 베어버린 황룡당주와 새로이 무림맹의 군사를 맡은 와봉추가 훌륭히 장문인들의 빈자리와 제갈현의 공백을 메워주고 있으니 실로 천군만마가 따로 없었다.

물론 모든 일이 황룡당을 중심으로 돌아가고 있지만 크게 개의치 않았다.

생각 같아서는 맹주 자리마저 물려주고 싶지만 황룡당주가 극구 사양하고 있으니 그저 허울 좋은 맹주 역할을 대신하고 있을 뿐이었다.

"장 당주, 장 당주?"

"아, 예. 죄송합니다. 잠시 다른 생각을 좀 하느라고……."

대경이 말끝을 흐리자 공령이 너털웃음을 터뜨렸다.

"허허허! 그랬구먼! 그건 그렇고, 자네에게 무슨 좋은 복안이라도 있는가?"

대경이 고개를 끄덕이며 입을 열었다.

"그렇지 않아도 그 일 때문에 상의를 드리려 했는데 때마침 조장급까지 모인 대회의가 열리게 되어 아예 이 자리에서 말씀드리고자 합니다.”

공령의 얼굴에 궁금한 표정이 떠올랐다.

“응? 자네의 갈은 이미 심중에 어떤 계획이 서 있다는 말인 가?”

순간, 모두의 시선이 일제히 대경을 향했다.

대경이 천천히 좌중을 둘러보더니 말을 이었다.

“다름이 아니라 양측이 모두 장기전으로 흐른다고 생각하는 분위기가 팽배한 것 같습니다. 따라서 추운 날씨가 풀리며 느슨해지기 쉬운 이때에 바로 그 틈을 노려보고자 합니다.”

“응? 그게 무슨 말인가?”

“현재 천황문은 장기전을 대비하고 있을 겁니다. 하지만 그들의 진영이 문제입니다. 황하를 등지고 있어 유사시 확실한 퇴로를 확보하고 있을 뿐 아니라 보급로 역시 안전한 물길을 이용하고 있어 장기전을 치르는 데 전혀 지장이 없습니다. 결국 황하는 그들에게 확실한 보루라 할 수 있지요. 바로 그 점을 역이용해 보려는 것입니다.”

대경의 말에 건너편에 앉아 있던 당문주 일천수가 무릎을 치며 감탄스런 표정을 떠올렸다.

“그것참 좋은 계책일세! 놈들의 허를 찔러 후미를 차단하고 일격을 날리면 어렵지 않게 끝낼 수 있겠구먼!”

순간, 옆 자리에 앉아 있던 황보가주 벽력권 황보웅이 궁금한 표정을 지었다.

"응? 그게 무슨 말인가?"

"허허허! 장 당주의 말은 놈들의 퇴로이자 운송로라 할 수 있는 황하 유역을 차단해 함정에 빠뜨리자는 말입니다."

일천수의 말에 공령이 답답한 표정을 지었다.

"아미타불! 빈승 역시 잘 알아듣지 못하겠구먼! 이곳에 모인 이들이 모두 쉽게 알아들을 수 있도록 자세한 설명을 해주기 바라네."

그의 말에 대경이 잠시 좌중을 둘러보았다.

모두 기대에 찬 눈으로 자신을 바라보고 있었다.

"일천수 어르신의 말씀이 맞습니다. 장기전으로 흐른다는 생각에 조금은 느슨해진 방심의 틈을 노려 그들의 후방을 교란하고 일격을 가하려는 것이지요. 그에 대한 세부적인 계획은 여기 있는 군사가 자세히 설명해 줄 것입니다."

대경이 말을 마치자 모든 이의 시선이 사마염을 향했다.

좌중의 시선을 의식한 듯 사마염이 고개를 끄덕이며 입을 열었다.

"모든 분이 대충 의도는 파악하셨으리라 생각합니다. 장기전으로 흐르며 서로 지루한 공방을 펼치다 보면 결국 양측 모두 극심한 피해를 입게 됩니다. 설사 그들을 물리친다 하더라

도 허울 좋은 승리일 뿐, 회복 불가능한 상처만 남을 뿐이지
요.”

잠시 숨을 고르더니 말을 이었다.

“따라서 조금은 모험을 해볼 필요가 있습니다. 그리고 그
때가 이르렀습니다. 지금의 이 느슨해진 시기를 놓치면 말씀
드린 바와 같이 장기전으로 흐르고, 우리 역시 피폐해져 갈
것입니다. 결국 양패구상으로 끝나기 쉽지요.”

천천히 좌중을 둘러보더니 공령에게 시선을 향했다.

“그것은……..”

사마염이 차분한 어조로 계획에 대해 설명하기 시작했다.

그의 말이 이어지자 황룡당과 함께 지내던 이들은 당연한
표정으로 고개를 끄덕이며 자신이 맡을 임무에 귀를 기울였
다.

하지만 주작당과 현무당에 속한 인물들은 그저 멍하니 바
라만 볼 뿐이었다. 그의 물 흐르듯 이어지는 자세한 설명에서
부터 적절한 역할 분담에 이르기까지 가만히 듣고 있자니 절
로 감탄이 흘러나왔다.

사실 그들에게 그의 계책은 신선한 충격이었다.

말로만 들어오던 와봉추의 능력을 새삼 확인할 수 있을 뿐
아니라 그동안 반신반의해 오던 그의 능력에 대한 의구심을
떨쳐 버릴 수 있는 좋은 기회가 되었다.

시간이 흐를수록 그들은 두 눈을 동그랗게 뜬 채 그의 말에 정신없이 빠져들었다. 그렇게 긴 대회의가 끝날 무렵 정무전 밖에는 까맣게 어둠이 내려 있었다.


흙탕물이 뒤섞여 거칠게 흘러가는 황하의 물줄기조차 어둠 속에 제 색깔을 감춘 칠흑 같은 밤이었다.

멀리 천황문 진영에서 각각 이십여 명가량 몸을 실은 세 척의 판목선이 물살을 가르며 황하를 건너고 있었다.

선두에서 세찬 물줄기를 가로지르는 판목선 위에 중후한 기도를 뿌리는 사십대의 사내가 형형한 안광을 뿌리며 주위를 둘러보고 있었다. 바로 토각(土閣) 내의 이인자라 할 수 있는 부각주 광도(狂刀) 전영이었다.

"강기슭이 가까워지고 있다! 모두 정신을 바짝 차려라!"

갑자기 그의 입에서 굵은 목소리가 흘러나왔다.

강가에 다가갈수록 그의 눈빛은 더욱 반짝거렸다. 그는 일주일에 한 번 황하를 건너 보급품을 조달하는 임무를 맡고 있었다. 따라서 무림맹의 눈에 띄지 않기 위해 주로 야음을 틈타 판목선을 띄우고 있었다.

그런데 요즘 들어서는 거의 매일같이 보급품을 운반하는 실정이었다. 진영 내에서 장기전에 대비한다며 식량을 비롯한 각종 물품을 비축하기 시작한 것이다.

자신 역시 장기전에서 보급품이 얼마나 중요한 비중을 차지하는지 잘 알고 있기에 두말없이 임무를 수행하고 있었다.

'으음……!'

생각에 잠겨 있는 사이 어느새 판목선이 강가에 도착했다.

그는 조원들과 함께 판목선에서 내려서며 잠시 강기슭을 둘러보았다. 조심스럽게 근방을 둘러본 후 아무런 이상이 없자 강가에 내려서고 있는 수하들에게 시선을 향했다. 그들은 강가에 내려서자마자 빠르게 전열을 가다듬고 있었다.

"일조는 이곳에서 판목선을 지키고 나머지 이삼조는 나를 따르라!"

"복명!"

제법 우렁찬 목소리가 일시에 흘러나왔다.

잠시 그 모습을 바라보던 광도가 신형을 돌려세우며 선두에 나섰다. 곧이어 전방을 향해 발걸음을 옮기자 사십여 명에 해당하는 수하들이 일제히 그의 뒤를 따르기 시작했다.

잠시 후, 강가에는 판목선을 지키는 이십여 명만이 남아 있었다. 그들 중 조장으로 보이는 사내가 앞쪽에 서 있는 세 명의 조원을 지목했다.

"너희들은 부각주님이 돌아오실 때까지 전방에서 길목을 지켜라! 그리고 나머지 인원은 선체를 점검하라! 제법 많은 물량을 실어야 하니 꼼꼼히 살펴보아야 한다!"

“복명!”

조원들은 빠른 속도로 신형을 움직이며 멀어져 갔다.

‘으음……!’

흩어지는 조원들을 바라보는 사내의 미간은 잔뜩 찌푸려져 있었다.

그는 토각의 일조장을 맡고 있는 묵운검(墨雲劍) 마찬이었다. 제법 높은 무공을 지닌 인물로 부각주인 광도의 신임을 받는 조장이었다.

그는 도강한 이후, 항시 판목선을 지키는 임무를 맡고 있었다.

광도가 물품을 가지고 돌아오는 시간은 대략 서너 시진가량 걸렸다. 그동안 배를 점검하며 기다리고 있으면 만사형통이었다.

그런데 오늘따라 왠지 모르게 이상한 기분이 들었다.

평소와는 달리 기분 나쁜 그 무엇이 등줄기를 타고 스멀스멀 기어오르고 있었다. 적지 않은 세월 동안 경험한 바에 의하면 그것은 곧 신변에 위기가 닥칠 것이니 조심하라는 본능의 경고였다.

묵운검은 지체없이 검을 뽑아 들었다. 그리고는 세심히 주위를 살펴보기 시작했다.

‘이상하구나!’

잠시 후, 그는 고개를 갸웃거렸다.

이곳은 자주 오는 강기슭이라 주변의 환경에 익숙한 편이었다. 따라서 나무 한 그루에서부터 커다란 바위에 이르기까지 대략 그 위치를 파악하고 있을 정도였다.

하지만 아무리 주변을 훑어보아도 이상한 점을 발견하지 못했다. 그저 평소와 다름없는 풍경이 펼쳐져 있을 뿐이었다. 그런데 이상하게도 본능은 계속해서 조심하라는 경고를 보내고 있었다.

'젠장! 너무 신경이 예민해졌나 보구나!'

묵운검은 애써 불안감을 가라앉혔다.

곧이어 판목선을 점검하고 있는 조원들을 향해 막 신형을 돌려세우려는 순간이었다.

'응?'

갑자기 잘려 나간 커다란 나무의 밑동들이 시선을 가득 메워왔다.

'저것을 예전에 본 적이……?'

문득 그는 머릿속이 혼란스러워지는 것을 느꼈다.

그곳에는 크고 작은 이십여 개의 나무 밑동이 자리하고 있었다.

하지만 그 모습이 왠지 모르게 낯설게만 느껴졌다. 원래부터 그곳에 나무가 있었는지 없었는지 제대로 기억조차 나지 않았다.

문득 이상한 생각이 들자 천천히 발걸음을 옮겨 나무의 밑동이 군락을 이루는 곳으로 향했다.

툭! 툭! 툭!

그곳에 다가선 그는 몇몇 개의 밑동을 발로 차보았다.

맨 앞에 위치한 것에서부터 뒤쪽의 네다섯 개에 이르기까지 차례로 건드려 보았지만 밑동은 단단히 박혀 있는 듯 꿈쩍도 하지 않았다.

괜한 기우였다는 생각이 들자 마지막으로 그 옆에 튀어나온 밑동을 발로 차며 신형을 돌려세우는 순간이었다.

'이건……?'

그의 얼굴에 의아한 표정이 떠올랐다.

의외로 나무 밑동이 들썩거렸던 것이다.

'흐흐흐! 감히 꼼수를 부리다니! 내 그리 호락호락할 줄 알았느냐?'

갑자기 묵운검의 입가에 잔혹한 미소가 맺혔다.

그는 검을 거꾸로 쥔 채 높이 치켜들었다. 곧이어 발로 밑동을 걸어차며 드러난 구덩이를 향해 막 검을 내리꽂으려는 순간이었다.

'응……?'

이상하게도 시커먼 구덩이 안에는 아무도 보이지 않았다.

단지 독객지묘(獨客之墓)라 쓰인 목판 하나가 덩그러니 남겨져 있을 뿐이었다.

"이런, 육시랄……!"

자신도 모르게 입에서 욕설이 튀어나오는 순간이었다.

'헉……!'

갑자기 목덜미가 시리도록 차가워지는 것을 느꼈다.

재빨리 신형을 틀었지만 그가 할 수 있었던 행동은 그것이 전부였다. 형언할 수 없는 속도로 흰 빛이 날아들며 목 언저리를 스쳐 갔다. 동시에 목줄기가 화끈거리며 눈앞이 붉어지는 것을 느꼈다.

"크흐흑!"

아무것도 생각나지 않았다.

그저 자신의 의지와는 상관없이 몸이 기울고 있었다.

"후유! 큰일 날 뻔했구나!"

검은 무복을 걸친 사내 하나가 투덜거리며 검을 회수했다.

바로 황룡당의 부당주를 맡고 있는 염무였다. 그는 조심스럽게 전방을 살피더니 묵운검의 시신을 구덩이 속으로 밀어 넣었다.

곧바로 밑동을 덮고 나니 다시 감쪽같이 원 상태로 되돌아갔다. 그렇게 천황문 토각 소속인 일조장 묵운검은 이 세상에서 자취를 감추었다.

그가 일련의 동작을 취하는 사이, 주변의 숲 속에서 검은 무복을 걸친 사내들이 하나둘 조심스럽게 신형을 드러냈다.

잠시 후, 전방으로 정찰을 나간 삼 인의 조원이 사라진 방향에서 검은 무복을 걸친 삼 인이 조용히 나타났다.

염무가 선두의 사내에게 시선을 향했다.

"깨끗이 정리되었는가?"

"예! 흔적없이 처리해 놓았습니다."

지목을 받은 사내가 조용한 목소리로 대답했다.

요즘 유성천검(流星天劍)이라 불리는 염무와 함께 북두진검(北斗振劍)이란 별호를 얻으며 한창 무림에 명성을 날리고 있는 한성이었다.

"놈들은 언제쯤 돌아오는가?"

염무의 물음에 한성이 낮은 목소리로 대답했다.

"그동안 지켜본 바에 의하면 놈들이 물품을 가지고 돌아오는 시간이 대략 세 시진 이상 걸렸던 것 같습니다. 따라서 남은 시간은 충분합니다. 우선 강가에 있는 무리부터 처리한 후 천궁대가 도착할 때까지 기다리도록 하시지요."

"으음! 그렇게 하는 것이 좋겠네. 천궁대가 대략 반 시진 후에 판목선을 준비해 온다고 했으니 자네 말대로 하도록 하세."

염무의 시선이 주위에 서 있는 사내들을 향했다.

모두 상당한 무위를 지닌 듯 출중한 기도를 뿌리고 있었다.
바로 천무단주 사우량이 이끄는 천무단원이었다.

염무가 손가락으로 강가의 뒤쪽 수풀을 가리켰다.

"되도록이면 조용히 처리해야 할 게야!"

그의 말에 모두 고개를 끄덕이며 수풀이 우거진 강가를 향해 미끄러지듯 사라져 갔다.


*　　　*　　　*


휘이이잉!

황하의 거친 물결이 굽이쳐 흐르는 강가에 세찬 바람이 몰아치고 있었다.

바람은 자신의 흔적을 알리고 싶은 듯 거세게 소용돌이치며 나뭇잎들을 마구 휘말려 올리더니 소리를 남기며 스쳐 지나갔다.

천황문의 진영 후방인 황하의 유역에서 경비를 서고 있는 인물들은 삼삼오오 무리를 지어 길게 늘어서 있었다.

그들의 앞에는 커다란 청동화로가 놓여 있고 그곳에서는 시뻘건 화염이 밤하늘을 밝히며 용솟음치고 있었다.

유난히 불꽃이 흔들리며 힘을 잃어가는 한 청동화로의 앞에 서 있던 사내가 큰 목소리로 외쳤다.

"모닥불이 꺼져 간다! 어서 장작을 가져오너라!"

"복명!"

순간, 경비를 서던 네다섯 명의 사내가 일제히 어디론가 신형을 옮겨 사라져 갔다.

'왜 이리도 날씨가 변덕을 부리는 거야?'

옷깃을 여미며 투덜거리는 사내는 금각(金閣) 소속의 삼조장을 맡고 있는 청송도(靑松刀) 기혁이었다.

천황문에서는 진영의 후미에 대한 경계를 금각에 맡기고 있었다.

현재 금각주인 비호도 장룡은 각 조장을 중심으로 황하의 물길을 따라 관측이 용이한 열 군데 지점을 정해놓고 이 교대로 운영하고 있었다.

청송도와 그의 조원들은 야간 조에 배치되어 있었다. 하지만 말이 경비를 서는 일이지 지루하기 그지없었다.

전방에는 무림맹과 마주 보고 있으니 알게 모르게 팽팽한 긴장감이 흐르지만 이곳 후미는 달랐다. 딱히 할 일이 없는 것이다.

일주일에 한 번 황하를 통해 들어오는 보급품의 하역을 도와주고 판목선을 지키는 일이 전부였다. 그야말로 주 임무가 까만 밤을 하얗게 지새우는 일이었다.

다행히 최근 들어서는 거의 매일같이 판목선이 오가니 덕분에 지루하지 않은 시간을 보낼 수 있었다.

하지만 짙은 어둠이 내린 뒤에 출발하면 빨라봐야 새벽녘 혹은 날이 밝아서야 돌아오니 지금이 가장 무료한 시간이었다. 먼동이 트려면 아직 한참을 더 기다려야 하는 것이다.

"아— 함!"

청송도는 기지개를 켜며 길게 하품을 했다.

스산하게 느껴지는 날씨 때문인지 오늘따라 온몸이 찌뿌드드한 것이 영 개운치 않았다. 또다시 전신을 비틀며 한껏 기지개를 켤 때였다.

댕! 댕! 댕!

갑자기 긴급 상황을 알리는 종소리가 진영의 밤하늘에 울려 퍼졌다.

"놈들이다! 놈들이 몰려온다!"

"무림맹 놈들의 기습이다!"

동시에 누군가의 커다란 목소리가 들려왔다.

순간, 웅성거리는 소리와 함께 막사 안에서 수많은 신형이 튀어나왔다.

하지만 역시 정예들이었다. 잠시 당황하며 우왕좌왕하는가 싶더니 빠르게 전열을 가다듬으며 전방을 향해 쏘아져 갔다.

'기습⋯⋯?

청송도는 잠시 자신의 두 귀를 의심했다.

왠지 기습이라는 말이 낯설었던 것이다. 여태껏 천황문에서 무림맹을 공략한 적은 많았지만 반대로 진영을 공격받은 적은 단 한 번도 없었다.

하물며 야음을 틈탄 무림맹의 기습이라니…….

'허! 그것참! 검황이란 놈이 이끄는 황룡당이 가세했다고 하더니만 아예 간덩이가 부었구나!'

청송도는 입술을 삐죽이며 비웃었다.

그랬다. 그가 보기에 무림맹이 취하는 행동은 달빛을 향해 하늘 높은 줄 모르고 날아오르는 불나방과 같았다. 한마디로 무모한 시도인 것이다.

비록 문주인 지마신이 소림성승과의 대결에서 양패구상을 당하며 의외의 결과를 낳았지만 아직 부왕과 장왕, 그리고 권왕 등이 건재한 상황이었다. 단 일인이 현 구파일방의 장문인들보다 월등한 무위를 지닌 막강한 수뇌부인 것이다.

그런데 무림맹은 이미 설화산에서 소림성승을 포함한 육파의 장문인들과 개방주가 유명을 달리한 상태였다. 따라서 고수의 무게에 있어서 현격한 차이를 보이고 있었다.

물론 최근에 도왕을 베었다는 황룡당주가 가세한 상황이지만 그가 도왕을 물리친 일은 그저 운이 좋았다는 생각밖에 들지 않았다. 자신이 알고 있는 천황문의 장로들은 경천동지

할 능력을 지닌 절대 무인이기 때문이었다.

'멍청한 놈들……!'

그렇게 잠시 생각에 잠겨 있을 때였다.

"놈들이 다가온다! 어서 불화살을 날려라!"

"궁수들은 놈들에게 신궁의 위력을 유감없이 보여주어라!"

또다시 누군가 외치는 커다란 목소리가 들려왔다.

피융! 핑! 피비빙 핑! 피융!

곧이어 밤하늘을 환하게 밝혀주는 불화살들이 허공을 가르며 일제히 날아올랐다.

'흐음!'

청송도는 턱수염을 어루만지며 고개를 끄덕였다.

진영의 후방이라 전방의 상황이 잘 보이지는 않지만 불화살이 무리를 지어 날아오르는 광경만은 훤히 내다보였다.

"쏴라! 단 한 놈도 남기지 말고 불화살의 맛을 보여주어라!"

"놈들이 다가서지 못하도록 계속해서 불화살을 날려라!"

또다시 누군가 외치는 커다란 목소리가 들려왔다.

핑! 피비빙! 핑! 피융! 피융!

순간, 불화살들이 어둠을 밝히며 일제히 날아올랐다.

곧이어 밤하늘에 긴 곡선을 남기며 한 떼의 화조(火鳥)가

되어 떨어져 내렸다.

계속해서 수많은 불화살이 날아올랐다. 그렇게 불화살들은 쉬지 않고 밤하늘을 수놓으며 진영의 밖을 향해 꼬리에 꼬리를 물며 날아갔다.

한참 동안 밤하늘에는 오직 불꽃의 향연만이 가득했다.

'허! 제대로 날리는구먼!'

청송도의 입가에 만족스런 미소가 떠올랐다.

천황문에서는 이곳에 진영을 차린 후 궁각(弓閣)을 창설한 상태였다.

그동안 황룡당이라는 애송이들이 탁월한 능력을 발휘한 이유 중의 하나가 바로 궁의 위력이었다. 그들의 뒤에는 천궁대라는 궁수들이 있었던 것이다.

개개인 혹은 수십여 명이 어울리는 소규모가 아닌, 다수가 대적하는 대규모의 집단전에서 궁이 차지하는 위력은 실로 절대적이었다. 일반 병장기나 웬만한 암기에 비해 궁이 막강한 위력을 발휘하는 것에 대해서는 달리 이견이 있을 수 없었다.

천황문 역시 신속히 오각 내에서 궁을 만져 본 경험이 있는 이들을 추려 별도의 특수 각을 조직한 상태였다. 바로 궁각이었다.

지금 그들의 위력이 여실히 증명되고 있었다. 단 한 명의 무림맹도도 진영 안으로 들어서지 못하고 있었다.

천황문의 진영은 무림맹과 달랐다. 달리 진영을 보호해 줄 만한 뚜렷한 방어벽이 없는 것이다. 따라서 적이 일단 진영 안으로 들어서면 적지 않은 출혈을 감수해야 하는 입장이었다.

"틈을 주지 말고 불화살을 쏘아라!"

"놈들이 전진하지 못하고 있다! 계속 다가서지 못하도록 쉴 새 없이 퍼부어라!"

핑! 피비빙! 핑! 피융!

계속해서 궁수들을 독려하는 목소리와 불화살들이 날아오르는 파공성이 밤하늘에 메아리쳤다.

적지 않은 시간이 흘렀음에도 다행히 진영 안으로 들어서는 무림맹도는 단 한 명도 보이지 않았다. 떨어져 내리는 불화살을 감당하기조차 어려운 상황임에 분명했다.

'미련한 놈들!'

청송도는 무림맹의 무모한 공세가 어리석게만 느껴졌다.

대책없이 달려들다가 날벼락을 맞는 꼴이었다. 그의 비웃음과 함께 시간은 계속해서 흘러만 갔다.

문득 전방을 바라보던 청송도가 시선을 돌려 주위를 둘러볼 때였다.

'응? 하필 이런 때에……!'

갑자기 그의 얼굴에 난처한 표정이 떠올랐다.

그랬다. 저 멀리 어두운 황하를 가로지르며 판목선들이 다가오고 있었다.

'오늘따라 왜 이리 일찍 돌아오는 게야!'

청송도의 미간은 심하게 좁아졌다.

"계속 불화살을 퍼부어라!"

"놈들이 진영 안으로 들어서지 못하도록 계속해서 불화살을 날려라!"

전방에서 쉴 새 없이 궁수들을 독려하는 목소리가 들려왔다.

지금 무림맹과의 치열한 공방이 오가는 상황인 것이다. 그런데 상황을 제대로 파악하지 못한 판목선들이 일제히 뱃머리를 곧추세우며 다가오고 있었다.

"좌측이 뚫렸다! 육, 칠조는 어서 좌측을 지원하라! 그리고 오조는 육, 칠조가 맡던 중앙의 방위를 메워주어라!"

"놈들이 진영 안으로 들어서지 못하도록 막아라! 쉬지 말고 불화살을 날려라!"

피융! 피융! 핑피빙! 핑! 피융!

꼬리를 물며 불화살들이 날아올랐다.

더불어 명을 내리며 궁수들을 독려하는 고함이 이어지고 있었다.

‘저, 저런……! 밤하늘을 가득 메우는 저 불화살들이 보이지도 않는다는 말인가? 멍청한……!’

청송도는 내심 욕설이 튀어나왔다.

분명 불화살이 날아가는 장면을 보았을 텐데 판목선들은 아랑곳하지 않고 물살을 가로지르며 다가오고 있었다. 참으로 한심한 처사가 아닐 수 없었다.

‘도대체 이 상황에서 물품을 실은 판목선을 가지고 돌아오면 어떻게 하란 말인가?

청송도는 광도가 이끄는 토각의 조원들이 취하는 행동을 이해할 수가 없었다.

자신들 역시 이곳에 대기하고 있다가 명이 떨어지면 곧바로 전방으로 향해야 할 판이었다. 따로 판목선에 신경 쓸 여력이 없는 것이다.

그렇게 잔뜩 인상을 쓴 상태로 다가오는 판목선들을 멍하니 바라보고 있을 때였다.

‘응?

청송도는 잠시 두 눈을 비비며 강상을 바라보았다. 갑자기 그의 시선에 여러 척의 판목선이 보인 것이다. 분명 세 척이 떠났던 걸로 기억하건만 선두에서 다가오는 세 척의 판목선 뒤로 족히 십여 척은 되어 보이는 판목선들이 뒤를 따르고 있었다.

왠지 이상한 생각이 들자 고개를 좌측으로 향했다.

십여 장가량 떨어진 곳에서 사조장 환창(幻槍) 유세혁이 조원들과 함께 밤하늘에 날아오르는 불화살들을 바라보고 있었다.

"사조장!"

청송도의 커다란 목소리에 환창의 고개가 우측으로 향했다.

"오늘 판목선이 몇 척이나 출발했는가?"

그의 물음에 환창이 잠시 고개를 갸웃거렸다.

곧이어 주위의 조원들에게 무엇인가 물어보더니 큰 목소리로 외쳤다.

"자시쯤에 세 척이 출발하지 않았나?"

"아니, 내 말은 그 외에 다른 판목선이 없었느냐는 말일세."

"없었네! 그런데 왜 그러는 것인가?"

환창의 물음에 청송도가 손가락으로 황하를 가리켰다.

그의 시선이 청송도가 가리키는 손가락을 따라 황하가 흐르는 강상으로 향하는 순간이었다. 순간, 당황스런 표정을 지으며 큰 목소리로 되물었다.

"저들은 누구인가?"

"내 말이 그 말일세. 분명 전방에서 깃발을 휘날리는 판목선은 우리 것이 맞다네. 하지만 뒤를 따르는 판목선들은 처음 보는 것이기에 묻는 말일세.”

두 사람 사이에 잠시 침묵이 흘렀다.

‘으음!’

환창은 갑자기 이상한 생각이 들었다.

세 척의 판목선이 매일같이 부지런히 오가며 물품을 싣고 왔을 뿐, 여태껏 다른 판목선을 이끌고 온 적은 없었다. 더욱이 지금 시간에 들어온 적은 단 한 차례도 없었던 것이다.

“선두의 판목선에 실린 물품이 이전보다 훨씬 적어 보이는 것이 이상하지 않은가?”

청송도의 말에 환창은 안력을 돋우어 강상을 바라보았다.

‘으음! 정말 이상한 일이로구나!’

그의 미간이 찌푸려졌다.

청송도의 말대로 판목선 위에는 반 장 높이의 물품만이 실려 있었다. 전날까지만 해도 배가 기우뚱해질 만큼 많은 물품을 싣고 돌아오던 판목선이었다.

하지만 오늘은 아니었다. 더욱이 뒤에서 다가오는 판목선 위에는 아예 물품이 실려 있지도 않았다. 그저 많은 인원이 올라타고 있을 뿐이었다.

‘혹시?’

환창의 미간이 더욱 심한 골을 이루었다.

자꾸만 기분 나쁜 그 무엇이 꿈틀거리며 등줄기를 타고 기어올라 왔다.

만일 자신의 생각대로라면 실로 어처구니없는 상황이 벌어질 수밖에 없는 상황이었다. 어느새 선두에 위치한 판목선 세 척이 황하의 거친 물살을 가르며 이십여 장 가까이 다가오고 있었다.

하지만 자신의 능력으로는 어둠을 꿰뚫고 정확히 선체에 올라서 있는 인물들의 얼굴을 볼 수 없었다. 그저 희미하게 윤곽만 알아볼 수 있을 뿐이었다.

그렇게 당황하고 있는 사이 청송도가 외치는 커다란 목소리가 들려왔다.

"광도님이십니까?"

그의 외침이 강상을 향해 빠르게 퍼져 나갔다.

하지만 아무런 반응이 없었다. 판목선들은 그저 침묵을 지킨 채 물살을 가르며 다가오고 있었다.

"거기 판목선에 계신 분이 광도님 맞습니까?"

또다시 청송도의 커다란 목소리가 강상에 울려 퍼졌다.

하지만 이번 역시 마찬가지였다. 아무런 대답 없이 빠른 속도로 다가오고 있을 뿐이었다.

이제 선두의 판목선들은 거의 십여 장 가까이 다가선 상태였다. 서서히 선체에 서 있는 인물들의 모습이 보이기 시작했다.

　'이런……!'

환창의 미간이 심하게 구겨졌다.

판목선 위에 타고 있는 이들은 분명 이곳을 출발했던 토각 소속의 조원들이 아니었다. 생소한 얼굴이었던 것이다. 그렇다면……?

　'젠장!'

그랬다. 그들은 적이었다.

판목선 위를 가득 메우며 다가오고 있는 이들은 바로 적들이었다. 전혀 예상치 못한 긴급 상황이 발생한 것이다.

갑자기 머릿속이 뿌예지는 것을 느꼈다. 더불어 등골에 한기가 서리며 온몸에 소름이 돋아나기 시작했다.

환창은 자신도 모르게 큰 목소리로 외쳤다.

"적이다! 적의 기습이다!"

그의 커다란 외침이 강가에 울려 퍼졌다.

하지만 청송도와 주변의 조원들만 바짝 긴장을 하고 있을 뿐, 대부분의 조장들은 전방의 불꽃놀이에 넋을 잃고 있었다.

　'이런……!'

환창이 미간을 찌푸리며 극성으로 내력을 끌어올렸다.

"적이다! 적의 기습이란 말이다!"

그의 내력이 실린 목소리가 주변으로 빠르게 퍼져 나갔다.

그때서야 하나둘 시선을 돌려 환창을 바라보았다. 그리고는 그의 시선을 따라 황하로 고개를 돌렸다.

"적이다! 어서 비상종을 울려라!"

"적의 기습이다! 전열을 가다듬어라! 놈들이 하선하지 못하도록 막아서라!"

여기저기서 커다란 목소리가 터져 나왔다.

강가에서 경비를 서던 조원들이 각조의 조장을 중심으로 일제히 신형을 움직이며 환창과 청송도의 주변으로 모여들었다. 그리고는 빠르게 대형을 갖추기 시작했다.

하지만 한 가지 문제가 있었다.

현재 이곳에서 경비를 서는 금각의 인물을 제외한 모든 인원은 이미 전방으로 향한 상태였다. 따라서 고함을 질러도 한창 무림맹의 기습에 정신이 팔려 있는 전방의 문도들에게까지 전해질 리 없었다. 비상종을 울려야만 하는 것이다.

환창의 시선이 긴장된 표정으로 서 있는 한 조원을 향했다.

"너는 어서 가서 종을 울리고 이곳의 상황을 알려라! 반드시 지원병을 데리고 와야 한다! 시간이 없으니 어서 가거라!"

"복명!"

조원이 빠르게 신형을 돌리며 전방을 향해 내달리기 시작했다.

환창이 멀어져 가는 조원의 신형을 잠시 바라보다가 고개를 돌릴 때였다. 갑자기 황하의 밤하늘이 훤하게 밝아졌다.

'이런 망할······!'

환창을 비롯한 황하 유역에 모여 있던 금각 소속 조원들의 얼굴이 새하얗게 변해갔다.

판목선에서 밤하늘을 수놓는 불화살들이 일제히 날아오른 것이다. 곧이어 시뻘건 화염을 내뿜는 한 무리 화조가 되어 곡선을 이루며 떨어져 내렸다.

"불화살이다! 피해··· 으악!"

"흩어져라! 한곳에 몰려 있지 말고 어서 흩어··· 으아악!"

황하의 유역은 순식간에 아수라장으로 변해갔다.

예상치 못하게 날아드는 날벼락에 정신을 차리지 못했다. 계속해서 시뻘건 불덩이들이 떨어져 내리고 좌우로 피하려는 조원들이 맞부딪치며 난장판을 이루고 있었다.

쐐액! 쐐애액!

환창의 얼굴은 잔뜩 굳어져 있었다.

장창을 빠르게 휘돌리며 날아드는 불화살을 쳐내고 있지만 어떻게 해야 할지 난감하기만 했다. 그저 허공을 훤히 밝히며 떨어져 내리는 불화살들을 쳐내기에 바빴다.

한꺼번에 수십여 개가 무리를 지어 불을 토하며 쇄도해 오는 장면은 공포, 바로 그 자체였다. 그저 온몸이 굳어지고 아연실색해질 뿐이었다. 잠시의 방심은 곧 황천으로 향하는 지름길인 것이다.

"비켜… 크악!"

"아악! 크아악!"

계속해서 조원들이 내지르는 비명이 황하의 유역에 울려 퍼졌다.

판목선의 거리가 가까워질수록 불화살은 곡선에서 직선의 궤도로 바뀌고 있었다. 조원들은 직선의 공간을 꿈틀거리며 쏘아져 오는 불덩이들에 어찌할 바를 몰라 했다. 위력을 더해 가며 날아드는 불화살에 당황하며 우왕좌왕할 뿐이었다.

불덩이들을 제대로 쳐내지 못해 목과 가슴, 그리고 허벅지에 틀어박히고 진영의 안쪽으로 피하기 위해 신형을 돌리는 순간 여지없이 등짝에 내리꽂혔다.

"크악! 크아악!"

한동안 황하의 유역에는 처절한 비명만이 가득했다.

'이익……!'

환창과 청송도를 비롯한 몇몇 조장은 적당한 거리를 두고 극성의 내력을 실어 자신의 병장기를 휘둘렀다.

하지만 판목선의 거리가 가까워질수록 그마저도 여의치 않았다. 조금씩 물러서며 사력을 다하고 있지만 병장기는 점점 더 무거워지고 있었다. 한두 개도 아닌 십여 개의 불화살이 일시에 날아드니 여간 버거운 것이 아니었다.

“크아악!”

커다란 비명에 환창의 시선이 좌측을 향했다.

검을 휘돌리던 육조장 청죽검(靑竹劍) 윤민영이 비명을 토해내며 고꾸라지는 모습이 보였다. 그의 가슴과 옆구리에는 시커멓게 그을린 화살이 깊숙이 박혀 있었다.

‘젠장……!’

갑자기 우측 허벅지에 끔찍한 통증이 느껴졌다.

잠시 좌측으로 곁눈질을 한 것이 실수였다. 앞쪽에서 오조장 자하검(紫霞劍) 기윤이 쳐낸 불화살이 방향을 틀며 날아든 것이다.

고통을 느낄 사이도 없었다. 또다시 대여섯 개의 불화살이 붉은 헛바닥을 내밀며 쏘아져 오고 있었다. 환창은 비틀거리는 신형을 유지하며 극성의 내력을 실어 장창을 빠르게 휘돌렸다.

팅! 티딩딩— 팅! 티잉!

순간, 새파란 불꽃이 수차례 번뜩였다.

다행히 날아들던 화조들이 팅겨 나가거나 방향을 틀며 비껴갔다. 그렇게 잠시 한숨을 돌리는 순간이었다.

갑자기 조금 전 화살이 박힌 허벅지가 화끈거리며 뜨거워지는 것을 느꼈다. 시선을 아래로 향하니 박힌 화살에서 불길이 살아나며 의복에 옮겨 붙고 있었다.

"망할……!"

환창은 허벅지를 내려치며 불을 끄기 위해 안간힘을 썼다. 하지만 불길은 끔찍스럽도록 쓰라린 통증을 수반하며 사그라지지 않았다. 더 이상 참지 못하고 바닥을 뒹굴며 의복에 붙은 불을 겨우 끌 수 있었다. 겨우 한숨을 돌리며 막 신형을 일으켜 세우려 할 때였다.

쒜액! 쒜애액!

또다시 시뻘건 화염을 토해내는 불화살들이 시선을 가득 메워왔다.

붉은 악마들은 집어삼킬 듯 커다란 입을 벌리며 형언할 수 없는 속도로 직선의 공간을 쏟아져 오고 있었다.

"헉!"

장창을 휘돌려 막아낼 여유가 없었다. 그저 사력을 다해 몸을 굴릴 뿐이었다.

"크흐흑!"

하지만 안타깝게도 거기까지였다.

등짝 깊숙이 파고드는 이물질의 감촉을 느끼며 시야가 급속히 흐려지고 있었다. 그리고 희미해지는 의식 속에 밤하늘을 뒤흔드는 종소리가 귓가에 울려 퍼졌다.

댕! 댕! 댕……!

또다시 긴급 상황을 알리는 종소리가 천황문의 진영에 울려 퍼졌다.

‘젠장! 또 뭐야?’

천황문의 임시 문주 직을 맡고 있는 부왕의 미간에 심한 골이 새겨졌다.

전황이 장기전으로 흐를 거라는 예상을 뒤엎고 무림맹이 일제히 진격을 해온 것이다. 그들의 기습에 잠시 당황했지만 다행히 궁각의 궁수들이 위력을 발휘하며 손쉽게 공세를 차단할 수 있었다.

한때 좌측의 방어선이 뚫릴 뻔했으나 다행히 효과적으로 방어하며 어렵지 않게 고비를 넘겼다. 그들의 기습에 일체의 피해 없이 화살의 사정권을 사이에 두고 잠시 대치 상태를 이루고 있을 때였다.

댕! 댕! 댕……!

난데없이 긴급을 알리는 타종이 밤하늘에 울려 퍼졌다.

그것도 종이 부서져라 쉴 새 없이 두들겨 대고 있었다. 자연히 전방에서 무림맹과 대치하던 문도들의 시선이 종소리가 들려오는 방향으로 쏠렸다.

순간, 모두의 얼굴에 당황스런 표정이 떠올랐다. 진영의 후미에서 서서히 화마가 치솟아올라 훤하게 밝아졌기 때문이다.

“무슨 일이냐?”

부왕의 물음에 한 사내가 빠른 속도로 다가섰다.

출중한 기도를 뿌리는 사십대 중반의 사내였다. 바로 수각(水閣)을 맡고 있는 유풍검(流風劍) 진영후였다.

“큰일 났습니다! 지금 놈들이 황하를 건너 진영의 후방을 공략하고 있습니다!”

“뭣이라? 진영의 후방을 공략한다고?”

“예, 그렇습니다. 일부는 계속 강상에 머무르며 화공을 가해 후미를 쑥대밭으로 만들어놓고, 나머지 인원은 일제히 도하해 진영에 들어선 상태입니다. 어서 무슨 조치를 취해야 할 것 같습니다.”

“이런, 미꾸라지 같은 놈들……!”

부왕은 말을 맺지 못했다.

온몸의 피가 거꾸로 치솟아오르는 것 같았다. 얼굴이 붉어지다 못해 터져 나갈 듯 부풀어 오르며 신형은 비 맞는 나뭇잎처럼 부르르 떨렸다.

그랬다. 보기 좋게 양동작전에 말려든 것이다. 어쩐지 쉽게 전진하지 않고 화살의 사정권 언저리에서만 맴돈다 여겼더니 그 이유가 있었다. 좌측의 방어선을 충분히 돌파할 수 있었음에도 쇄도해 오지 않고 물러선 원인이 따로 있었던 것이다.

"대체 경비를 맡고 있는 금각의 조원들은 뭣 하고 있었던 것이냐?"

"그것이……."

유풍검이 말끝을 흐리더니 조심스럽게 입을 열었다.

"이미 놈들이 철저한 준비를 하고 있었던 것 같습니다."

"철저한 준비……? 그게 무슨 소리야?"

부왕의 고함에 유풍검이 잠시 신형을 움찔거렸다.

"놈들은 우리의 보급로를 알고 미리 도하해 있었습니다. 자시에 출발한 판목선들을 접수하고 전방이 소란한 틈을 타 대기하고 있던 놈들과 함께 일제히 황하를 건넌 것이지요. 금각의 경비조는 앞서 건너오는 우리 측 판목선들 때문에 진위를 판별하기 위해 대처가 늦어진 것이고요."

"허! 그것참! 정말 보기 좋게 일격을 당했구먼!"

부왕은 미간을 찌푸리며 화마가 치솟고 있는 진영의 후미를 노려보았다.

곧이어 주위에 모여든 각주들에게 시선을 향하더니 큰 목소리로 외쳤다.

"지금 즉시 궁각과 화각, 수각을 제외한 나머지 목각과 토각, 그리고 금각의 잔여 인원은 모두 진영의 후방으로 향하라! 일부는 불길이 번지는 것을 막고 나머지는 모두 놈들이 진영의 안쪽으로 더 이상 들어서지 못하도록 차단하라!"

“복명!”

커다란 외침과 함께 거의 절반에 해당하는 인원이 썰물 빠지듯 물러났다.

‘망할 놈들……!’

부왕의 미간이 깊은 밭고랑을 이루며 이를 갈 때였다.

누군가 빠른 속도로 다가섰다. 바로 장로 중 일인인 권왕 진천이었다.

“무슨 일인가?”

부왕의 물음에 권왕이 입가에 희미한 미소를 떠올렸다.

“저 역시 후방으로 향하도록 허락해 주십시오!”

순간, 부왕이 의외라는 표정을 지었다.

사실 두 사람은 은림 시절부터 막역한 사이였다. 둘 다 상당히 직선적이며 조금은 물불을 가리지 않는 성격으로 무인의 기백을 중시하는 성격이었다. 부왕이 나이가 많아 권왕이 의형처럼 따르며 지내고 있었다.

“응? 자네가 후방으로 가겠다고?”

“예, 그렇습니다. 놈들 중에 분명 상당한 고수가 포함되어 있을 겁니다. 아무래도 각주들만으로는…….”

권왕이 말끝을 흐리자 부왕이 잠시 생각에 잠겼다.

그의 말에 일리가 있었다. 혹여 유성천검과 북두진검이라는 황룡당주의 양팔과 천무단이라는 그림자들이 끼어 있을 경우 각주들만으로는 결코 장담할 수 없었다. 적어도 장로급 한두 명은 있어야 무게가 기울지 않았다.

"그렇게 하도록 하게! 각주들이 당해내지 못할 리는 없겠지만 조심해서 나쁠 것은 없겠지. 기왕이면 장왕도 데려가도록 가게!"

그의 말이 끝나는 순간이었다.

"놈들이 몰려온다! 불화살을 날려라!"

"신궁의 위력을 한껏 보여주어라!"

여기저기서 궁수들을 독려하는 목소리가 들려왔다.

"이런, 얍삽한 놈들! 여우를 잡아 죽여 굴을 비웠는가 싶었더니 어느새 이웃집 여우가 차지했구나!"

그랬다. 많은 출혈을 감수하며 설화산에서 퇴각하던 무림맹의 여우를 제거했더니 난데없이 황룡당의 여우가 그 자리를 대신한 것이다.

지금 벌어지는 무림맹의 기습 뒤에는 그가 있음이 분명했다. 그리고 그는 얄밉도록 효과적인 양동작전을 구사하고 있었다.

부왕의 얼굴이 벌겋게 달아오르더니 큰 목소리로 외쳤다.

"궁각을 제외한 인원은 모두 전열을 가다듬어라! 놈들은 분명 정면 돌파를 시도할 것이다! 놈들에게 천황문도의 위용을 보여주어라!"

피융! 핑피빙― 핑! 피융!

순간, 어둠을 가르며 일제히 불화살들이 날아올랐다.

곧이어 시뻘건 불덩이들이 밤하늘을 훤히 밝히며 진격해 오는 무림맹도를 향해 떨어져 내렸다.


천황문을 마주 보고 있는 드넓은 벌판의 후미에 일자로 늘어선 십여 명의 무인이 있었다.

그들의 중심에는 허허롭다 못해 그 존재마저 모호하게 느껴지는 청년이 전방을 주시하고 있었다. 바로 대경이었다.

정주대전(鄭州大戰)!

훗날 정주대전이라 일컬어지는 전장의 한가운데 그가 서 있었다.

무림맹은 오늘의 대전에 모든 승부수를 띄웠다. 그야말로 장기전으로 흐를 것이라는 모두의 예상을 뒤엎고 과감히 허를 찌르는 총공세였던 것이다.

이번 대전이 현 무림의 정세에 분수령을 이루고, 더 나아가 양측의 성패를 좌우하는 일전이 될 것임은 자명한 사실이었다. 따라서 물러설 수 없는 한판 승부가 될 수밖에 없었다.

선교란 후공세(先攪亂 後攻勢)!

그 기본을 이루는 토대가 바로 선교란 후공세책이었다.

일단 전방에서 총공세를 취하는 것처럼 꾸며 천황문의 시선이 쏠리게 만든 후, 황룡당이 적시에 후방을 공략하며 진영을 교란하는 것이다. 그리고 그 틈을 타 전방에서 재진격해 끝장을 보려는 계획이었다.

한마디로 이목을 속이고 기습을 가해 혼란과 전력의 분산을 유도한 후, 오히려 정면 공세를 취하는 예상외의 강공책이었다.

황룡당의 교란!

지금 황하를 우회하여 후방을 공략하고 있는 이들은 황룡당이었다.

염무가 중심이 되어 별정, 천대, 지대, 인대, 그리고 천궁대 등 황룡당의 전원이 총동원된 상태였다. 그리고 전방에는 그들을 제외한 전 무림맹도가 포진하며 기회를 엿보고 있었다.

삼 당의 총공세!

조금 전 황룡당의 기습이 보기 좋게 성공하며 진영의 후미에서 불길이 치솟아오르자 대경은 고삐를 늦추지 않고 곧바로 몰아붙였다.

좌측의 주작당, 우측의 현무당, 그리고 새로이 오독문, 승천문, 정무방이 편입된 중앙의 백호당에게 이르기까지 일제히 진격을 명한 상태였다.

난공로(難攻路) 지원!

다만 후미에는 아직 대경을 중심으로 일부 수뇌부가 남아 있었다. 삼 당 중에 어느 한곳의 진격이 여의치 않으면 곧바로 지원해 주기 위함이었다.

"멈춰 서지 말고 전진… 으악!"

"피해……! 크악! 크아악!"

정면 돌파를 시도하던 맹도들의 단말마가 이어졌다.

본격적인 전면전에 들어서자 희생자가 급격히 늘어가기 시작했다. 특히 천황문의 방어선이라 할 수 있는 궁의 사정권 내에서는 일보(一步)의 전진이 결코 쉽지 않았다.

어둠을 밝히며 쉴 새 없이 쏟아져 내리는 불화살의 위력에 위축되어 주춤거리자 진격하는 속도 역시 크게 떨어지고 있었다.

'으음……!'

지금 천황문의 진영으로부터 소낙비가 퍼붓듯 쏟아져 내리는 불의 향연을 바라보는 대경의 두 눈은 고요히 가라앉아 있었다.

'참으로 안타깝구나! 누가 옳고[正] 누가 그르다는[邪] 말인가? 무엇을 위한 싸움이며 누구를 위한 희생이란 말인가?'

잠시 생각에 잠겨 있는 사이, 전장을 지켜보던 사마염이 입을 열었다.

"적의 반격이 예상외로 강합니다. 이 상태로 가다가는 병장기를 부딪치기도 전에 심한 전력의 손실을 입을 것 같습니다.”

대경의 옆에 서 있던 공령이 말을 받았다.

“그렇구먼! 예상대로 중앙을 맡고 있는 백호당의 피해가 속출하고 있구먼! 인원이 많기는 하지만 이대로 가다가는… 아무래도 저들을 지원해 주어야 할 것 같네.”

“그렇습니다. 또한 그들이 제 역할을 하지 못함으로써 주작당에 비해 상대적으로 전력이 약한 현무당의 피해 역시 커지고 있습니다. 후방을 공략 중인 황룡당과 보조를 맞추지 못하면 이번 작전은 성공하기 어렵습니다. 더 이상 지체하면 안 됩니다.”

사마염의 말에 모두의 시선이 대경을 향했다.

그는 지금 세상을 온통 붉게 물들이는 화염의 광란 속에 빠져 있었다. 세상을 온통 삼켜 버릴 듯 포효하며 거칠게 쏟아지는 적우(赤雨) 속에 산화해 가는 의미없는 죽음에 안타까워하고 있는 것이다.

‘으음……!’

하지만 안타까움은 곧 담담함으로 변해갔다.

그랬다. 자신이 막아선다고 모든 것을 멈출 수는 없었다. 불어오는 회오리바람을 막아설 수 없고 퍼붓는 소낙비를 그치게 할 수도 없었다.

그저 천지의 운행이 자연(自然)하며 현재의 화에서 복으로 변하길 기다리는 수밖에 없었다. 그리고 자신은 그 동일 선상에 있을 뿐이었다.

'그래! 현실에 충실하자! 그 또한 흐르는 물을 닮은 삶이 아니겠는가?'

대경의 생각이 막 거기에 이르는 순간이었다.

갑자기 주변의 기류가 심하게 요동치며 꿈틀거리더니 주위로 퍼져 나갔다.

곧이어 대경의 기세에 밀리지 않기 위해 용천(湧天)에 진기를 쏟아내며 겨우 신형을 유지하고 있던 공령에게 시선을 향했다.

"가시지요!"

순간, 공령은 퍼뜩 정신을 차렸다.

"그, 그러세……!"

"자! 그럼!"

대경은 고개를 끄덕이고는 북두칠성비를 펼치며 엄청난 속도로 멀어져 갔다.

잠시 멍한 표정으로 그 모습을 바라보던 공령이 나머지 수뇌부들을 둘러보며 큰 목소리로 외쳤다.

"우리도 어서 서두르세!"

대경이 멀어지자 수뇌부들 역시 일제히 신형을 날렸다.

공령을 포함한 모두의 신형은 시뻘건 화염을 토해내는 전방의 아수라장 속으로 멀어져 갔다.


  '이익!'

  한편 선두의 한쪽에서 사력을 다해 날아드는 불화살들을 쳐내고 있는 낭인왕의 미간은 심하게 찌푸려져 있었다.

  백호당에 소속된 후, 무림맹의 일원으로서 처음 출전하는 전투였다. 따라서 그가 지존으로 삼은 대경에게 무엇인가를 보여주기 위해 내심 오늘을 고대해 왔다. 그리고 백호당이 전력의 중심인 중앙의 방위를 맡으며 의기양양하게 출전했다.

  하지만 한순간, 무엇인가 잘못되었다는 생각이 뇌리를 스쳤다.

  한마디로 이전에 무림을 주유하며 칼춤을 추던 것과는 차원이 다른 것이다. 손속을 겨루는 것은 고사하고 궁수의 내력이 실린 화살을 쳐내는 것이 마치 고수의 일검을 받아내는 느낌이었다.

  그동안 강호가 좁다고 누비며 다니던 시절에 온갖 사선을 넘나들며 얻은 명성이 결국 허명이었다는 생각마저 들었다.

  '젠장……!'

  어떻게 된 것이 불화살을 쳐낼 때마다 검을 쥔 손아귀에 묵직한 반동이 느껴졌다.

  더불어 시큰시큰하게 저려오더니 이제는 아예 손아귀에서

팔뚝에 이르는 부분까지 무감각한 상태였다. 그저 본능으로 날아드는 불덩이들을 방어하고 있을 뿐이었다.

하지만 시간이 흐를수록 그마저도 여의치 않았다.

점차 팔에 감각을 잃어가면서 검을 휘두르는 것조차 버거워졌다. 더불어 반사 신경마저 급격히 줄어들고 있었다.

하지만 이대로 물러설 수는 없었다. 자신이 물러서면 그나마 가까스로 유지되던 전방의 한 축이 크게 무너지는 것이다.

"휴— 우!"

낭인왕은 안도의 긴 한숨을 내쉬었다.

순간적으로 시선을 가득 메우며 날아드는 불화살을 쳐내는 순간, 하마터면 검을 놓칠 뻔했다. 검을 쥔 손아귀에 힘을 줄 수 없으니 화살이 검신에 부딪치며 발생하는 반동에 대처할 수 없었던 것이다.

그렇게 겨우 위기를 넘기며 시뻘건 화마와 악전고투를 거듭하고 있을 때였다.

'이런……!'

낭인왕은 눈앞이 캄캄해지는 것을 느꼈다.

잠시 방심하는 사이 두 개의 불화살이 검붉은 화구(火口)를 드러내며 엄청난 속도로 날아들었다. 그리고 그 순간의 방심은 곧 황천길로 이어지고 있었다.

어떻게 신형을 비틀 시간도 없었다. 두 마리 화조는 어느새 미간과 천돌에 이르고 있었다.

'아……!'

문득 그동안의 삶이 부질없다는 생각이 드는 순간이었다.

팅! 티잉!

갑자기 눈앞에 불꽃이 튀며 귀밑과 우측의 목 부분이 따끔거리는 것을 느꼈다.

재빨리 손을 대어보니 붉은 선혈이 묻어 나왔다. 다행히 그리 심한 상처는 아니었다. 불화살들이 스쳐 가며 남겨놓은 작은 흔적에 불과했다.

동시에 누군가 자신을 지나치며 전방을 향해 쏘아져 가는 모습이 시선을 가득 메워왔다.

그가 펼치는 검막의 영향권 내에서는 그리도 강하게만 느껴지던 불덩이들이 맥없이 튕겨 나가고 있었다. 마치 주위로 투명막이 펼쳐진 듯 삼 장가량의 공간은 적우(赤雨) 속의 흰 동공처럼 텅 비어 있었다.

'지존……!'

그랬다. 저승의 입구를 막아준 이는 다름 아닌 지존이었다.

어느새 그의 신형이 밤하늘을 뒤덮는 적우를 뚫고 천황문의 진영으로 향하고 있었다. 그 뒤를 십여 개의 그림자가 쏜살같이 따르고 있었다.

“와! 지존이시다! 지존께서 납시셨다!”

“와아! 힘내라! 황룡당주님이다! 어서 검황의 뒤를 따르자!”

갑자기 위축되었던 백호당원의 입에서 커다란 함성이 터져 나왔다.

당원들은 다시 활기를 되찾으며 사기가 충천해졌다. 장내는 어느새 뜨겁게 달아오르며 흥분의 도가니로 변해갔다.

곧이어 쏟아져 내리던 적우가 잠시 주춤해진 틈을 타, 일제히 전방을 향해 쇄도해 갔다. 그 모습이 마치 시커먼 새 떼가 장내를 뒤덮으며 무리를 지어 날아가는 것 같았다.

“백호당이 움직인다. 주작당은 일제히 진격하라!”

“중앙의 백호당이 밀고 올라간다! 현무당은 주춤거리지 말고 진격하라!”

대경과 십여 명의 수뇌부가 전장에 뛰어들자 전세는 확연히 달라지기 시작했다.

그동안 좌, 우측의 방위를 맡아 고군분투하던 주작당과 현무당은 백호당의 진격으로 잠시 여유가 생기자 그 새를 놓치지 않고 일제히 밀고 올라간 것이다.

“놈들이 몰려든다! 쉬지 말고 불화살을 날려라!”

“중앙의 선두에서 미끄러져 오는 놈이 누구냐? 그놈에게 궁을 집중하라! 아니, 그 뒤를 따르는 놈들에게… 젠장!”

“좌측에서도 밀려든다! 어서 좌측을 지원… 아니, 우측……."

삼면에서 일제히 쇄도해 가자 천황문도는 당황하기 시작했다.

무림맹도가 몰려드는 모습이 마치 검붉은 먹구름이 온통 하늘을 뒤덮으며 밀려드는 것 같았다. 더불어 진영과의 거리가 급속도로 좁아지고 있었다.

하지만 더 큰 문제는 바로 진영의 후미에 있었다.

슈욱! 슈욱! 슈슈슉! 슉! 슈욱!

“보급품에 불이 붙었다! 어서 불을 꺼라!”

“뭐 하는 것이냐? 너희들은 어서 불을 끄는 데 지원… 아니, 좌측이 무너진다! 어서 놈들을 막아서라!”

천궁대주 우증선이 이끄는 천궁대의 위력이 빛을 발하기 시작했다.

그들은 황하 유역의 가까운 지점까지 접근해 판목선 위에서 계속 불화살을 날렸다. 처음 경비조를 겨누던 불화살이 더 이상의 목표물이 없어지자 진영의 시설과 보급품을 향하고 있었다.

또한 이미 진영에 내려선 별정 이하 모든 황룡당원은 화재를 진압하고 있는 목각의 인원을 제외한 금각과 토각의 정예들과 팽팽히 맞서고 있었다.

별정의 고수들!

개인적인 무위가 앞서는 천황문도였지만 이상하게도 자꾸만 밀리고 있었다.

바로 황룡당의 별정에 속한 천무단원 때문이었다. 도대체어디서 그러한 고수들이 쏟아져 나오는지 그저 의아할 따름이었다.

권왕과 장왕!

다행히 두 장로가 신위를 펼치면서 상황은 조금 나아졌다.

권왕이 묘한 진을 펼치는 칠 인을 홀로 감당하고, 장왕이적의 수장으로 보이는 호목의 사내와 또 다른 이 인이 펼치는이상한 삼재진을 상대하면서 겨우 한숨을 돌릴 수 있었다.

하지만 곧 자신들의 두 눈을 의심할 수밖에 없었다.

대체 권왕과 장왕이 누구였던가?

절대무인이라 믿어 의심치 않던 은림의 십왕 출신이었다.이미 개개인의 무위가 극을 넘어선 인물들이었다.

그런 그들이 진세에 휘말려 살얼음판을 걷듯 고전을 면치못하고 있는 것이다. 가까스로 백중세를 유지하고 있었다.

유성칠환진!

그랬다. 천문의 절진에 대해서 모르는 그들로서는 당연한일이었다.

지금 염무를 포함한 천무단원은 극성의 내력을 쏟아 부으며 칠환진과 삼환진을 펼치고 있었다. 단주인 사우량이 칠환진을 이끌고 염무가 삼환진을 맡고 있었다.

천하의 그 어떤 고수라 할지라도 그들이 진세를 유지하는 한 시진가량만큼은 절대로 장담할 수 없는 상황이었다. 순간의 실수가 돌이킬 수 없는 결과로 귀결되는 절대 사진(死陣)이었던 것이다.

그렇게 후방에서의 교전은 위태로운 외줄을 걸어가고 있었다.


"놈들을 막아… 으악!"

"중앙을 지원하라! 아니, 좌측을… 크악!"

진영의 전방에서는 처절한 비명이 줄지어 터져 나왔다.

시뻘건 화염을 토해내는 불화살을 퍼붓던 방어선이 드디어 뚫린 것이다. 곧바로 삼면에서 일제히 무림맹도가 진영 안으로 밀어닥쳤다.

"당황하지 말아라! 화각은 전열을 가다듬어라!"

"물러서지 마라! 수각은 계속 대형을 유지하라!"

여기저기서 독려하는 목소리가 터져 나왔다.

하지만 그뿐이었다. 이미 무너진 방어선으로 밀물처럼 밀려드는 무림맹도에게 속수무책이었다. 파죽지세가 따로 없었다. 마치 커다란 봇물이 거세게 터져 나오듯 무섭게 밀어닥치고 있었다.

"장문인의 원한을 갚아라! 단 한 놈도 남기지 말고 모두 쓸어버려라!"

"구파일방의 진정한 면모를 보여주어라! 설화산에서의 참패를 상기하고 고스란히 되갚아주어라!"

특히 설화산으로 원정을 떠났다가 무참히 당했던 현무당과 주작당 소속의 맹도들은 그동안의 한을 쏟아내기라도 하듯 눈에 불을 켜며 달려들었다.

"우리는 검황을 지존으로 모시는 자랑스러운 정무방도다! 결코 지존의 명성에 먹칠을 하지 마라!"

"오독문도는 진정한 독이 무엇인지 확실한 오독의 맛을 보여주어라!"

"오랜 전통을 지닌 승천문의 위용을 보여주어라!"

비록 무위가 뒤처지기는 하지만 대경을 지존으로 삼은 정무방을 비롯해 백호당에 편입되어 첫 출전한 오독문과 승천문 역시 기대 이상으로 선전하고 있었다.

일단 진영에 들어서자 오독문이 빛을 발하기 시작했다.

무림맹도에 맞서 정신없이 도검을 부딪치는 사이로 독침과 독암기가 날아들자 천황문도는 맥없이 쓰러졌다. 어둠 속에 쏟아져 오는 사신들 앞에 속수무책이었던 것이다.

더불어 대평원 전투에서 살아남은 당문도의 독암기 또한
그 위력을 더해갔다. 일천수를 선두로 독질려, 단혼사, 육혼
망 등 사용 가능한 모든 암기를 쏟아내고 있었다.

그들이 퍼붓는 암기들은 실로 위력적이지 않을 수 없었다.
결코 오독문에게 질 수 없다는 듯 경쟁적으로 암기를 날리며
맹위를 떨치고 있었다.

하지만 전세는 서서히 혼전으로 이어지기 시작했다.

"이런, 불나방 같은 놈들… 으악!"

"혼원검의 위력을… 크아악!"

천황문의 진영은 비명으로 가득 찼다.

거의 모든 무림맹도가 진영 안에 들어서자 천황문도의 대
열이 급속도로 흐트러졌다. 서로 뒤엉키며 어느새 극심한 난
전으로 치닫고 있었다.

더욱이 화마가 치솟아오르는 몇몇 곳을 제외한 대부분의
장내는 깊은 어둠 속에 잠겨 있어 피아의 구분조차 어려웠다.
그러한 가운데 양측의 난전은 계속되었다.

"비켜! 어서 비켜서란 말… 크악!"

"안 돼! 사, 살려줘……! 크아악!"

장내에는 구슬픈 단말마가 끊임없이 이어졌다.

눈앞의 적을 베고 나면 새하얀 검신이 옆구리로 파고들었
다. 무심코 고개를 돌리는 순간 시커먼 발그림자가 허공을 가

르며 인중을 강타했다. 신형을 틀고 피하며 날아드는 검을 쳐내는 사이 누군가의 일도가 등짝에 내리꽂혔다. 회심의 일검이 허공을 가르는 순간 쇠망치와 같은 일권이 거궐 깊숙이 파고들었다.

"크흐흑!"

"이놈! 같이 죽자… 크아악!"

상대의 가슴에서 피보라가 뿌려지는 순간 널따란 도신이 허벅지를 가르며 핏물이 솟구쳐 올랐다. 복부를 관통한 검을 움켜쥐고 사력을 다해 동귀어진을 시도하는 사이 목이 허전해지며 부르르 떨고 있는 머리 잃은 신형이 되었다. 허공에 솟구친 상대의 팔을 바라보는 순간 무지막지하게 달려든 머리에 안면을 강타당하며 코뼈가 주저앉았다.

"이익! 죽어라… 으악!"

"이, 이런… 크흐흑!"

등을 돌리고 있는 상대에게 일검을 날리는 순간 정수리에 끔찍한 고통이 느껴지며 시뻘건 선혈이 이마를 타고 흘러내렸다. 상대의 정수리에 일장을 내리꽂는 사이 새하얀 검신이 목덜미를 스쳐 가며 벌려진 살가죽 사이로 선혈이 솟구쳐 올랐다. 검을 휘감아 내리며 다른 상대를 찾는 순간 누군가의 장창이 거궐을 헤집으며 깊숙이 틀어박혔다.

"크흐흐! 크흐흐흐!"

"크아악! 크아아— 악!"

장내에는 계속해서 끔찍한 지옥도가 펼쳐지고 있었다.

그저 보이는 것은 어둠 속에 검붉은 핏물을 뒤집어쓴 아수라의 형상이요, 들려오는 것은 팔열지옥(八熱地獄)에서 토해내는 처절한 울부짖음이었다. 세존마저 미간을 찌푸리고 돌아앉은 광(狂)! 광(狂)! 광(狂)! 광란의 도가니에 오직 참혹도만이 존재하고 있었다. 그렇게 끝을 알 수 없는 억겁의 시간은 흘러만 갔다.

그렇게 얼마의 시간이 흘러갔을까?

짙은 어둠을 헤치며 서서히 먼동이 터오고 있었다. 그 붉은 한줄기 기운이 내비치며 장내의 모습을 확연히 드러내기 시작했다.

그곳에는 차마 눈뜨고 볼 수 없는 참혹한 광경이 펼쳐져 있었다. 진영 안은 온통 검붉은 핏물로 혈해(血海)를 이루고 양측 무인들의 널브러진 시신은 산을 이루고 있었다.

"헉! 헉! 헉!"

"훅! 후욱! 훅! 훅!"

그 사이로 지칠 대로 지쳐 있는 양측의 무인들이 병장기를 휘두르고 있었다.

하지만 이미 내력마저 고갈된 듯 상대를 공격하기보다는 힘겹게 신형을 유지하며 방어 동작을 취하는 이들이 태반이었다.

지금 그들은 극도의 피로감을 느끼고 있었다. 그토록 분기탱천하던 증오심도, 펄펄 끓어오르던 적개심도, 모두 사라진 지 오래였다. 그저 한없이 무겁게만 느껴지는 신형을 그대로 드러눕고 싶을 뿐이었다.

"크아악!"

문득 대경의 시선이 좌측을 향했다.

정면에서 달려들던 적을 베어 넘기는 순간 서러운 한을 토해내는 커다란 단말마가 터져 나온 것이다. 그런데 왠지 모르게 그 비명이 상당히 귀에 익숙한 목소리였다.

'으음……!'

대경의 미간이 찌푸려짐과 동시에 장내의 모든 움직임이 일시 정지했다.

무림맹도와 천황문도를 불문하고 모두의 시선이 일제히 한곳에 쏠려 있었다. 특히 대부분의 무림맹도는 눈앞에 벌어진 현실을 믿을 수 없다는 듯 멍한 표정을 짓고 있었다.

그곳에는 커다란 부를 내려뜨린 채 힘에 겨운 듯 거친 숨을 내쉬고 있는 건장한 체구의 노인이 서 있었다. 나이에 어울리지 않게 부를 쥐고 있는 그의 굵은 팔뚝에는 핏줄이 솟아올라 꿈틀거리고 있었다.

"당문주!"

순간, 멀리서 황보웅이 외치는 목소리가 장내에 울려 퍼졌다.

노인의 신형 앞에는 두 토막으로 갈라진 시신이 외로이 나뒹굴고 있었다. 바로 당문주 일천수였다.

그를 마지막으로 사대세가의 하나로서 독과 암기로 그 명성이 자자하던 당문도의 모습은 더 이상 보이지 않았다. 모두 장렬하게 산화한 것이다.

'후유! 당문마저도…….'

대경은 내심 한숨을 내쉬었다.

기가 막힌 광경에 그저 한숨만 나올 뿐이었다. 대체 그들의 희생을 누가 책임져 줄 것이란 말인가?

이미 당문을 대표하던 고수들이 모두 사라졌으니 이 혼란의 시기가 끝나면 그들의 가문이 다시 일어서기까지 많은 세월을 필요로 하게 될 것이다.

'저자가 바로 임시 문주인 부왕인가 보구나!'

하지만 그런 근심을 하기에는 사정이 여의치 않았다.

마치 천년 고목을 연상케 하는 두 다리를 곧게 뻗은 채 대부(大斧)를 늘어뜨리고 있는 노인의 벽을 넘어서는 것이 급선무였다.

'응? 저 반지는?'

갑자기 대경의 눈이 휘둥그레졌다.

노인이 끼고 있는 묵빛의 반지가 시선을 가득 메워왔다. 그 반지에는 눈에 익숙한 아수라 문양이 새겨져 있었다.

고용중에서 강남맹과 최후의 승부를 펼칠 당시 심검무극을 극성으로 펼치게 만들었던 도왕의 손가락에 끼어 있던 반지와 동일한 문양이었다.

문득 그와 나누었던 마지막 대화가 떠올랐다.


"드디어 그 유명한 청의신협과 마주 서게 되는구먼!"

"저번에도 느낀 것이지만 혹여 나를 알고 계시오?"

대경의 물음에 도왕이 미소를 지었다.

"알고 있느냐? 잘 알고 있지. 자네는 은림에서 제법 유명한 인물일세. 자네를 보고 싶어하는 이들이 나 말고도 여럿이 있다네. 그들 중에는 상상할 수도 없는 인물이 하나 끼어 있지. 그나저나 벌써 장담할 수 없는 경지에 이르렀구먼! 자칫하면 도왕이란 명성에 큰 흠집을 남기겠어!"

'그랬구나!'

대경은 이제야 자신을 바라보던 도왕의 눈빛을 이해할 수 있었다.

황학루에서 만났던 초로인은 분명 은림의 고수들에게 자신에 대한 이야기를 했고 그들 중 일부는 자신에게 흥미를 느꼈을 것이다. 도왕은 그들 중 한 사람이었다.

'후후후!'

참으로 인연은 질기다는 생각이 들었다.

또 다른 인연이 예상치도 못한 곳으로 이어져 있었다. 또다시 넘어야 할 높은 산이 기다리고 있는 것이다. 그나저나 노인이 끼고 있는 아수라 문양의 반지에 대한 궁금증을 지울 수 없었다.

"그런데 그 손가락에 끼어 있는 아수라 문양의 반지는 대체 무엇을 의미하는 것이오?"

도왕이 시선을 아래로 향하더니 자신의 손가락에 끼어 있는 반지를 바라보았다.

"허허허! 참으로 아는 것도 많구먼! 이 묵지환(墨指環)의 내력이 궁금한 것인가?"

"묵지환? 그 반지의 이름이 묵지환이오?"

"그렇다네! 이 반지에 대해 어떻게 알았는지 모르겠지만 청의신협께서 궁금하시다……? 그래, 어차피 둘 중의 한 사람은 머나먼 길을 떠나야 하니 굳이 감출 것도 없겠지."

도왕은 고개를 들어 잠시 하늘을 바라보았다.

"무림에 잘 알려지지 않았지만 원래 마교에는 내원과 외원이라는 곳이 존재해 왔다네. 내원은 한마디로 대천마 조사의 유지를 받들어야 한다는 고리타분한 이들이 은둔하는 곳이고, 외원은 수많은 전쟁터와 무림을 떠돌며 질타하던 진정한 마교도들의 고향이었지. 바로 무림에서 마교로 잘 알려진 마의 하늘이었네."

잠시 회상에 잠기더니 말을 이었다.

"오황의 난이라는 혈사를 들어보았을 것이네. 외원이 내원의 행보에 불만을 품고 있던 그곳의 다섯 장로와 함께 마교의 힘으로 새로운 무림을 이룩하고자 일으킨 세력이었지. 하지만 안타깝게도 그 뜻을 이루지 못하고 무림에서 자취를 감추고 말았네. 당시 오마맥의 후예들이 정파의 추적을 피해 선대와 인연으로 맺어진 은림으로 숨어들어 지금까지 이어져 오고 있다네. 이 묵지환은 바로 그들의 후예를 상징하는 신물이고 나 역시 그들 중 한 명일세."

"그럼 남은 이들은……?"

대경이 말끝을 흐리자 도왕이 커다란 웃음을 터뜨렸다.

"허허허! 참으로 궁금한 것이 많구먼! 오 인 중 삼 인은 도주한 내원의 늙은이들을 추적하다가 목숨을 잃고 지금은 나와 또 다른 일인이 남아 있을 뿐이네. 이제 계속 이 인으로 남을지, 단 일인만이 남을지는 곧 알 수 있겠지. 자! 이 정도면 모든 궁금증이 풀렸을 것이라 생각하네."

곧이어 대경을 직시하며 눈빛을 반짝였다.

"어서 오게! 멋지게 한번 겨뤄보세!"

제법 긴 상념에서 깨어날 때쯤 부왕과 시선이 마주쳤다.

그는 부리부리한 용목을 부릅뜨며 직시하고 있었다. 첫눈에 대경이 누군지 알아보는 눈치였다. 하지만 왠지 모르게 그의 얼굴에는 믿지 못하겠다는 기색이 역력했다.

'더 이상의 무모한 소모전은…….'

대경이 서서히 발걸음을 옮겨 부왕에게 다가갔다.

그랬다. 긴말은 필요없었다. 이미 대세는 황룡당 쪽으로 기울었고, 더 이상의 희생을 막기 위해서는 수장끼리 승부를 보는 것이 낫다는 생각이 들었던 것이다.

잠시 후, 대경과 부왕이 마주 서자 그들의 후미에는 십여 장의 거리를 두고 양측의 무인들이 대열을 이루며 비켜서 있었다.

무림맹 측에는 조금 전 후방 공략을 성공적으로 마친 후 가세한 염무와 한성의 모습이 보였다. 한성의 손바닥에는 산산이 부서진 석불의 나발 조각이 쥐어져 있었다.

그 옆으로는 청허와 백리향, 그리고 천무단원의 모습도 보였다. 다만 안타깝게도 천무단원은 일성과 칠성, 단 이 인만이 자리하고 있었다.

그들 대부분은 파리한 안색에 횅한 얼굴로 결코 성한 모습이 아니었다. 심한 부상을 입은 듯 입가에 굵은 혈흔이 남아 있고 온통 핏물로 얼룩진 혈의를 걸치고 있었다.

하지만 그들의 만신창이로 변한 모습에 상관없이 장내의 모든 시선은 중앙의 이 인을 향하고 있었다.

검황 장대경과 부왕 피승!

양측의 한가운데에는 대경과 부왕이 삼 장의 거리를 두고 마주 보며 서 있었다.

두 사람의 신형은 오랜 세월의 무게를 견뎌온 만근 바위인 양 조금의 움직임도 없었다. 다만 바람이 불지 않음에도 그들 사이에는 강한 기류가 형성되어 있었다. 마치 건드리면 터질 듯 그들의 공간 안에는 질식할 것 같은 무거운 압력이 짓누르고 있었다.

'대단하구나!'

순간적으로 대경의 눈썹이 꿈틀거렸다.

이미 은림의 십왕 출신인 도왕과 겨뤄본 경험이 있기에 결코 그들의 무위에 뒤지지 않을 거라는 자신감이 있었다.

그런데 부왕은 도왕과는 또 달랐다. 막상 마주 서자 같은 십왕 출신임에도 풍기는 기도부터가 달랐다. 현격한 차이가 나는 것이다.

이제야 왜 일천수가 그의 최후 절기인 만천화우를 제대로 펼쳐 보지도 못하고 허무하게 두 동강이 났는지 그 이유를 알 수 있었다.

'첩첩산중이로구나!'

대경은 무엇인가 가슴을 무겁게 짓누르는 것을 느꼈다.

대체 은림에는 얼마만큼의 많은 고수가 있다는 말인가? 참으로 답답한 마음이 들었다. 그나마 은림의 고수들이 모습을 드러내지 않고 부왕이 지쳐 보인다는 사실이 천만다행이었다.

'응?'

하지만 상념은 오래가지 못했다.

이미 상당한 내력의 소모가 있었는지 부왕은 계속해서 거친 숨을 내쉬고 있었다. 그 한 호흡이 끊기며 이마에 맺힌 굵은 땀방울 하나가 또르르 굴러 떨어지는 순간이었다.

당혹스러워하는 그의 표정이 시선을 가득 메워왔다.

그 틈을 놓칠 대경이 아니었다. 그토록 질식할 것 같던 무거운 공간이 산산이 무너져 내리며 대경의 신형이 북두칠성보를 밟아 미끄러져 갔다.

부웅! 붕! 부우웅!

부왕은 움찔거리며 재빨리 거부를 휘돌렸다.

어느새 부영(斧影)이 사위로 퍼져 나가며 시커먼 그림자가 온통 하늘을 뒤덮었다. 그 거대한 흑영이 출렁거리는가 싶더니 그의 신형을 따라 하늘에 일선(一線)이 그어지며 흑뢰가 떨어져 내렸다.

쐐애애액!

엄청난 속도로 떨어져 내리는 흑뢰에 다가서던 대경의 신형이 둘로 쪼개지는 착각이 드는 순간이었다.

"행심종검!"

대경의 입에서 낭랑한 외침이 터져 나오며 새하얀 검신이 솟구쳐 올랐다.

고오오오!

동시에 형언할 수 없는 속도로 흰 기운이 부챗살을 이루며 퍼져 나왔다.

소리없는 새하얀 검신이 치솟아오르고서야 비로소 땅거죽이 갈라지며 흙먼지가 피어올랐다. 희뿌연 흙먼지가 마구 비상하는 혼돈 속에 천지를 가르는 흑백의 그림자가 허공을 격하며 세차게 맞부딪쳤다.

번쩍! 푸쉬시시식!

번뜩이는 일광과 함께 하나의 그림자가 피를 토하며 튕겨져 나갔다.

정신없이 뒷걸음질치며 피분수를 뿌리던 부왕의 미간이 좁아지는가 싶더니 빠르게 중심을 잡으며 거부를 휘감아 올렸다. 곧이어 남은 내력을 모두 쥐어짜 내며 자신의 최절초를 쏟아냈다.

"단혼참(斷魂斬)!"

그의 커다란 외침이 주위로 빠르게 퍼져 나갔다.

부드드ー 득!

그 사이로 모든 것을 부숴 버릴 것 같은 파공성이 거칠게
울려 퍼졌다.

곧이어 암벽이 무너져 내리듯 무거운 흑영이 공간을 짓누
르며 떨어져 내렸다. 그 무지막지한 광경을 바라보던 대경이
비틀거리는 신형을 곧추세우며 빠르게 검을 휘감아 올렸다.

"심검무극!"

그의 입에서 낭랑한 외침이 터져 나왔다.

고오오오!

부챗살을 이루며 형언할 수 없는 속도로 퍼져 나오던 흰 기
운이 투명한 빛으로 변하며 사라져 갔다. 그 사이의 공간을
육안으로는 구분하기 어려운 속도로 시커먼 암벽이 내리누르
며 무너져 내렸다.

번ー 쩍! 쉬시시시ー 식!

일광이 번뜩이며 사위는 침묵 속에 빠져들었다.

두 사람의 움직임을 지켜보던 장내의 모든 시선이 일시 정
지했다. 그 무거운 침묵의 공간을 깬 것은 부왕이 토해낸 처
절한 단말마였다.

"크아아악!"

그의 입에서 커다란 비명이 터져 나왔다.

곧이어 오랜 풍파에 시달리던 석탑이 무너져 내리듯 신형

이 십수 개로 분리되며 후드득 떨어져 내렸다. 그 참혹한 시신 속에 그의 거부만이 빛을 받아 반짝이고 있었다.

"휘이이잉!

무겁게 이어지던 침묵은 세찬 바람이 불어오며 막을 내렸다.

"와! 검황이 승리하셨다!"

누군가의 커다란 외침을 시작으로 수많은 함성이 진영을 뒤덮었다.

"와! 검황 만세!"

"와아! 지존이 승리하셨다! 지존 만세!"

그러나 환희의 외침은 오래가지 못했다.

그동안 천황문도에게 당했던 참혹한 기억이 떠오르자 환희의 함성은 곧 분노의 포효로 변해가며 장내를 휩쓸기 시작했다.

"와! 천황문 놈들을 쓸어버려라!"

"와아! 설화산의 원한을 갚아라! 놈들이 다시는 무림을 어지럽히지 못하도록 아예 씨를 말려라!"

갑자기 무림맹도의 전열이 급격히 흐트러졌다.

곧이어 반대편에 서 있는 천황문도를 향해 거센 물결을 이루며 쇄도해 갔다.

"놈들이 몰려온다… 으악!"

"대형을 유지… 으아악!"

또다시 서로 뒤섞이며 난전으로 치달았다.

무림맹도의 거센 분노는 회오리바람이 일 듯 걷잡을 수 없이 장내를 휩쓸었다. 그들의 분노가 담긴 도검이 난무하며 처절한 비명이 줄지어 터져 나왔다. 그렇게 장내에는 무림맹도가 토해내는 광기의 폭풍우가 파죽지세로 휘몰아치고 있었다.

'이런……!'

그 광경을 바라보는 대경의 미간이 심하게 찌푸려졌다.

내부가 진탕되며 무극진기가 흐트러지자 잠시 진기를 가라앉히는 사이 생각지도 못한 일이 벌어진 것이다. 맹도들의 광기 어린 움직임에 내심 당혹스러움마저 느껴졌다.

가급적이면 더 이상의 희생을 줄이고자 부왕과의 정면 승부를 택한 것인데 그것이 오히려 광란의 기폭제가 되고 말았다.

"피해… 크악!"

"이런, 미친… 크아악!"

지금 장내에는 아수라의 무서운 보복이 이루어지고 있었다.

장내에 울려 퍼지는 단말마의 대부분은 천황문도의 것이었다. 전세가 급격히 무림맹 쪽으로 기울며 일방적인 도륙으로 이어지고 있었다.

이미 임시 수장인 부왕마저 잃은 천황문도는 무림맹도의 무서운 쇄도에 정신을 차리지 못했다. 기세등등하게 달려드는 그들에게 속수무책으로 당하고 있었다. 그렇게 광란의 시간은 계속해서 흘러만 갔다.

그렇게 얼마의 시간이 흘렀을까?

"좌측이 비어 있다! 좌측으로 퇴각하라!"

한순간 누군가의 커다란 외침이 장내에 울려 퍼졌다.

"명령이 떨어졌다! 천황문도는 퇴각하라!"

"천황문도는 일제히 퇴각하라!"

여기저기서 퇴각을 알리는 다급한 목소리가 터져 나왔다.

곧이어 힘겨운 사투를 벌이던 천황문도가 썰물 빠지듯 좌측으로 물러서며 내달리기 시작했다.

하지만 그 수는 현저하게 줄어 있었다. 이미 팔 할 이상의 전력이 시신으로 변하거나 심한 상처를 입고 진영의 곳곳에 나뒹굴고 있었다.

"놈들이 좌측으로 빠져나간다! 어서 퇴로를 차단하라!"

"좌측을 막아서라! 단 한 놈도 빠져나가지 못하도록 퇴로를 막아야 한다!"

누군가의 우렁찬 목소리가 장내에 울려 퍼졌다.

순간, 무림맹도의 움직임이 일제히 진영의 좌측으로 향하며 천황문도의 뒤를 쫓기 시작했다.

하지만 미친 듯이 신형을 내빼고 있는 그들과의 거리를 좁힐 수는 없었다. 진영의 좌측에 있던 맹도들이 막아섰지만 사력을 다해 퇴각하는 천황문도를 막아서기에는 역부족이었다.

"놈들을 막아… 으악!"

"이익! 죽어… 크아악!"

오히려 퇴로를 막아서던 맹도들의 입에서 단말마가 터져 나왔다.

"물러서라! 무림맹도는 물러서라!"

순간, 좌측에서 무리를 이끌던 승려가 큰 목소리로 외쳤다.

내력이 실렸는지 그의 중후한 목소리가 사방으로 퍼져 나갔다. 바로 소림 장로인 공해였다. 그는 퇴로를 터주기로 마음먹었다.

이미 대세는 기울었고 천황문은 회복 불가능한 상태였다. 따라서 쥐 몰 듯이 하다가는 자칫 궁서설묘의 꼴을 당할 수도 있었다. 그들이 모든 것을 포기하고 동귀어진을 시도하면 난감한 상황에 봉착할 수 있는 것이다.

맹도들이 일제히 물러서자 곧바로 남은 천황문도가 형언할 수 없는 속도로 진영을 빠져나가기 시작했다. 삽시간에 그들은 야산 지대에 펼쳐진 드넓은 벌판을 가로지르며 멀어져 갔다.

"와! 만세! 무림맹 만세!"

"와아! 우리는 자랑스러운 무림맹도이다! 무림맹 만세!"

곳곳에서 함성이 울려 퍼지며 장내를 휩쓸었다.

진영 안에는 무림맹도가 두 손을 치켜들며 외쳐 대는 만세 소리만이 가득했다. 서로 얼싸안고 커다란 환호성을 내지르며 모두 승리를 만끽하고 있었다.


*　　　　*　　　　*


정주의 드넓은 야산 지대는 짙은 어둠 속에 잠겨 있었다. 풀벌레마저 고된 하루를 보냈는지 지친 몸을 누이며 곤히 잠든 깊은 밤이었다.

화르륵! 화르륵!

무림맹 곳곳에는 커다란 삼족의 청동화로에서 굵은 화염이 밤하늘을 향해 치솟아오르고 있었다.

또한 밤하늘에는 고즈넉한 달빛과 시리도록 새하얀 별빛이 쏟아져 내리며 무림맹은 마치 어둠이 깃들지 않는 불야성을 보는 것 같았다.

타닥! 타닥! 타다닥!

정무전 뜰 앞에는 장작을 태우며 수많은 불꽃이 타오르고 있었다. 그 사이로 군데군데 널따란 탁자가 자리해 있고 그 위에는 상다리가 휘어질 만큼 많은 음식이 놓여 있었다.

삼삼오오 환한 웃음을 지으며 술잔을 기울이고 있는 모습이 보는 이의 눈을 즐겁게 해주고, 솔솔 퍼져 나오는 주향(酒香)과 향기로운 식향(食香)이 코를 자극하고 있었다.

유시(酉時)쯤에 승리를 자축하는 자리가 마련되었다.

하지만 이미 측시(丑時)에 접어든 늦은 시각임에도 불구하고 자축연은 끝날 줄을 몰랐다. 오늘만큼은 신분의 고하를 막론하고 바지춤을 풀어놓은 채 모두 향연을 즐기고 있었다.

한쪽 구석에 앉아 있던 불그스름한 얼굴의 사내가 유난히 목청을 돋우었다.

“그래서 놈들의 우두머리와 백여 합을 겨룬 끝에 결국 항복을 받아냈지. 바로 이 이마의 상흔이 그때 생긴 것일세.”

“하하하! 자네의 무용담은 들어도 들어도 참으로 재미있구먼! 어서 한잔하세!”

그들의 옆 자리에는 내내 쉬지 않고 함께 술잔을 기울이던 중년인과 초로인도 섞여 있었다.

“항주의 서호에 아주… 기가 막히게 근사한 기루가 있는데 제가 한번 모실깝쇼?”

중년인의 말에 초로인이 난색을 표했다.

“허! 어찌 이 나이에……”

"그 무슨 말씀이십니까? 자고로 나이가 들수록 젊은 여인네와 가까이 해야 정기도 유지하고 회춘할 수도 있는 법입니다."

순간, 초로인의 얼굴에 화색이 돌며 붉어진 얼굴이 더욱 붉어졌다.

"흠흠! 하긴 워낙 서시를 닮은 절세가인들이 많다고 소문난 곳이라 언제고 한번 들러보고 싶기는 했지만……."

"하하하! 그럼 허락하신 걸로 알고 있겠습니다. 비록 무산은 아니더라도 제가 선배님께 항주의 운우지락이 무엇인지 확실히 보여 드리겠습니다."

"허허허! 고맙구먼!"

초로인의 얼굴에 만족스런 표정이 떠오를 때였다.

조금 떨어진 곳에서 그들의 대화를 듣고 있던 한 여승이 도끼눈으로 변했다. 그리고 그 분노의 화살은 앞자리에 횅한 모습으로 앉아 있던 사내에게 쏘아져 갔다.

"흥! 하여간 사내들이란… 사형도 똑같죠?"

순간, 사내가 기겁을 하며 손사래를 쳤다.

지금 난처한 표정을 짓고 있는 사내는 숙빈이었다. 대홍산에서 구사일생으로 살아남은 숙빈과 이웅은 이제 움직임에 큰 지장이 없을 만큼 상세가 많이 호전된 상태였다.

오늘은 모처럼 혜연과 함께 하는 좋은 자리였다. 하지만 자리를 잘못 잡았다는 이유만으로 생각지도 못한 날벼락을 맞고 있으니 참으로 어이가 없었다. 그저 괜한 소리를 주고받는 중년인과 초로인이 원망스러울 뿐이었다.

반면 도끼눈을 뜬 채 잡아먹을 듯 노려보고 있는 여승은 바로 혜연이었다. 그녀는 이미 구파일방 내에서 상당한 고수로 인정받고 있었다. 냉기를 풀풀 날리자 풍기는 기도가 제법 심상치 않아 보였다.

"사매! 그 무슨 섭섭한 소리인가? 이 숙빈을 어찌 보고……."

숙빈의 말은 더 이상 이어지지 못했다.

혜연의 고운 아미가 역팔자로 변해가며 목청을 돋우었다.

"시끄러워요! 사내들은 다 똑같아요!"

"허! 아니라니까… 정말 답답하구먼!"

"아니긴 뭐가 아니에요?"

"아, 글쎄 아니라니까! 백 형! 뭐 하십니까? 어서 말씀 좀 해주세요!"

옆에 앉아 있던 백리향이 슬그머니 시선을 하늘로 향했다.

"어둠이 가면 밝음이 찾아온다! 잿빛 하늘에서 소낙비가 그치면 푸른 하늘이 모습을 드러내는구나! 그렇게 천지만물은 자연(自然)하도다!"

"엥! 그 무슨 뚱딴지 같은 말씀입니까?"

"허! 우리 임 공자께 심오한 도에 대해 설파하는 것은 역시 무리였군요. 이 백모의 말은 지금의 화가 지나고 복이 올 때까지 인내하고 또 인내하며 기다릴 줄 알아야 한다는 말입니다."

"푸웃!"

순간, 혜연이 손으로 입을 가리며 웃음을 터뜨렸다.

그 모습에 백리향이 혀를 차며 입을 열었다.

"쯧쯧쯧! 그것 보십시오! 벌써 화가 복이 되어 찾아오고 있지 않았습니까? 우리 임 공자와는 언제나 제대로 된 대화를 나눌 수 있을지 참으로 요원하기만 하구려!"

'으잉? 지금 뭔 소리야?'

숙빈은 그저 눈만 끔뻑거릴 뿐이었다.

모든 맹도는 이미 생사를 같이한 사이이기에 구파일방의 제자에서 황룡당원에 이르기까지 모두 허물없이 술잔을 기울였다.

곤드레만드레 술에 취하고, 사람에 취하고, 분위기에 취하자 주흥은 최고조에 이르며 왁자지껄한 소리로 그치지 않았다.

'후후후!'

그들이 즐기는 모습을 뒤로하고 비틀거리며 자리를 벗어나는 청년이 있었다.

바로 대경이었다. 그는 워낙 많은 이들과 술잔을 기울인 터라 심하게 취한 상태였다. 취기를 몸 밖으로 배출해 낼 수도 있지만 그대로 놔두고 있었다. 오늘만은 취한 채로 그냥 잠들고 싶었던 것이다.

'으음!'

대경은 뜰 녘을 벗어나자 하늘을 바라보았다.

그곳에는 소희의 얼굴을 떠오르게 하는 휘영청 둥근 달과 한없이 곱고 맑기만 하던 눈망울을 보는 듯한 하얀 별빛이 총총히 떠 있었다.

'희 매! 선계에서 할아버님은 만나뵈었소? 아니, 할아버님과 함께 나를 내려다보고 있는 것이오?'

하지만 이내 하늘을 향하던 시선을 내리며 고개를 저었다.

이미 무극의 경지에 접어든 대경이었다. 도를 알기에 자신의 생각은 한낱 살아남은 자의 미련일 뿐이라는 사실을 잘 알고 있었다.

잠시 후, 입가에 씁쓸한 미소가 떠오르며 막 거처가 자리한 별원의 입구로 접어들 때였다.

'응? 저 여인은?'

문득 그의 시선에 챙이 넓은 약립을 눌러쓰고 있는 늘씬한 몸매의 여인이 보였다.

바로 검후의 전인이었다. 마치 누군가를 기다리고 있는 듯 입구에 있는 커다란 고송에 등을 기댄 채 서 있었다. 그녀의 신형 아래로는 달빛을 받은 고송과 함께 긴 그림자가 드리워져 있었다.

대경은 시선이 마주치자 모른 척하고 지나치기가 애매했다. 고개를 끄덕여 인사하자 전인 역시 고개를 끄덕였고 두 사람 사이에는 잠시 어색한 침묵이 흘렀다.

"그럼, 다음에 뵙겠습니다."

대경은 어색함을 느끼자 신형을 돌려 세웠다.

그리고 거처를 향해 막 걸음을 옮기는 순간이었다.

"잠깐만요!"

대경은 그녀의 외침에 깜짝 놀라 고개를 돌렸다.

전인은 우물쭈물 거리더니 고개를 푹 숙이며 기어들어 가는 목소리로 입을 열었다.

"고, 고마워요……."

"예? 그 무슨……."

대경이 어리둥절한 표정으로 바라보자 전인은 아예 자라목이 되었다.

"예전에 깨달음을 방해한 것을 용서해 주신 것도 그렇고, 대홍산에서 제 사부님을 구해주신 것도 그렇고……."

순간, 대경의 얼굴에 궁금함이 떠올랐다.

"참! 검후 어르신의 상세는 어떠하신지요?"

“아, 예. 덕분에 많이 완쾌되셨습니다. 이제 움직이는 데 크게 지장이 없으십니다.”

“하하하! 그렇게 빨리 호전되셨다니 정말 다행입니다.”

검후는 대경에게 구함을 받은 후 한동안 사경을 헤맸다.

대경은 달리 방법이 없는지라 추궁과혈을 몇 차례 시전해 준 적이 있었다. 이후 전인이 사연화라는 검각의 고수들과 함께 진영에 합류하고 자신은 소희의 무덤가에 홀로 지내면서 기억 속에서 잊혀졌다.

당시의 기억으로는 고비를 넘겨 생명에 큰 지장은 없었다. 다만 워낙 심한 부상을 입은 위중한 상태였기에 거동하려면 최소한 일 년 이상은 필요할 거라는 생각을 했었다.

그런데 예상외로 빠른 회복을 보이고 있으니 참으로 다행한 일이 아닐 수 없었다. 그렇게 잠시 상념에 잠겨 있을 때였다.

대경의 두 눈이 휘둥그레졌다. 갑자기 전인이 허리를 굽히며 정중히 인사를 하는 것이다.

“이 무슨……!”

“언제고 꼭 감사의 말씀을 드리고 싶었습니다.”

순간, 대경이 두 팔을 휘휘 내저었다.

“천만의 말씀입니다! 전혀 부담 가지실 필요가 없습니다! 누구라도 그 상황이라면 그렇게 했을 겁니다.”

두 사람 사이에 또다시 어색한 침묵이 이어졌다.

잠시 후, 침묵을 깬 이는 전인이었다.

"외람된 질문일지 모르겠지만 혹여 제가 전에 가르쳐 드린 이름을 기억하시나요?"

"예……?"

대경은 의외의 질문에 잠시 말문이 막혔다.

그런데 가만히 생각해 보니 성도의 한 객잔에서 맹기룡이 란 사내와의 대결을 중재하고 떠날 당시, 자신을 이매라 소개 한 기억이 떠올랐다.

"예, 이매라 말씀하신 것으로 기억합니다."

순간, 이매의 신형이 미미하게 떨리는가 싶더니 천천히 손 을 들어 약립을 벗었다.

'이, 이런……!'

대경은 술기운이 싸악 가시는 것을 느꼈다.

동시에 넋을 놓고 있는 자신을 발견했다. 이미 미추(美醜) 에 현혹될 단계는 지나 있었다.

하지만 이건 아니었다. 도무지 인간이라고는 할 수가 없는 얼굴이 눈앞에 놓여 있었다. 만일 자연미의 극치가 있다면 바 로 그녀의 얼굴이었다.

사실 약립을 통해 대략적인 용모를 파악할 수 있기에 대단 한 미인일 거라는 생각을 했었다. 그러나 절세가인이라 불릴 만한 소희와 진옥을 보았기에 제아무리 미인이라 할지라도 그녀들의 범주를 크게 벗어날 수 없다고 생각해 왔다.

하지만 설마 이런 모습일 줄이야…….

대경은 천천히 고개를 가로저었다.

"허! 정말 대단한 미모시군요."

순간, 이매의 얼굴에 환한 미소가 맺혔다.

그 모습에 대경은 아예 두 눈을 감아버리고 말았다. 하지만 두 귀까지 막을 수는 없었다. 갑자기 억양없는 무미건조한 목소리가 천상을 울리는 옥음으로 변하더니 세차게 고막을 두들겼다.

"사부님께서 늘 얼굴을 가리지 않으면 화가 미칠 수 있다고 말씀하셨어요. 그래서 십오 세가 된 이후 줄곧 얼굴을 가리며 살아왔어요. 제가 외인에게 얼굴을 보여 드리는 것은… 처음이에요."

"예? 예에……."

두 사람 사이에는 한참 동안 침묵이 흘렀다.

이번 역시 이매가 침묵을 깨며 입을 열었다.

"혹여… 다음부터 저를 만나실 때 제 이름을 불러주실 수 있으세요?"

"예? 아, 예. 그러지요."

"아! 고마워요!"

이매의 환한 미소와 함께 또다시 긴 침묵은 이어졌다.

대경은 자신의 거처로 돌아오는 동안 이매의 영상을 지울 수 없었다.

하지만 이상하게도 그녀의 황홀한 미모에 대한 기억보다는 왠지 안쓰럽다는 생각이 들었다. 뛰어난 미모 때문에 검각 내에서도 오히려 벗을 얻지 못하고 항시 시기의 대상이 되어 왔으리라.

'복 뒤에는 항시 화가 도사리고 있으니……'

그랬다. 분명 그녀의 극을 넘어서는 미(美)는 복이었다. 하지만 그 미로 인해 오히려 천형에 가까운 화와 평생을 같이 해야 하는 것이다.

사부인 검후의 말대로 그녀가 얼굴을 드러내 놓고 다니면 무림이 조용할 리 없었다. 검후가 되기 위해 수행길에 오르는 것은 물론이고 그나마 안전하다고 생각되는 검각에 칩거하며 평생을 보내야 할 것이다.

절대자의 안주인이 되지 않는 이상, 아니, 설사 된다고 하더라도 주위에는 크고 작은 칼부림이 그치지 않을 것이며 탐욕 속에 노출되어 험한 꼴을 당할 수도 있었다. 한마디로 미인박명(美人薄命)인 것이다.

'동일 선상의 화복(禍福)이라… 그것참!'

대경은 끊임없이 굴러가는 거대한 자연의 수레바퀴 속에 흐르는 물과 같은 상선약수(上善若水)의 삶은 참으로 요원하다는 생각이 들었다.

들꽃과 뒤섞여 제 모습을 한껏 뽐내고 있는 한 송이 붉은 모란이 들판의 풍경을 돋보이게 하는 중심에 서 있는 것은 자명한 사실이었다. 하지만 그로 인해 오히려 제대로 향을 피워 보지도 못한 채 쉽게 꺾일 수 있었다.

타고난 비범함이나 화려함은 복일지언정 이면에 인간의 탐욕으로 인한 화가 도사리고 있는 가시밭길의 연속인 것이다.

'으음……!'

반면 추(醜)는 어떠한가?

이는 타고난 화라 할 수 있었다. 추로 인해 내면의 제 향을 드러내지 못한 채 항시 외양에 가려져 주목받지 못하는 들꽃과 같았다.

하지만 그로 인해 오히려 척박한 환경 속에 강인한 생명력을 지니게 되고 들판을 아름답게 만드는 들꽃의 군락을 이루며 살아가는 것이다.

그렇게 타고난 평범함과 초라함은 화일지언정 이면에 인간의 탐욕에서 벗어나 내면의 향을 피울 수 있는 복이 기다리고 있었다. 즉, 화로 인해 오히려 복을 얻을 수 있는 것이다.

'참으로 어려운 이야기로구나!'

대경은 고개를 저으며 천천히 방문을 열었다.

잠시 생각에 잠겨 있는 사이 어느새 자신의 방 앞에 이르러 있었던 것이다.

'응?'

대경은 왠지 이상한 생각이 들었다.

무심코 들어선 방 안이 갑자기 낯설어 보인 것이다. 분명 방 안에 놓여 있는 사물의 위치는 아침과 다름이 없었다. 하지만 이상하게도 말로는 표현하기 어려운 생소함이 느껴지고 있었다.

대경은 미간을 좁히며 방 안을 둘러보았다.

'으음!'

문득 그의 시선이 탁자 위에 머물렀다.

그곳에는 누군가의 흔적이 남아 있었다. '검황 친전' 이라 쓰여 있는 한 통의 서찰이었다. 여러 서책 사이에 놓여 있어 딱히 눈에 띄지 않았던 것이다.

대경은 탁자로 다가가 서찰을 꺼내 펼쳐 보았다.


검황 보시게!

승리를 축하해 주어야 할지 말아야 할지 판단이 서지를 않는구먼!

개인적으로 자네의 성장을 기다려 왔기에 축하해 주고 싶은 마음이 앞서지만 천황문을 이끌던 지마신이 내 오랜 지기일세. 뿐만 아니라 그곳의 장로들 역시 은림 출신이니 참으로 난처한 입장이 아닐 수 없다네.

하지만 모든 것을 떠나 불가능을 이겨낸 점만은 한 무인으로서 높이 평가하고 싶구던!

그동안 자네가 비상하기 위한 날갯짓을 했다면 이제는 한껏 천공을 날아봐야 하지 않겠나? 그것이 더 높은 곳으로의 비상이 되었던 끝없는 추락으로 이어지던지 간에 말일세.

하고 싶은 말은 많은데 막상 글로 적자니 쉽지가 않구던!

아무튼 긴말은 하지 않겠네. 자네를 은림으로 초대하는 바이네. 무이산(武夷山)에서 기다리고 있을 터이니 조속한 시일 내에 방문해 주길 바라네.

은림주 천존이 학수고대하며…


'드디어 올 것이 왔는가?

대경은 서찰을 접어 다시 탁자 위에 올려놓았다.

곧이어 팔짱을 끼고는 눈을 감은 채 눈썹을 오르락내리락거리며 생각에 잠겼다.

왠지 인연이란 참으로 질기다는 생각이 들었다.

기나긴 어둠을 헤쳐 나왔더니 또다시 끝을 알 수 없는 구렁텅이가 기다리고 있는 것이다. 선택의 여지 없이 깊은 늪에

발을 담그며 한없이 나락으로 빠져드는 것만 같았다.

'은림이라……!'

언젠가 그들과 마주칠 것이라 생각했다.

하지만 그 시일이 이렇게 빨리 다가올 줄은 미처 예상치 못
했다. 서찰의 내용은 기다릴 만큼 기다려 주었으니 어서 은림
으로 오라는 말이나 다름없었다. 그렇지 않으면 결코 좌시하
지 않겠다는 일종의 경고였다.

"후― 유!"

대경은 길게 한숨을 내쉬었다.

문득 황산에서 지낸 시절과 소희와 함께한 시간이 주마등
처럼 스쳐 갔다. 아무런 근심 없이 행복하기만 하던 순간이었
다.

하지만 그것도 잠시, 수많은 원한의 앙금을 남기며 검황이
란 별호와 맞바꾸게 된 것이다. 진정 소중한 것을 잃어버리고
허울 좋은 명성만 남은 꼴이었다.

더욱이 마지막이 될지 모르는 악연이 어서 오라 손짓하고
있으니 참으로 허망하다는 생각이 들었다. 이제는 싫다고 발
을 뺄 수도 없었다. 어느새 수많은 인연의 한 중심에 서 있는
것이다.

'후후후!'

자신도 모르게 쓴웃음이 나왔다.

은림을 끝으로 다시 황산으로 돌아가야겠다는 생각을 하다 말고 뭔가 커다란 착각을 하고 있다는 생각이 들었다. 자신이 은림에서 살아 돌아올 가능성은 극히 희박하기 때문이었다.

문득 시선을 다시 탁자 위에 놓여 있는 서찰로 향할 때였다.

똑! 똑! 똑!

누군가 방문을 두들기는 소리가 들려왔다.

발자국 소리로 미루어 짐작하니 사마염인 것 같았다.

잠시 후, 두 사람은 탁자를 마주 보고 앉았다. 사마염 역시 많은 술을 마셨는지 얼굴이 잔뜩 붉어진 상태였다.

"말씀도 없이 자리를 떠나시다니요. 혹여 황보가주 때문이십니까?"

"하하하! 아닙니다."

사마염의 말에 대경이 웃음을 터뜨렸다.

황보웅은 대경의 옆 자리를 꿰차고 앉아 술잔을 기울였다.

그런데 술자리 내내 제남에서 황룡당과 사촌 아우인 황보성이 천황문에게 일격을 가하며 임무를 수행한 친분을 내세워 의형제 맺기를 강요했다.

또한 그 요구를 관철시키기 위해 협박에 가까운 주량을 선보였다. 결국 대경은 그의 줄기차게 이어지는 무지막지한 주량에 손을 들며 반승낙을 한 상태였다.

'후후후!'

생각할수록 황보가의 인물들은 우직한 면이 있었다.

제남에서 보았던 황보성도 그렇고, 가주인 황보웅도 그렇고, 선천적으로 큰 덩치에 어울리는 화통하며 사내다운 기백이 넘치는 인물들이었다.

대경이 천천히 고개를 저으며 입을 열었다.

"과음을 했더니 그냥 쉬고 싶다는 생각이 들어 조용히 빠져나온 것입니다."

"그러셨군요! 저는 혹여 그 때문에 자리를 피하신……."

사마염이 잠시 말끝을 흐리더니 말을 이었다.

"아무래도 다시 무한의 장가장으로 돌아가야 할 것 같습니다."

"그래야지요. 그런데… 저는 잠시 다른 곳에 들러봐야 할 것 같습니다."

"다른 곳이요? 혹여 황산에 은거하시려는 것입니까?"

"하하하, 아닙니다. 아무튼 조금 먼 곳이라 제법 시일이 걸릴 것 같습니다."

순간, 사마염의 눈이 동그래졌다.

"얼마 정도의 시일을 요하시는지요?"

"글쎄요… 딱히 얼마간이라고 단정하기가 어렵습니다. 어쩌면 돌아오지 못할 수도…….”

‘으음!’

순간, 사마염의 미간이 좁아졌다.

대경이 무엇인가 감추고 있다는 느낌을 지울 수 없었다. 만일 자신에게조차 감추어야 할 일이 있다면 참으로 중대한 사안이 아닐 수 없었다.

‘어찌 이 시점에서……!’

그랬다. 그것은 곧 그의 부재를 의미하는 것이었다.

이제 무림은 겨우 천황문을 저지하며 평화를 되찾은 시점이었다. 따라서 조만간 각 문파는 재건을 위해 박차를 가하게 될 것이다. 그것은 곧 금권(金權)의 중요성을 내포하는 말이었다.

사실상 엄청난 피해를 입은 상태이기에 문파를 일으켜 세우기 위해서는 자금의 확보가 무엇보다도 우선시될 수밖에 없었다.

각 문파의 주 수입원이 되는 지역을 확보하는 일이나 그에 준하는 각종 이권 그리고 지역 내의 후원금을 제공하는 표국이나 상단의 뒤를 적극적으로 지원해 줄 수밖에 없는 것이다. 따라서 그에 따른 문제가 불거져 나올 것은 자명한 사실이었다.

검황 장대경!

당연히 현 시점에서 그의 존재는 절대적이었다. 그가 있어야 원만한 재건이 이루어질 수 있는 것이다. 그의 부재는 자칫 각 문파 간의 경쟁으로 이어질 가능성이 높았다.

지금 정무전의 뜰 앞에서 웃고 떠들며 술잔을 기울이는 이들이 한순간 자신의 이권을 위해 서로 반목하며 크고 작은 사건이 끊이지 않을 수 있는 것이다. 따라서 그가 있어야 모든 불미스런 일을 사전에 차단하며 상호 간의 마찰을 피할 수 있었다.

그러한 중요한 시점에서 대경이 예상치 못한 발언을 한 것이다.

'그것참!'

사마염이 고개를 갸웃거렸다.

차라리 모든 것에 환멸이 느껴지니 황산에 은거하겠다면 이해할 수 있었다. 그의 성격으로 보아 충분히 가능한 일이기 때문이었다.

또한 그의 존재가 완전히 사라지는 것은 아니기에 각 문파의 재건시에 불거져 나올 문제도 원만히 해결할 수 있는 것이다.

하지만 그의 애매한 말이나 태도는 도무지 이해가 되지 않았다. 그가 말하는 분위기는 마치 은거가 아닌 호굴(虎窟)을 향하는 듯한 느낌을 주었기 때문이었다.

난세가 종식되고 각 문파의 재건만이 남은 이 시점에서 굳이 그가 그렇게 큰 위험을 감수하면서까지 가야 할 곳은 어디란 말인가?

잠시 후, 사마염의 미간이 조금씩 찌푸려지기 시작했다.

'이런……!'

그랬다. 이제야 그의 고심을 이해할 수 있었다.

현 무림에서 최고수라 할 수 있는 대경이 목숨을 장담하지 못하고 가야만 하는 곳이 있다면 단 한 군데밖에 없었다. 바로 은림이었다.

그들이 연락을 취해온 것이 분명했다. 그리고 그에게 어떤 식으로든지 그곳으로 오라는 압력을 행사했을 것이다.

만일 그들의 행보가 무림으로 향한다면 그 결과는 불 보듯 뻔한 일이기 때문이었다. 따라서 대경에게는 선택의 여지가 없는 것이다.

"혹여 은림으로 가시려는 것입니까?"

순간, 대경의 두 눈이 휘둥그레졌다.

"어떻게……?"

사마염이 계속 미간을 찌푸린 채 조심스럽게 입을 열었다.

"잠시 생각할 시간을 가지는 것이 어떻겠습니까? 신중히 생각해야 할 사항입니다. 이제껏 겪어왔던 무인들과는 비교도 할 수 없는 인물들입니다. 천황문주에 버금가는 이들이 여럿 있을 겁니다."

잠시 숨을 고르더니 말을 이었다.

"그렇게 어려운 산을 넘는다 하더라도 림주라는 거인이 버티고 있습니다. 따라서 어떻게 해볼 만한 그런 곳이 아니지요. 진정 불회림(不回林)이 될 수 있기 때문입니다. 즉, 살아 돌아올 가능성이 희박하다는 말입니다."

사마염의 말을 끝으로 방 안에는 침묵이 흘렀다.

대경은 고개를 돌려 말없이 창밖을 내다보았다. 그곳에는 그윽한 정취를 한껏 자아내고 있는 자연의 아름다움이 펼쳐져 있었다. 멀리 달 그림자가 고개를 드리우고 반짝이는 별빛이 새하얀 빛을 쏟아내며 떨어져 내리고 있었다.

'참으로 무심하구나!'

그랬다. 수많은 사람들의 목숨을 앗아간 난세가 끝난 지 며칠이 되지 않았다.

하지만 자연은 자신과 상관없다는 듯 그토록 처절하고 비참하던 기억을 외면한 채 영롱한 밤하늘을 수놓으며 한껏 제 멋을 자랑하고 있었다. 그렇게 잠시 상념에 잠겨 있을 때였다.

무겁게 가라앉은 사마염의 목소리가 들려왔다.

"아무리 생각해 봐도 무사히 돌아올 가능성이 희박해 보입니다. 생각할 시간을 가져보시지요. 최선책은 아니더라도 차선책은 어떻게 마련해 보도록 하겠습니다."

대경이 창밖을 내다보던 시선을 거두며 입을 열었다.

"그들은 오래 기다리지 않을 겁니다. 그러니 사마 형만 아시고 함구해 주세요."

곧이어 씁쓸한 미소를 지으며 사마염을 직시했다.

"혼자의 몸으로 호굴을 들어가자니 두려운 것이 사실입니다. 하지만 그들이 저를 원하고 있어요. 제가 피함으로써 발생될 문제가 너무 크다는 것을 알기에 은둔하기도 어려운 입장이지요. 따라서 어차피 부딪쳐야 할 상황이라면 굳이 피하지 않을 겁니다."

잠시 뜸을 들이더니 말을 이었다.

"비록 죽음이 도사리고 있는 곳이라 할지언정 제가 접어든 길이기에 마지막까지 최선을 다하려는 것입니다. 하지만 너무 걱정하지 마세요. 인명은 제천이라 했습니다. 제가 그리로 향하게 되는 것도 천지의 운행이 만들어내는 무쌍한 변화의 일부분이니 순리에 맡기려는 것이지요."

순간, 사마염의 눈에 이슬이 차오르기 시작했다.

'크흑흑흑!'

잠시 후, 눈시울을 붉게 적시며 소리없는 빗줄기가 흘러내렸다.

아무리 생각해 봐도 뚜렷한 해결책이 없었다. 현 시점에서 대경이 그곳으로 향하는 외에는 다른 대안이 없는 것이다. 그 사실은 대경도 사마염도 잘 알고 있었다.

하지만 그가 사지로 향하는데 그 어떤 도움을 줄 수도 없다는 안타까운 현실에 사마염은 목이 메고 가슴이 미어져 왔다.

"참으로 어리석으십니다! 왜 모든 짐을 홀로 짊어지시려 합니까? 무림을 위해 그만큼 헌신했으면 되었지 왜 아무도 알아주지 않는 길을 가시려 하는 것입니까?"

곧이어 감정이 복받쳐 오르는 듯 더욱 목청을 돋우었다.

"돕고 싶어도 도울 능력이 없기에 남아야만 하는 이들의 한을 어찌하라고, 뻔히 앞이 내다보이는 외로운 사로를 홀로 걸어가시려 하는 겁니까? 안타깝습니다. 참으로 안타깝습니다. 정말 피를 토하고 싶은 심정입니다. 흑흑흑!"

바늘로 찔러도 피 한 방울 날 것 같지 않던 냉철한 사마염의 눈에서 어느새 빗줄기가 폭포수를 이루며 쏟아져 내렸다.

그 모습을 잠시 바라보던 대경이 자리에서 일어나 천천히 다가갔다. 그리고는 사마염의 두 어깨에 손을 짚으며 미소를 지었다.

"그동안 사마 형을 만나 진정으로 즐거웠습니다. 그러니 너무 슬퍼하지 마세요. 인연의 시작이 있으면 그 끝도 있겠지요. 이제 그 시기가 다가온 것이라 생각하세요."

"당주님! 흑흑흑!"

“허! 천하의 사마 형께서 어찌 이리 눈물을…….”

대경의 말은 더 이상 이어지지 못했다.

사마염이 자리에서 벌떡 일어나더니 와락 끌어안으며 서러움을 마구 토해 냈다.

“너무하십니다! 참으로 너무하십니다! 저는 어찌하라고, 아니, 당주님께 기대고 있는 모든 인연은 어찌하라고 이리도 허망하게 떠나시려 합니까? 흑흑흑!”

“사마 형……!”

대경의 눈가에도 서서히 이슬이 맺히기 시작했다.

처음 성도의 한 객잔에서 눈인사를 주고받으며 새로운 인연은 시작되었고, 구성검 이충에 의해 인연이 이어지고, 난세 속에 동고동락하며 울고 웃은 세월이 주마등처럼 스쳐 갔다.

이제 두 사람은 그 인연의 마지막에 와 있었다.

시간이 흐를수록 방 안에 울려 퍼지던 사마염의 대성통곡은 잦아들었다. 하지만 두 사람은 서로 말없이 부둥켜안은 채 진정 가슴으로 흐느껴 울고 있었다.

은림(隱林)

운해(雲海)로 뒤덮인 천유봉(天遊峰)을 중심으로 골짜기를 따라 흐르는 물 위에 뗏목을 띄워 구곡(九曲)을 돌아드니 별유천지비인간(別有天地非人間) 속에 빠져드는 무이산의 웅장한 자태가 모습을 드러내고 있었다.

그 절경의 심처에 깎아질 듯 솟아 있는 거대한 암벽이 병풍처럼 둘러서 있고, 또한 좁다란 길이 가파른 암벽을 따라 휘감아 오르며 정상을 향하고 있었다.

'으음! 이곳인가 보구나!'

그 입구에 한 청년이 주위를 두리번거리고 있었다. 바로 대경이었다.

그의 시선은 위태로워 보이는 협로의 입구에 고정되어 있었다. 그곳에는 천외천로라 쓰여 있는 하나의 커다란 돌기둥이 놓여 있었다. 오랜 신비를 간직해 온 기인들의 세상, 은림으로 향하는 길임을 알려주는 이정표였다.

'후후후! 왠지 황천의 입구에 들어서는 느낌이로구나!'

대경의 얼굴에 씁쓸한 미소가 떠올랐다.

왠지 선경(仙境) 속에 자리한 마굴(魔窟)의 입구를 보는 듯한 느낌이 들었던 것이다.

하지만 천천히 고개를 저으며 천외천로를 오르기 시작했다. 어디선가 한줄기 바람이 불어와 험로를 오르는 대경의 쓸쓸한 마음을 달래주었다.

하남의 정주에서 이곳 복건의 무이산까지 이동하는데 근한 달이 걸렸다.

그동안 느낀 점은 무림의 소식이 참으로 빠르다는 사실이었다. 호북과 강서를 거쳐 내려오는 동안 정주에서 무림맹이 승리했다는 소식은 이미 파다하게 퍼져 있었다. 어찌 그리도 소문이 빨리 퍼질 수 있는지 참으로 신기하기만 했다.

객잔에 들를 때마다 무인들이 넘쳐나고 어김없이 자신을 비롯한 무림맹에 관한 이야기가 끊이지 않았다.

무인들이 검황이란 인물에 대해 침을 튀어가며 떠들어댈

때에는 얼굴이 화끈거려 슬며시 자리를 피한 적이 한두 번이
아니었다.

한편 예전의 썰렁했던 거리와는 달리 많은 무인이 오가며
화색이 도는 활기찬 모습을 보니 왠지 모를 진한 감동이 복받
쳐 올랐다. 난세가 수습되며 모든 것이 빠르게 제자리를 찾고
있다는 사실을 확연히 느낄 수 있었던 것이다.

'허! 어느새……!'

생각에 잠겨 있는 사이 정상으로 올라서는 마지막 돌계단
을 밟고 있었다.

'과연 은림이로구나!'

대경이 정상에 오른 후 가진 첫 느낌이었다.

눈앞에 펼쳐진 넓은 평탄면에서는 개울물이 굽이쳐 흐르
고 뒷산에 이르기까지 드문드문 전각과 모옥이 세워져 있었
다. 어찌 이 높은 곳에 저렇듯 또 다른 세상이 존재할 수 있는
지 참으로 신기하기만 했다.

'이상하구나!'

한편으로는 괴이한 느낌을 지울 수 없었다.

림주가 이곳으로 오라고 청했으니 누군가 기다리고 있으
리라 생각했건만 안내해 줄 사람은 보이지 않았다. 그저 멀리
평탄면을 가로지르는 개울물에 한 노인이 발을 담근 채 수면
을 바라보고 있을 뿐이었다.

‘허……!’

그런데 노인의 모습이 갈수록 점입가경(漸入佳境)이었다.

정상에 오른 후, 일다경가량 지켜봤지만 일체의 미동도 없었다. 그저 계속해서 처음 발을 담은 자세 그대로 수면을 바라보고 있었다.

‘으음……!’

한순간 대경의 미간이 좁아졌다.

호기심에 자세히 훑어보니 노인은 이미 상당한 경지에 이르러 있었다. 천황문의 임시 수장이었던 부왕에 크게 뒤지지 않는 인물이었다.

더욱 기이한 점은 노인이 지금 수련 중이라는 사실이었다. 하지만 수면을 바라보며 무엇을 익히고 있는지 참으로 이해할 수 없었다.

‘그것참!’

일각가량 더 지켜보았지만 노인은 계속 미동도 하지 않았다.

왠지 궁금한 생각이 들자 천천히 개울가로 발걸음을 옮겼다.

‘응?’

노인은 대경이 다가섰음에도 아랑곳하지 않았다. 그저 수면을 바라보는 일에만 골몰하고 있었다. 대경의 시선이 노인을 따라 천천히 수면으로 향했다.

수심이 깊지 않은 곳이라 개울물은 바닥에 깔린 돌멩이들에 부딪치며 졸졸졸 흘러가고 있었다. 무심코 시선을 집중해 다시 한 번 수면을 바라볼 때였다.

"갈!"

갑자기 노인의 입에서 짧은 외침이 터져 나왔다.

동시에 형언할 수 없는 기세가 피어오르며 주위로 퍼져 나갔다.

'우웃!'

대경은 깜짝 놀라 북두칠성보를 밟으며 미끄러지듯 물러섰다.

신형을 바로 세우자 그의 동공에서 예리한 일광이 번뜩였다. 갑자기 물살이 넓은 너울을 이루며 퍼져 나가듯 무엇인가 엄청난 속도로 쏘아져 왔다.

'대단하구나!'

대경은 눈을 동그랗게 뜬 채 검을 뽑던 동작을 멈추었다.

노인의 안광이 번뜩이자 마치 일검이 날아오는 듯한 착각이 들었던 것이다. 하지만 그것을 쳐내기 위해 검을 빼는 사이 쏘아져 오던 형체는 거짓말처럼 사라졌다.

두 사람은 한동안 말없이 서로를 마주 보며 서 있었다. 그 침묵의 공간을 깬 이는 바로 노인이었다.

"네놈은 누구냐?"

"예?"

대경이 멍한 표정을 짓자 노인의 미간이 좁아졌다.

"이런 호랑말코 같은 놈을 보았나? 왜 갑자기 공부 중인 사람 앞에 다가와 방해를 하느냐는 말이다."

"방해라니요? 그저 궁금한 생각에……."

대경의 말은 더 이상 이어지지 못했다.

노인의 입에서 당혹스런 말이 튀어나왔다.

"이놈아! 그럼 그냥 보고만 있지, 멀쩡한 수면은 왜 건드려? 네놈 때문에 막 깨달아가던 수류폭(水流暴)의 오의를 놓치고 말았잖아!'

'끄응!'

대경의 얼굴에 난처한 표정이 떠올랐다.

조금 전 궁금한 마음에 집중해서 바라보자 수면의 흐름이 일시 출렁거렸던 것이다.

그런데 노인은 지금 그 문제를 들먹이고 있었다. 더욱이 깨달음에 큰 방해가 되었다니 참으로 난감할 수밖에 없었다. 잠시 머뭇거리고 있는 사이 노인의 커다란 목소리가 이어졌다.

"어떻게 책임질 거야?"

"예? 책임이요?"

순간, 노인이 기가 막힌다는 듯한 표정을 지었다.

“허! 이런 날강도 같은 놈을 보았나? 야, 이놈아! 수류폭의 완성 단계에서 망쳐 놓았으면 그에 상응하는 적절한 배상을 해야 될 게 아니야?”

“배상이라 하심은……”

대경이 말끝을 흐리자 노인이 쌍심지를 켜며 목청을 돋우었다.

“야, 이 닭 처먹고 오리발 내미는 놈아! 멀쩡하게 생겨 가지고 왜 봉창 두드리는 소리를 하고 나자빠진 게야. 남의 공부를 방해했으면 고이 목을 내밀던지, 그에 비견할 만한 무공의 오의를 내놓던지 해야 될 것 아니냐는 말이다.”

‘허! 그것참!’

대경은 순간적으로 말문이 막혔다.

갑자기 모든 것이 헷갈리기 시작했다. 자신의 정신이 이상한 것인지 원래부터 노인이 그런 것인지 구분조차 되지 않았다. 그저 머릿속이 온통 뿌옇게 흐려질 뿐이었다.

하지만 깨달음을 방해한 것은 분명하니 그의 말대로 무엇인가 적절한 배상을 해주어야겠다는 생각이 들었다.

“죄송하지만 무슨 공부 중에 계셨는지요?”

“뭣이라? 무슨 공부 중이었느냐고? 이런, 망할 놈을 보았나?”

갑자기 노인에게서 형언할 수 없는 기세가 피어올랐다.

곧이어 물속에 잠겨 있던 우측 발을 빠르게 들어올리더니 수면을 내리찍었다.

쩌엉!

마치 쇠종이 갈라지는 듯한 둔탁한 소리가 터져 나왔다.

슈우우욱!

동시에 튕겨 나온 물줄기가 육안으로는 구분하기 어려운 속도로 사편(蛇鞭)을 이루며 쏘아져 왔다.

'헉······!'

대경은 예상치 못한 기습에 재빨리 신형을 틀었다.

곧바로 주위의 기류가 빠른 속도로 몰려들며 엷은 막을 형성했다. 동시에 태허검이 새하얀 검신을 드러내며 날아드는 물줄기와 세차게 맞부딪쳤다.

쫘아아악!

순간, 통나무가 쪼개지는 듯한 굉음이 터져 나왔다.

동시에 사편을 연상케 하는 쇠심줄 같던 물줄기가 쩌억 갈라지며 대경의 양옆을 스쳐 지나갔다. 실로 일순간에 벌어진 섬뜩한 공방이었다.

'으음!'

대경은 놀란 가슴을 쓸어내리며 노인에게 시선을 향했다.

그 역시 벌린 입을 주체하지 못한 채 믿을 수 없다는 표정을 지으며 멍하니 바라보고 있었다. 또다시 이어지던 침묵을 깬 이는 노인이었다.

"그게 무슨 검이냐?"

대경이 잠시 머뭇거리더니 대답했다.

"팔만사천검로라 합니다."

"팔만사천검로……?"

노인이 잠시 고개를 갸웃거리더니 미간을 좁히며 목청을 돋우었다.

"야, 이 여우 같은 놈아! 왜 진작에 고강한 무공을 지녔다는 말을 하지 않은 게냐? 하마터면 끔뻑 속아 넘어갈 뻔했잖아!"

"예?"

"무공의 무 자도 모르는 서생 나부랭이 같은 놈이 심오한 수류폭에 대해 아는 척하는 줄 알았잖아!"

"예? 예에……."

대경은 노인의 죽 끓듯 한 변덕에 정신이 없었다.

왠지 그 옛날 혈마 할아버지의 화신을 보는 것 같았다. 하지만 노인의 변덕은 그보다 더하면 더했지 결코 덜하지 않았다.

'에휴!'

대경은 천천히 고개를 가로저었다.

더 이상 그와 있다가는 자신마저 이상해질 것 같은 기분이 들었던 것이다. 이럴 때는 그저 무시하고 지나치는 것이 상책이었다.

빠르게 신형을 돌려세우고는 개울을 가로질러 가교 역할을 하고 있는 넓적한 바위로 향했다. 곧이어 개울을 건넌 후, 막 한 걸음 내디디려 할 때였다.

갑자기 노인의 신형이 엄청난 속도로 쏘아져 왔다.

"이 수귀(水鬼) 같은 놈… 아니, 청년아!"

대경이 신형을 돌려세우자 어색한 웃음을 지었다.

"뭐, 그런 조그만 일을 가지고 삐쳐서 그러는가? 가슴에 담아놓은 채 꽁하지 말고 어서 사내대장부답게 훌훌 털어버리게!"

순간, 대경은 머릿속이 뿌예지는 것을 느꼈다.

평소의 그답지 않게 노인을 직시하며 언성을 높였다.

"조금 전 깨달음을 방해한 대가로 제게 살초를 펼치셨으니 우리 사이에 더 이상의 빚은 없다고 생각하는데 어떻게 생각하시는지요?"

대경의 물음에 노인이 우물쭈물거렸다. 정곡을 찌르자 할 말이 없었던 것이다.

하지만 이대로 청년을 보낼 수는 없었다. 분명 자신의 눈으로 확인한 청년의 무위는 결코 예사롭지 않았다.

어쩌면 한동안 답보 상태에 머물고 있는 수류폭에 대한 실마리를 풀어줄 수도 있다는 예감이 들었던 것이다.

그런데 문제는 생각하는 자체를 싫어하는 그가 부탁의 말을 해야 한다는 점이었다. 갑자기 머릿속이 뿌예지며 복잡해지는 것을 느꼈다.

이럴 때는 달리 방법이 없었다. 한없이 애처로운 표정을 지으며 입을 열었다.

"허! 젊은 사람이 너무하는구먼! 늙는 것도 서러운데 그렇게 매몰차게 돌아서면 어쩌라는 말인가?"

'그것참!'

대경은 노인의 표정을 보자 왠지 마음이 약해지는 것을 느꼈다.

조금 있으면 아예 노안에 움푹 패인 두 볼을 따라 굵은 물줄기가 빗물을 이루며 쏟아져 내릴 것만 같았다. 할 수 없이 한숨을 내쉬며 물었다.

"후유! 무엇을 원하시는지요?"

순간, 노인의 얼굴에 화색이 돌았다.

"허허허! 진작에 그럴 것이지, 젊은 사람이 삐치기는……."

노인의 말에 대경이 얼굴을 굳히며 신형을 돌려세웠다.

곧이어 자리를 벗어나려 하자 다급한 표정으로 변한 노인이 팔소매를 붙잡고 늘어졌다.

"이보게, 청년! 잠시만 기다리게!"

대경은 차마 뿌리치지 못하고 신형을 멈추었다.

"어서 원하는 것을 말씀해 보세요! 농을 일삼는 것을 뭐라고 할 마음은 없습니다. 하지만 그런 것을 싫어하는 이들도 존재합니다. 저 역시 그런 부류에 속하고요. 아무튼 자꾸만 농을 하시면 더 이상 상대해 드리지 않겠습니다."

노인은 고개를 크게 끄덕이며 목청을 돋우었다.

"알겠네! 내 자네 말대로 더 이상 농을 하지 않겠네!"

일다경쯤 지나자 두 사람은 개울가에 쭈그리고 앉아 수면을 바라보고 있었다.

곤왕(棍王) 마영기!

그사이 대경은 노인의 신상 내력에 대해 얘기를 들을 수 있었다.

그는 은림 내에서 이제는 오왕으로 불리는 이들 중 일인인 곤왕이었다. 워낙 변덕이 죽 끓듯 하고 직선적으로 말하는 성격이라 오래전부터 림주를 비롯한 많은 이로부터 소외를 당해왔다.

하지만 지극히 단순한 성격이라 크게 개의치 않고 꿋꿋하게 지내왔다. 문제는 자신의 무공에 골몰하면서부터였다.

그는 원래 짧은 곤을 사용하는 곤의 달인이었다.

그런데 언제부터인가 곤이라는 병기에 크게 구애받지 않게 되자 비슷한 길이의 도검에도 심취하게 되었다. 그 결과 세 병장기를 망라해 펼칠 수 있는 이론상의 무공을 창안할 수 있었다.

수류폭!

거대한 물결이 뒤덮듯 응집된 폭발력을 보이는 가공할 만한 무공이었다.

다만 자신의 머릿속에 구상하는 수류폭을 시전하자니 곤의 경우에는 도신이나 검신에 비해 저항이 큰 움직임을 극복하는 것이 문제였다.

그 대안이 바로 물의 흐름이었다.

장애물에 부딪치고도 자연스럽게 타고 넘거나 돌아가는 흐름을 익힐 수만 있다면 곤이 받는 저항에 크게 구애받지 않을 거란 생각이 들었던 것이다.

하지만 은림 내에서 심도있게 대화를 나눌 만한 인물이 없었다. 어느새 자신은 솔잎에 붙어 있는 송충이가 되어 있었던 것이다.

열불이 끓어올랐지만 달리 방법이 없었다. 자존심도 상하니 홀로 매일같이 개울물을 바라보며 흐름을 깨닫기 위해 고심해 왔던 것이다.

그런데 오늘 생각지도 못한 인물을 만나게 되었다. 요즘 한참 인구(人口)에 회자되고 있는 검황이란 청년이었다.

자신 역시 그에 대해 들어본 적이 있었다. 아무튼 그와 심도있는 대화를 나눌 수 있다고 생각하니 그 기쁨은 이루 말할 수 없었다.

곤왕이 들뜬 표정으로 대경을 바라보았다.

"혹여 떠오르는 생각이 없는가?"

'흐음!'

대경이 잠시 턱을 쓰다듬더니 조용히 입을 열었다.

"제가 보기에는 물살이 핵심인 것 같습니다."

"물살……?"

"예, 그렇습니다. 자세히 보십시오. 물살이라는 흘러갈 수 있는 힘이 있기에 바닥에 놓인 돌멩이에 부딪치면서도 타고 넘어가는 것이지요. 만일 그 힘이 없다면 고이려만 할 것이요, 약하다면 돌아가려만 할 뿐, 밀려 올라가지 않는 이상 돌멩이라는 장애물을 타고 넘어갈 수는 없을 겁니다."

대경의 말에 곤왕이 미간을 좁히며 생각에 잠겼다.

한참 동안 눈썹을 오르락내리락거리며 생각에 잠기더니 한순간 무릎을 치며 탄성을 자아냈다.

"옳거니! 바로 그것이었구나!"

곧이어 만족스런 표정을 지으며 커다란 웃음을 터뜨렸다.

"허허허! 그동안 막혀 있던 물꼬가 터지는 듯한 느낌일세. 왜 가장 근본적인 힘을 경시했는지 참으로 부끄럽구먼!"

"도움이 되셨다니 정말 다행입니다. 좋은 결과가 있으시길 바랍니다."

“허허허! 고맙네!”

두 사람 사이에 침묵이 흘렀다.

잠시 후, 대경이 궁금한 표정을 지으며 물었다.

“이해가 안 되는 점이 있는데 물어보아도 되겠는지요?”

“응? 질문이 있다고? 어서 말해보게!”

“저는 림주의 청으로 이곳에 왔습니다. 그런데 어찌 안내해 줄…….”

대경의 말은 이어지지 못했다.

곤왕이 재빨리 끼어들며 말을 잘랐다.

“림주? 림주는 이곳에 없는데…….”

잠시 말끝을 흐리더니 무엇인가 생각난 듯 확신에 찬 어조로 목청을 돋우었다.

“그래, 맞아! 며칠 전에 인마신과 함께 어디 다녀올 곳이 있다고 말하며 나갔거든!”

“예? 출타했다고요……?”

곤왕의 말에 대경이 멍한 표정을 지었다.

‘허! 그것참!’

그랬다. 참으로 기가 막혔다.

그는 분명 자신이 이곳으로 오는 것을 알고 있었을 것이다. 그런데 기다리지 않고 이곳을 벗어났다니 왠지 이해할 수가 없었다.

"혹여 언제쯤 돌아온다는 말은 없었습니까?"

곤왕이 잠시 생각에 잠기더니 눈빛을 반짝였다.

"아! 그래, 맞아! 당시 어디를 가느냐고 물었더니 그냥 다녀올 곳이 있다며 머지않아 돌아올 거라고만 했네."

"예에……."

대경은 갑자기 당혹스러움을 느꼈다.

이곳에 아는 이가 있을 리 만무했다. 따라서 무작정 림주를 기다려야 한다고 생각하니 참으로 곤혹스러웠다. 당장 오늘부터라도 저 멀리 보이는 뒷산에서 노숙이라도 해야 할 판이었다.

그렇게 생각에 잠겨 있는 사이 곤왕의 목소리가 들려왔다.

"그런데 무슨 일로 자네를 부른 것인가?"

'응……?'

갈수록 황당함이 점입가경이었다.

어떻게 림 내의 대소사에 대해 아는 것이 없는지 참으로 기가 막혔다. 그저 눈을 동그랗게 뜨고 궁금한 표정을 짓고 있는 곤왕을 보니 어이가 없을 뿐이었다.

"왜? 말해주기 곤란한 내용인가?"

그의 얼굴에는 서운해하는 감정이 배어 있었다.

대경이 천천히 고개를 저으며 물었다.

"혹여 최근에 벌어졌던 무림의 혈사에 대해서는 알고 계십니까?"

"혈사? 바깥세상에 무슨 일이 있었나?"

'허……!'

곤왕의 반문에 결국 대경은 할 말을 잃었다.

협박에 가까운 서찰을 남겨 자신을 불러놓고는 자리를 비운 림주의 행동은 그렇다 치고 자신이 이곳에 오지 않을 수 없었던 절박한 상황마저 갑자기 하찮은 일로 변해 버린 느낌이었다.

또한 그 처절하고 참혹했던 난세와는 상관없는 이곳의 분위기를 보니 갑자기 모든 것이 뒤엉키는 듯한 느낌이었다. 그렇게 정신을 놓고 있는 사이 곤왕의 목소리가 들려왔다.

"그런데 궁금하구먼! 대체 무슨 일이 있었는지 얘기해 주면 안 되겠는가?"

대경이 천천히 고개를 저으며 입을 열었다.

"그것이……."

그는 처음부터 얼마 전까지 벌어졌던 무림의 혈사에 대해 자세히 이야기하기 시작했다.

굳이 함구할 필요성을 느끼지 못했던 것이다. 이곳에 아는 인물이라고는 곤왕밖에 없으니 이해하기 쉽도록 차근차근 설명해 주었다.

긴 이야기가 끝나자 곤왕이 고개를 끄덕였다.

“그랬구먼! 그런 일이 있었구먼!”

잠시 뜸을 들이더니 독백에 가까운 말을 내뱉었다.

“한심한 인간들 같으니라고… 그냥 이곳에 남아 있지, 무슨 놈의 새로운 무림이 어쩌고저쩌고 떠들면서 설쳐 대더니만 결국 타향에 뼈를 묻고 말았구먼!”

하지만 그것이 전부였다. 그저 남의 집 이야기라는 표정을 지을 뿐이었다.

대경은 이제 곤혹스러움에 익숙해지자 대체 은림이란 곳이 어떻게 돌아가는 조직인지 궁금한 생각이 들었다.

“무림의 일도 그렇고, 어찌 림 내에 벌어지는 일에 대해 모르고 계시는지요?”

대경의 물음에 곤왕이 잠시 머뭇거리더니 입을 열었다.

“나뿐만 아니라 모르는 이들이 꽤 있을 게야! 이곳에는 일 년에 한 번 원단을 맞아 전체 회합을 갖는 것이 전부일세. 나 역시 이곳에서 오랫동안 지내왔지만 림주의 유고시가 아니면 모든 이가 한자리에 모이는 경우를 보지 못했네. 그저 가끔씩 십왕 이상의 수뇌부 모임이 있었지만 그마저도 지마신이 떠난 후에는 유명무실해지고 말았지.”

잠시 뜸을 들이더니 말을 이었다.

“아무튼 조심하는 게 좋을 게야! 림주도 왠지 음흉한 구석이 있어 무슨 일을 벌일지 모르는 인물이거든! 그리고 창왕과 궁왕을 조심해야 할 걸세. 지마신과 오왕들처럼 어떤 야욕을 지닌 것은 아니지만 림주를 제외하면 다른 이는 아예 거들떠도 보지 않을 만큼 자존심이 강한 인물들이거든! 따라서 자네가 왔다는 사실을 알면 어떻게 나올지 몰라!"

곤왕의 말을 끝으로 두 사람 사이에는 침묵이 흘렀다.

잠시 후, 침묵을 깬 이는 바로 대경이었다.

"혹여 이곳에 머무를 만한 장소가 있는지요?"

"응? 머무를 장소?"

"예, 그렇습니다. 림주가 돌아올 동안 이곳에 기거할 만한 곳이 있을까 해서요."

그랬다. 대경이 이곳에 남아 있으려니 머무를 장소가 문제였다.

림주가 당장 내일이라도 돌아온다면 상관없겠지만 시일이 걸린다면 참으로 난감하기 그지없는 상황이었다.

다행히 괜한 기우에 지나지 않았다. 곤왕이 의외로 그 문제를 손쉽게 해결해 주었던 것이다.

"그런 것은 걱정하지 마! 지마신과 그를 따라 떠났던 오왕들이 지내던 모옥들이 남아 있거든! 그러니 그중 마음에 드는 곳을 정해 지내면 돼!"

"다행이네요, 정말 고맙습니다!"

"에이! 별것도 아닌 일을 가지고… 그나저나 조금 있으면 해가 저물겠구먼! 어서 나를 따라오게!"

곤왕이 앞장을 서며 성큼성큼 발걸음을 옮겼다.

잠시 후, 두 사람의 신형은 붉은 석양을 등지고 긴 그림자를 남기며 멀어져 갔다.


다음날 아침, 따사로운 햇살이 아담한 모옥의 지붕을 비추고 있었다. 주변의 수풀을 울타리 삼아 어우러진 풍경이 마치 한 폭의 그림을 보는 것 같았다.

그런데 자세히 보면 그 모옥의 앞마당에 커다란 바위가 놓여 있고 그 위에 걸터앉아 있는 청년의 모습이 보였다. 바로 전날 이곳에 도착한 대경이었다.

'참으로 묘하구나!'

대경은 곤왕의 도움을 받아 도왕이 지내던 모옥에 자리를 잡았다.

하지만 잠을 이룰 수가 없었다. 자신의 검에 화려한 명성을 뒤로한 채 무너져 내려야 했던 그가 기거하던 모옥이라고 생각하니 왠지 모르게 묘한 기분이 들었던 것이다. 모옥은 그대로이건만 시간을 달리하여 사람만 바뀐 것이다.

'어쩌면 그럴지도……!'

그랬다. 모든 것은 자연(自然)하며 변화할 뿐이었다.

제아무리 고운 자태를 자랑하는 모란도, 한겨울에 피어나는 매화도 그 변화를 비켜갈 수는 없었다. 그 자리에 존재했다는 기억마저 잊혀진 채 묵묵히 흘러가는 세월 속에 사라져 가는 것이다.

그것은 사람 역시 마찬가지였다. 아무리 작금과 같은 난세 속에 많은 이들이 피를 뿌리며 쓰러졌다 할지라도 세월은 결코 기억하지 않을 것이다.

그저 그 순간을 같이 했던 이들의 가슴속에만 뚜렷이 각인된 채 안타까운 기억으로 남아 있을 뿐이었다.

'으음……!'

사람 또한 크다[大]고 할 수 있으며 거대한 세월의 구성원이었다.

하지만 다른 구성원인 천지는 끊임없이 운행하며 묵묵히 제 역할을 하는 데 반해 사람은 욕심과 집착에 사로잡혀 끝없이 분란을 일으키는 것이다.

안타까운 현실이었다. 시원은 자연하는 본모습을 닮으려 하고 하늘은 시원을 닮으려 하며 땅은 하늘을 닮으려 하니 사람 또한 마땅히 그 땅을 본받아야 하지 않겠는가?

그런데 왜 항시 무위를 행하지 않고 크고 작은 분란을 일으키며 화의 반복만을 일삼는다는 말인가?

잠시 후, 대경이 천천히 고개를 가로저었다.

참으로 어려운 얘기였다. 당장 눈앞에 보이는 변화에도 끝없이 매달리는 인간이기에 화무십일홍(花無十日紅)조차 깨닫기 어려운 것이다.

그렇게 한참 상념에 빠져 있을 때였다.

'응? 누구지?'

누군가 모옥을 향해 다가오는 기척이 느껴졌다.

분명 곤왕은 아니었다. 그의 발걸음과는 확연한 차이가 있었던 것이다. 일정한 보폭을 유지하며 고른 움직임을 보이는 것으로 보아 상당한 고수란 생각이 들었다.

'저 사람은……?'

어느새 모옥 앞에 눈에 익은 한 초로인의 모습이 보였다.

바로 무한의 황학루에서 만났던 초로인이었다. 그는 눈을 동그랗게 뜬 채 대경의 아래위를 훑어보고 있었다.

한순간 고개를 저으며 탄성을 자아냈다.

"허! 대단하구먼!"

천천히 대경에게 다가서며 말을 이었다.

"설마 했는데… 이제는 다가설 수 없는 경지에 이르렀구먼! 이럴 줄 알았으면 당시에 어떻게 해서든지 손속을 나눠보는 것이었는데……."

그의 말에는 진한 아쉬움이 배어 있었다.

그랬다. 눈앞의 청년은 이미 자신이 맞서기에 버거운 인물이 되어 있었다. 왠지 허탈한 심정이 밀려드는 것은 어쩔 수 없었다.

"무령장 정진이라고 하네!"

무령장이 자신을 소개하자 대경이 고개를 끄덕이며 예를 대신했다.

이미 자신에 대해 잘 알고 있으니 달리 소개할 필요가 없었던 것이다. 한편 낯선 이곳에 곤왕 외에 아는 이가 있다는 사실에 반가움을 느꼈다.

"오래간만입니다. 그동안 잘 지내셨는지요?"

대경이 안부를 묻는 말에 무령장이 환한 미소를 지었다.

"허허허! 덕분에 잘 지냈네. 그나저나 검황이라 불린다니 정상에 오른 것을 진심으로 축하하네!"

순간, 대경이 얼굴을 붉히며 손을 내저었다.

"아닙니다! 그저 인연과 함께하다 보니 얻어진 허울 좋은 명성일 뿐이지요. 그런데……."

잠시 뜸을 들이더니 조심스럽게 물었다.

"아무리 곰곰이 생각해 보아도 도무지 은림이란 조직을 이해할 수가 없군요. 알 수 없는 림주의 행동도 그렇고, 이곳 출신이 세운 천황문의 행보도 그렇고, 다행이기는 하지만 그들이 무너졌음에도 방관하는 이들의 모습도 그렇고, 그저 희뿌연 안개 속을 거니는 느낌입니다."

무령장이 고개를 끄덕이며 하늘을 바라보았다.

“으음! 그럴 만도 하겠구먼!”

그곳에는 짙푸른 대해 속에 새하얀 편주들이 두둥실 떠다니고 있었다. 잠시 그 모습을 바라보던 무령장이 천천히 입을 열었다.

“그냥 눈에 보이는 대로 생각하게! 바깥세상의 기준에서 보면 복잡해질 뿐이네. 뛰어난 무공을 지닌 림주가 은림의 수장이고 무림에 관심이 많은 이들이 천황문을 세워 독립해 나간 것일세. 그리고 지금 남아 있는 이들은 오로지 자신의 무공에 대해 관심이 있을 뿐이네.”

곧이어 고개를 돌려 대경을 바라보았다.

“그들 중에는 자신의 무공을 선보이고 싶어하는 이들이 있고 묵묵히 자신의 길을 가려는 이들도 있네. 따라서 은림에 속해 있으니 무림의 은원에 얽매여야 한다는 생각은 버려야 한다는 말일세. 다만 무림에는 관심이 없지만 자신의 무공을 확인하고 싶어하는 이들이 여럿이 존재하고 있네. 림주도 바로 그들 중 한 사람일세. 그래서 자네에게 관심을 보이는 것이네.”

잠시 숨을 돌리더니 조심스럽게 말을 이었다.

“아무튼 자네가 이곳에 온 것이 알려졌으니 조만간 누군가 자네에게 접근을 해올 걸세. 하지만 한 가지 조심해야 할 것이 있네. 이곳에 바깥세상과 같은 비무는 없네. 일단 양자가 맞붙는 순간 생사는 초월해야 한다는 말일세. 알겠는가?”

무령장이 말을 마치고 대경의 눈썹이 꿈틀거린 것은 거의 동시였다.

“헉! 무슨……?”

무령장이 깜짝 놀라며 헛바람을 켰다.

갑자기 대경에게서 형언할 수 없는 기운이 피어오르며 그를 밀쳐 냈다. 하지만 곧바로 그의 미간이 좁아졌다.

‘으음……!’

인기척을 느끼는 순간, 누군가 다가와 있었던 것이다.

고개를 돌려보니 탄탄한 체구를 지닌 노인이 장창을 어깨에 걸치고 서 있었다.

‘어떻게 저자가……?

무령장의 미간이 심하게 찌푸려졌다.

그는 림 내에서도 모두 마주치기를 꺼려하는 창왕이었다. 오왕 중의 일인으로 우직한 성정을 지녔지만 무공이라면 거의 광인(狂人)에 가깝게 변하는 인물이었다.

특히 얼마 전 무령장과 함께 사기(四奇)로 불리던 무룡검(無龍劍) 곽현이 그의 창에 벌집이 된 이후 아무도 그와 마주치려는 이들이 없었다. 대부분 그가 기거하고 있는 모옥을 피해 다닐 정도였다.

그런 그가 기세등등한 모습으로 이곳에 나타난 것이다. 왠지 조용히 지나치기 어렵겠다는 생각이 드는 순간이었다.

창왕의 커다란 목소리가 앞마당에 울려 퍼졌다.

"내 저 검황이란 청년과 볼일이 있으니 무령장, 자네가 양보해 주었으면 좋겠네!"

'으음!'

무령장은 그가 대경을 찾아온 이유를 알 수 있었다.

현재 림주가 강력한 경쟁자 중 한 명인 인마신과 함께 자리를 비운 상태였다. 따라서 훌륭한 먹잇감이 자신에게까지 돌아올 기회가 없음을 아는 그이기에 굴러들어 온 기회를 놓칠 리 없었다.

"오늘은 선배께서 양보해 주시지요. 후배는 그와 인연이 있는 사이입니다. 더욱이 조금 전 온 상태이기에 대화를 나눌 시간이 부족했습니다."

무령장은 불안한 마음을 감출 수 없었다.

창왕은 어떻게 해서든지 최근 자신이 완성한 파극창이라는 무공을 시험해 보려는 것이 분명했다. 일단은 시간을 끌어 볼 필요가 있었다.

아무리 도왕과 부왕을 베어버린 대경이라 할지라도 결코 장담할 수 없는 인물이 바로 창왕이었다.

하지만 상황은 여의치 않게 흘러가고 있었다.

"자네의 입장을 충분히 이해하네. 하지만 오늘만은 아닐세. 자네가 양보해 주기를 진심으로 바라겠네. 자네와 다투고 싶지 않구먼!"

'으음!'

무령장의 미간이 밭고랑을 이루고 말았다.

이쯤 되면 그가 물러설 가능성은 거의 없었다. 그를 막아선다면 자신과의 일전도 불사하겠다는 말이나 다름없었다.

하지만 이미 대경을 보호하기 위해 나선 상태이니 그와의 마찰을 피하기 위해 이대로 꼬리를 내리기도 애매한 상황이었다.

솔직히 처음부터 가만히 있었다면 모를까 이 상태로 물러난다면 자칫 무령장이란 별호에 큰 흠집을 남길 수 있었다.

"후배 역시 선배께 진심으로 부탁드립니다. 오늘 하루만 양보해 주십시오."

그의 말이 끝나는 순간이었다.

"갈!"

갑자기 창왕의 입에서 짧은 외침이 터져 나왔다.

상당한 내력이 실려 있는지 무거운 음성이 앞마당을 쩌렁쩌렁하게 뒤흔들었다. 곧이어 거친 목소리를 토해냈다.

"무령장 정진! 요즘 네놈이 눈에 뵈는 것이 없는 모양이구나! 감히 나 창왕의 청을 묵살하다니… 네놈의 목줄부터 따주리라!"

순간, 그의 신형이 쏜살같이 움직였다.

붕! 부웅! 붕! 부우웅!

동시에 장창의 그림자가 온 하늘을 뒤덮었다.

어느새 짙푸르던 하늘은 사라지고 시커먼 창영(槍影)만이 가득했다.

쐐애애액!

그 사이로 번뜩이는 섬광과 함께 거친 파공성이 울려 퍼졌다. 동시에 하늘을 새까맣게 뒤덮은 어망 속에 한줄기 푸른 기운이 엄청난 속도로 무령장을 향해 쏘아져 갔다.

"우웃!"

무령장은 눈앞이 캄캄해지는 것을 느꼈다.

그랬다. 설마 기습을 가할 줄은 상상치도 못했다. 하지만 생각할 여유가 없었다. 심장이 두근거리며 피가 솟구쳐 오르고 양손이 파르르 떨려왔다. 지금 본능은 아우성치며 그의 최절초인 무령탄(無靈彈)을 펼치라 강력히 경고하고 있었다.

"무령탄!"

순간, 무령장의 입에서 커다란 외침이 터져 나왔다.

어느새 쌍장에 푸르스름한 강기막이 맺히는가 싶더니 쏘아져 오는 푸른 기운과 세차게 마주쳤다.

퍼엉!

마치 쇠북이 터지는 듯한 커다란 폭음이 장내에 울려 퍼졌다.

"크흐흑!"

무령장의 입에서 피보라가 뿌려지며 거세게 퉁겨져 나갔다.

마구 뒷걸음질치던 신형을 바로 세우며 비틀거리는 그의 모습은 엉망진창이 되어 있었다. 머리는 온통 헝클어져 흩날리고 코와 입가에 핏물이 마구 흘러내리며 상의를 붉게 적시고 있었다.

반면 창왕 역시 입가에 가는 선혈을 내비치며 조금씩 신형을 떨고 있었다. 그러나 무령장을 노려보는 눈빛만은 엄동설한에 몰아치는 북풍한설을 방불케 했다.

잠시 후, 콧등을 찡그리더니 차가운 목소리를 내뱉었다.

"호호호! 파극창의 일초를 막아내다니… 네 몸에게도 꿍쳐 놓은 비장의 한 수가 있었구나! 하지만 이번에는 어림없다! 네놈의 낯짝을 내 애병인 묵령(墨靈)으로 꿰뚫어주마!"

말을 마침과 동시에 그의 신형에서 형언할 수 없는 기세가 피어올랐다.

'젠장……!'

그 모습을 바라보는 무령장의 입꼬리가 씰룩거렸다.

순간적으로 무리하게 펼친 무령탄에 창왕의 강력한 일창과 정면으로 충돌하면서 진기가 뒤엉킨 상태였다. 더욱이 임독맥의 몇 군데 주요 혈도가 심하게 막혀 숨을 내쉬기조차 버거운 상황이었다.

'망할……!'

설마 창왕의 무공이 저 정도일 줄은 예상치 못했다.

얼마 전 무룡검이 유명을 달리했을 때도 내심 한 수 아래로 생각하던 인물이기에 크게 개의치 않았다.

창왕이 제아무리 기존 십왕 중 손꼽히는 인물이라 할지라도 자신 역시 그들에게 못지않은 사기 중 수위를 다투는 무위를 지녔던 것이다.

그런데 맞부딪치는 순간 무엇인가 잘못되었다는 생각이 들었다. 예상과는 달리 무위에 현격한 차이가 있었던 것이다.

아무튼 지금 상태에서 그의 파극창을 막아낸다는 것은 사실상 불가능한 얘기였다. 주화입마를 감수한다 하더라도 겨우 일장을 펼칠 수 있을 뿐이었다.

'으음!'

하지만 달리 선택의 여지가 없었다.

자칫하다가는 마지막 일장조차 펼쳐 보지 못하고 황천으로 향할 판이었다.

'나 무령장이 이렇게 허무하게 갈 수는 없지!'

그랬다. 자신이 누구였던가?

정녕 이대로 무참히 무너질 수는 없었다.

창왕의 신형에 조금이라도 자신의 흔적을 남겨놓아야겠다
는 오기가 생긴 것이다. 어금니가 부서지도록 깨물며 막 내력
을 끌어올리려 할 때였다.

'응?'

갑자기 형언할 수 없는 속도로 자신의 앞을 막아서는 신형
이 있었다. 바로 대경이었다.

"자네……!"

무령장의 말은 이어지지 못했다.

대경은 걱정스러운 표정을 지으며 자신을 바라보고 있었
다. 전방에 창왕이 파극창의 절초를 펼치려는 상황이건만 아
랑곳하지 않는 모습이었다.

"잠시 쉬고 계시지요!"

말을 마침과 동시에 자신을 등지고 섰다.

무령장은 문득 그의 등이 넓다는 생각이 들었다. 더불어
왠지 모르게 마음이 편안해지는 것을 느꼈다. 그는 이미 고
봉(高峰)이 되어 있었다.

순간, 고막이 터져 나갈 듯한 창왕의 커다란 목소리가 들려
왔다.

"허허허! 좋아! 좋아! 진작에 그랬어야지!"

하지만 호탕한 말과는 달리 두 볼이 씰룩거리고 있었다.

그는 지금 내심 솟구쳐 오르는 살심을 억누르고 있었다. 아

무리 상대가 검황이라 불린다고 하지만 자신에게는 그저 새파란 애송이로 보일 뿐이었다. 그런 그가 자신을 눈앞에 두고도 태연한 척하고 있으니 참으로 어이가 없었다.

'이놈……!'

당연히 속에서 열불이 솟구쳐 오르며 노기가 치솟았다.

하지만 이상하게도 본능은 자꾸만 위험하다는 신호를 보내고 있었다. 오랜 경험에 의하면 조심해서 결코 나쁠 것은 없었다. 내심 터져 나갈 것 같은 분노를 곱씹으며 애써 여유로운 표정을 떠올렸다.

"무림에서 검황으로 불린다고 하더니만 제법이로구먼! 지인이 위기에 처했으니 그냥 지나치지 못하겠다……? 암, 그래야지! 자고로 사내라면 그 정도 의리와 배포는 갖고 있어야지."

하지만 대경에게서 생각지도 못한 말이 튀어나왔다.

"그렇게 힘들여 표정까지 바꿔가며 말할 필요는 없소. 그냥 자연스럽게 느끼는 대로 표출하면 되는 것이오. 그런데……."

잠시 말끝을 흐리더니 묘한 표정을 지었다.

"대체 내게 볼일이 있다는 것이 무엇이오? 도통 알아듣지 못하겠구려! 간단히 본론부터 말하시오!"

'이, 이런 망할 놈을 보았나?'

순간, 창왕의 얼굴이 붉으락푸르락해지며 짙은 검미가 꿈틀거렸다.

그랬다. 창왕은 마치 쇠망치로 얻어맞는 기분이었다. 분명 틀린 말은 아니었다. 하지만 자신이 왜 이곳에 나타났는지 그 이유를 모를 리 없었다. 마치 자신과 농이나 주고받으려는 것만 같았다.

더욱이 무령장에게는 공대를 하던 놈이 갑자기 자신에게는 하대에 가까운 말을 하고 있으니 부아가 치밀어 올랐다. 자신을 무시하지 않는다면 결코 그런 말을 할 수 없기 때문이었다.

갑자기 머릿속으로 무엇인가 뿌옇게 차오르는 것을 느꼈다. 더 이상 참지 못하고 거친 말이 튀어나왔다.

"야! 이 똥밭에서 갓 캐어낸 날고구마 같은 놈아! 내가 누구인 줄 알고 감히 함부로 막말을 내뱉는 것이냐?"

그의 노기가 섞인 커다란 목소리가 앞마당에 쩌렁쩌렁하게 울려 퍼졌다.

하지만 대경의 표정에는 일체의 변화가 없었다.

"가만히 듣고 있자니 참으로 해괴한 궤변을 늘어놓는구려! 대체 그게 무슨 말이오? 내가 당신이 누구라는 사실을 꼭 알아야만 한다는 말이오?"

"푸웃! 풋허허허!"

순간, 뒤에 서 있던 무령장이 웃음을 터뜨렸다.

'이, 이런… 죽일 놈을 보았나?'

갑자기 창왕의 얼굴이 벌겋게 달아오르며 푸르뎅뎅하게 변해갔다. 인내심의 한계를 느낀 것이다.

더 이상 참지 못하고 곧바로 그의 애병인 묵령의 아랫부분을 발끝으로 차올리며 휘돌리기 시작했다.

붕! 부웅! 부우웅!

그의 신형의 움직임을 따라 묵령의 그림자가 주위로 빠르게 퍼져 나갔다.

동시에 묵빛의 창영이 거세게 피어오르며 하늘을 뒤덮어 갔다. 어느새 하늘은 온통 회오리치는 묵빛의 그림자로 가득 찼다.

"내 시건방진 네놈에게 파극창의 진수를 보여주마! 파극단천(破極斷天)!"

창왕의 입에서 커다란 외침이 터져 나왔다.

곧이어 그의 신형을 따라 팽이처럼 휘도는 창영의 흑해(黑海) 속에 일광이 번뜩였다.

쐐애애액!

마치 공기를 찢어발기는 듯한 파공성이 주위로 퍼져 나갔다.

동시에 시커먼 창영으로 뒤덮인 하늘이 꿈틀거리는가 싶

더니 마구 요동쳤다. 그 사이로 푸른빛의 기운이 일선을 그리며 엄청난 속도로 쏘아져 갔다.

'대단하구나!'

일선을 바라보는 대경의 시선 속에 잠시 감탄의 눈빛이 떠올랐다.

거칠게 묵령을 휘돌리는 사이로 묵빛의 그림자가 어망처럼 죄어들며 무겁게 공간을 짓눌렀다. 그 사이로 섬뜩한 장창이 허공을 가르며 형언할 수 없는 속도로 쇄도해 왔다.

하지만 거기까지였다. 더 이상 감탄만 하고 있을 수는 없었다. 어느새 묵령이 토해내는 푸른빛의 기운이 미간을 향해 날아들고 있었다.

"심검무극!"

대경의 입에서 낭랑한 외침이 터져 나왔다.

고오오오!

순간, 솟구쳐 오르는 새하얀 검신을 따라 흰빛의 기운이 육안으로는 구분하기 어려운 속도로 부챗살을 이루며 퍼져 나왔다. 흰 기운은 더욱 흰빛을 띠며 새하얗게 변하더니 투명하게 변하며 사라져 갔다.

그 보이지 않는 사이의 공간을 묵령의 움직임에 따라 출렁이던 청영이 세차게 파고들었다.

번쩍! 푸쉬시시식!

일광의 번뜩임과 함께 청영이 빛을 바래기 시작했다.

"크흐흑!"

외마디 비명과 함께 창왕의 신형이 거칠게 퉁겨져 나갔다.

잠시 후, 주위를 가득 메우던 희뿌연 흙먼지가 가라앉으며 앞마당의 모습이 드러났다.

'크흠!'

대경이 침음성을 삼키며 낭패스러운 표정을 짓고 있었다.

그는 지금 내부가 진탕되어 마구 들끓어오르는 진기를 가라앉히기 위해 심혈을 기울이고 있었다.

하지만 식도를 타고 빠르게 올라오는 비릿한 그 무엇만은 막을 수 없었다. 어느새 가는 선혈이 굳세게 다문 입을 비집고 흘러나오며 입가에 내비치고 있었다.

"크으으……!"

반면 계속해서 고통스런 신음을 토해내고 있는 창왕의 모습은 가관이었다. 한마디로 엉망진창이 되어 있었다. 봉두난발로 변한 머리가 바람에 흩날리고 입가에서 흘러내리는 굵은 선혈이 상반신을 온통 붉게 적시고 있었다.

하지만 그런 것에 아랑곳하지 않았다. 거칠게 퉁겨지며 나자빠진 신형을 겨우 일으켜 주저앉은 상태로 멍하니 대경을 바라보고 있을 뿐이었다.

그의 동공이 풀린 시선에는 믿을 수 없다는 표정이 떠올라 있었다.

‘으으으……!’

그랬다. 그는 지금 자신에게 벌어진 어처구니없는 현실에 넋을 잃고 있었다.

이럴 수는 없었다. 대체 자신이 누구였던가?

지금은 사라진 좌우통령에 버금가며 은림의 이인자라 할 수 있는 지마신에 결코 뒤지지 않는다고 자부해 오던 오왕의 수좌였다.

그런데 오랫동안 자신의 길을 걸어 얻게 된 최후의 절기 파극창의 최절초가 무참히 깨진 것이다. 도무지 지금의 상황이 실감나지 않았다. 그저 어이가 없을 뿐이었다.

‘대체 그것이 무엇이기에……!’

그랬다. 특히 상대가 펼친 무형의 공간이 무엇인지 참으로 알 수 없었다.

조금 전 그 공간을 파고드는 순간이었다. 현철을 섞어 만든 자신의 애병인 묵령이 종잇장처럼 갈라지고 전신은 만근 바위에 짓눌리며 산산이 부서져 내리는 것 같았다. 마치 쇠벽에 부딪치는 듯한 반탄지기가 일어나며 엄청난 압력으로 신형이 뭉개지는 것 같았다.

‘왜 마지막에……?’

하지만 한 가지 이해가 되지 않는 점이 있었다.

바로 눈앞의 청년이 취한 행동이었다. 분명 그가 조금만 더 무형의 공간을 유지했더라면 자신의 육신은 이미 오장육부가 뭉개지고 전신이 갈가리 찢겨진 채 걸레 조각으로 변했을 것이다.

그런데 내부가 터져 나가기 바로 직전, 갑자기 거짓말처럼 무형의 공간이 걷히며 압박이 사라진 것이다. 마치 황천의 입구에 한 발을 담갔다가 빼낸 느낌이었다.

"우웩!"

창왕이 한 사발의 피를 토해냈다.

곧이어 대경에게 의문의 시선을 던졌다.

"마지막에 손속에 사정을 둔 것은 무슨 연유에서인가?"

대답이 없자 곧바로 목청을 돋우었다.

"나 창왕은 오왕의 수좌일세! 목숨이나 구걸받을 만큼 초라한 모습을 보인다는 것은 치욕일 뿐이네! 만일 합당한 이유가 없다면…….

창왕의 말은 더 이상 이어지지 못했다.

조용히 바라보던 대경이 말을 끊고 나선 것이다.

"삶이 무엇이라 생각하시는지요?"

"삶? 그거야…….

순간, 창왕은 말문이 막혔다. 갑자기 생각지도 못한 엉뚱한 질문에 할 말을 잃은 것이다. 이 상황에서 왜 저런 말을 하는

지 난감할 뿐이었다.

하지만 한편으로는 궁금한 생각을 떨칠 수 없었다.

"그게 무슨 말인가?"

창왕의 물음에 대경의 시선이 하늘로 향했다.

그곳에는 흰 구름이 무리를 지어 정처없이 떠돌고 있었다. 잠시 흰 구름을 바라보던 대경이 입을 열었다.

"저는 인연에 의해 무림에 몸담게 되었습니다. 시간이 흘러 어느새 제게 기대고 있는 인연들을 보게 되었고 그들과 함께 거친 혈해(血海) 속으로 뛰어들었습니다. 원치 않은 길이었지만 결코 원망해 본 적이 없습니다. 왜 그랬을까요?"

창왕이 눈을 끔뻑이자 대경은 다시 말을 이었다.

"인연들은 평온한 삶을 원했고 저는 그들을 지켜야 했기 때문입니다. 난세가 닥치면서 수많은 무림인이 사라져 갔습니다. 하지만 그들 중 어느 누구도 자청해서 목숨을 잃은 이들은 없습니다. 오히려 살기 위해 발버둥 치다가 안타깝게 죽어간 이들입니다. 아니, 어쩔 수 없는 선택이었기에 그렇게 사라져 가야만 했던 것입니다."

곧이어 창왕을 직시하며 물었다.

"그런데 남을 위한 희생도 아닌 스스로 목숨을 끊겠다니요? 제가 마지막에 검을 거둔 이유가 무엇이라고 생각하십니까?"

“그거야······.”

창왕은 순간적으로 말문이 막혔다.

뭐라고 응답하고 싶은데 머릿속에서만 빙빙 돌고 있을 뿐, 말로는 나오지 않았다. 그렇게 머뭇거리고 있는 사이 다시 대경의 목소리가 들려왔다.

“만일 당신이 난세 당시의 천황문도였다면 미련없이 베었을 겁니다. 당신으로 인해 죽어갈 많은 맹도의 목숨을 지키기 위함이지요. 반면 난세가 끝난 현재의 천황문도였다면 아마 심한 갈등을 느꼈을 겁니다. 당신과 같은 고수는 부담스럽기 때문이지요. 또다시 난세를 부를 수 있을 테니까요.”

잠시 뜸을 들이더니 말을 이었다.

“하지만 이미 난세는 끝이 났고 당신은 천황문도도 아닙니다. 그저 은림을 대표하는 고수일 뿐이지요. 그러니 당신을 베어 무엇이 달라지겠습니까? 당신에게는 의미없는 죽음이 될 것이고 저에게는 안 해도 될 살생을 한 것에 불과할 뿐이지요. 그 이상도 이하도 아닙니다.”

대경의 말을 끝으로 앞마당에는 침묵이 흘렀다.

무령장은 연신 고개를 끄덕이며 흐뭇한 표정으로 대경을 바라보고 있었다.

반면 창왕은 가끔씩 고개를 갸웃거리며 생각에 잠기기를 반복했다. 아직은 그가 걸어왔던 길과 대경이 말하는 얘기와는 상당한 거리가 있었던 것이다.

하지만 분명 틀린 말은 아니었다. 다만 문제는 그의 말을 인정하자니 천하의 창왕이 졸지에 나잇값도 못하는 노인네로 전락하고 마는 것이다. 당연히 있을 수 없는 일이었다. 그저 애꿎은 눈만 끔뻑거리고 있을 때였다.

대경이 모옥 앞으로 고개를 돌리자 곧바로 창왕이 따라 고개를 돌렸다.

두 사람의 모습에 무령장이 의아한 표정을 지으며 그들의 시선을 따라 모옥 앞으로 시선을 향했다.

그곳에는 창왕에 못지않은 당당한 체구를 지닌 노인이 수풀을 헤치고 나오며 모습을 드러내고 있었다.

그런데 그의 등에는 족히 육 척은 되어 보이는 묵궁(墨弓)과 십여 개의 묵시(墨矢)가 담겨 있는 전통(箭筒)이 매달려 있었다.

"저 인간이 이곳에는 무슨 일로……?"

창왕의 입에서 나지막한 목소리가 흘러나왔다.

궁왕(弓王) 왕후영!

그랬다. 모습을 드러낸 노인은 오왕 중 일인인 궁왕이었다.

창왕과 함께 오왕의 수위를 다투는 인물로 상당히 과묵한 성정을 지닌 인물이었다. 남들과 어울리는 것을 좋아하지 않아 항시 혼자 다니는 것으로 유명했다.

그 때문에 림 내의 일부 기인 사이에서는 독궁(獨弓)이라 불리는 인물이었다. 그런 그가 갑자기 수풀을 헤치고 모습을 드러내니 그저 의아할 따름이었다.

"궁왕 선배! 오랜만에 뵙겠습니다!"

무령장의 인사에 궁왕이 고개를 끄덕였다.

곧이어 창왕에게 시선을 향하더니 묘한 표정을 지었다.

"옹고집에 외골수가 오늘 제대로 임자를 만났구먼!"

궁왕의 말에 창왕이 잠시 눈을 끔뻑거리더니 갑자기 도끼눈으로 변해갔다.

"야, 이 망할 놈의 궁귀(弓鬼)야! 감히 뉘 앞에서 망발을 늘어놓는 것이냐?"

'허……!'

대경은 멍한 표정으로 창왕을 바라보았다.

자신이 보기에는 오히려 그가 귀신같은 모습이건만 상대에게 궁귀라 발악하는 모습을 보니 어이가 없었다.

곧바로 한심하다는 듯한 궁왕의 목소리가 들려왔다.

"제 앞가림도 못하는 놈이 목청은 커 가지고. 쯧쯧쯧!"

"푸웃!"

순간, 무령장이 웃음을 참지 못하고 입 밖으로 토해냈다.

"흠흠!"

하지만 곧바로 헛기침을 하며 시선을 하늘로 향했다.

창왕의 도끼눈이 여지없이 엄청난 속도로 날아든 것이다. 잠시 무령장을 쏘아보던 시선이 다시 궁왕을 향했다.

"이 늙은 두꺼비 같은 놈아! 네놈이 눈에 뵈는 것이 없구나!"

"풋!"

이번에는 대경이 웃음을 참지 못하고 입 밖으로 내뱉었다.

순간, 궁왕의 신형에서 엄청난 기세가 피어오르며 형언할 수 없는 속도로 궁대(弓袋)에서 궁을 빼내며 화살을 메겼다. 실로 전광석화와 같은 움직임이었다.

사실 그가 가장 듣기 싫어하는 말이 두꺼비였다. 실제로 누가 형님인지 아우인지 구분이 가지 않을 정도로 닮은 용모였다.

하지만 그런 용모는 그의 잘못이 아니었다. 그저 부모님이 한밤에 잘못 빚은 실수로 그렇게 태어났을 뿐이었다.

아무튼 그 누구도 감히 그에게 그런 말을 하지 못하고 금기시되어 왔지만 단 한 명만은 예외였다. 바로 창왕이었다.

워낙 단순하고 직선적인 성격이라 조금만 열이 오르면 일단 머리를 거치지 않고 입에서 말이 곧바로 튀어나갔다. 그 때문에 서로 부딪친 적이 한두 번이 아니었다.

하지만 항시 양패구상에 가까운 심한 내외상을 당할 뿐이

었다. 결국 언제부터인가 서로 경원(敬遠)하여 마주치기를 꺼
려하는 사이가 되어 있었다. 어느새 궁왕의 부푼 궁은 창왕의
미간을 향하고 있었다.

"늙은 당나귀 같은 놈이 말을 함부로 하는구나!"

하지만 창왕은 아랑곳하지 않았다.

"야, 이놈아! 두꺼비같이 생긴 놈보고 두꺼비라고 부르는
것이 무슨 잘못이냐? 어디 네놈이 직접 한번 말해보아라!"

"이익……!"

순간, 궁왕의 얼굴이 시뻘게지며 신형이 부르르 떨렸다.

하지만 화살을 날리지 못한 채 끙끙거리고 있었다. 두 사람
모두 자존심이 강하기로 소문난 인물들이었다. 따라서 부상
당한 상대를 건드리는 일은 치욕이라고 생각하는 공통점을
지니고 있었다.

'이런, 망할 놈이……!'

궁왕의 얼굴은 터질 듯 부풀어 올랐다.

생각 같아서는 미간을 꿰뚫어 버리고 싶은 마음이 굴뚝같
지만 이미 그의 신형은 만신창이가 되어 있었다. 따라서 이러
지도 저러지도 못하고 속만 태우고 있는 상황이었다.

다행히 무령장이 빠르게 나서며 터질 것 같던 분위기는 조
금 가라앉았다.

"잠시 진정하시지요!"

모두의 시선이 일제히 무령장을 향했다.

"워낙 만나뵙기 어려운 선배께서 이곳까지 직접 발걸음을 하신 이유를 여쭤봐도 되겠습니까?"

순간, 창왕이 말릴 틈도 없이 끼어들었다.

"발걸음은 무슨 놈의 발걸음이야? 두꺼비같이 숲 속에 숨어서 몰래 지켜보다가 상황이 끝나니까 그때서야 나타난 게지!"

그랬다. 그의 말은 틀리지 않았다.

대경과 창왕 두 사람 모두 숲 속에 누군가 은신하고 있다는 사실을 알고 있었다. 다만 그가 궁왕이었다는 것이 의외일 뿐이었다.

하지만 장내의 분위기는 또다시 험악해지고 말았다.

"뭣이라? 네놈이 진정 뒈지고 싶어 환장을 했구나!"

궁왕의 노호성이 쩌렁쩌렁하게 울려 퍼졌다.

더 이상 참지 못하겠는지 궁대를 더욱 부풀리는 순간이었다.

"잠시만 참아주세요!"

결국 대경이 나서고 말았다. 모두의 시선이 쏟아지자 대경이 입을 열었다.

"사실 숲 속에 있는 인물이 은림 내의 다른 누구일 거라고 생각했습니다. 하지만 일부러 숨으려 했던 것은 아니겠지요.

아마도 저를 찾아왔다가 창왕 노인이 먼저 와 있으니 잠시 지
켜보았을 겁니다.”

대경의 말에 긍왕의 얼굴에 화색이 돌았다.

“그렇다네! 정확히 알아맞혔네! 사실 자네가 왔다는 소식
을 듣고 한 수 겨뤄보고 싶어 왔더니만 이미 저 늙은 당나귀
가 길길이 날뛰고 있더구먼! 따라서 나서기도 뭣하니 그냥 지
켜보고만 있었던 것일세.”

“그럼, 선배도 나설 것입니까?”

무령장의 물음에 긍왕이 고개를 저었다.

곧이어 손가락으로 창왕을 가리키며 입을 열었다.

“아닐세! 저 인간 꼬락서니를 좀 보게나. 제 힘센 줄만 알
고 무거운 짐수레를 끌다가 결국 똥밭에서 빠져 허우적거리
는 저 늙은 당나귀의 모습을…….”

“야, 이 두꺼비 놈아! 감히 어디서 헛소리를 하고 나자빠진
것이냐?”

하지만 긍왕의 표정은 의외로 담담했다.

이번에는 아예 무시를 하더니 천천히 입을 열었다.

“사실 저 늙은 당나귀가 당할 때 얼마나 통쾌했는지 모른
다네. 다만 마지막에 펼친 무형의 공간은 나 역시 감당할 수
없다는 사실을 잘 알고 있네.”

곧이어 창왕을 가리키며 웃음을 터뜨렸다.

“하허허! 내 대신 저 모양이 되었으니 오히려 고맙다는 인사를 해야지. 저 똥밭에 빠져 옴짝달싹하지 못하는 꼴 좀 보게!”

“뭣이라? 이런… 크흑!”

창왕은 참지 못하고 신형을 일으켜 세우다가 곧바로 주저앉았다.

그가 입은 부상은 결코 가볍지 않았다. 겨우 가라앉힌 진기가 또다시 날뛰자 재빨리 좌정하며 운공하기 위해 비지땀을 쏟아내야만 했다.

‘후유!’

대경은 천천히 고개를 저었다.

두 사람과 함께 있다 보니 정신이 하나도 없었다. 다행이라면 궁왕과 겨루지 않아도 된다는 점이 그나마 위안거리였다.

“허허허! 저 꼴에 비마저 쏟아지면 금상첨화인 것을……!”

대경이 머무는 모옥의 앞마당에는 궁왕의 통쾌한 웃음만이 가득했다.


*       *       *


세월은 구구절절 사연 많은 인간의 희로애락을 담은 채 묵묵히 흘러가고 있었다.

대경이 이곳에 온 지 어느덧 한 달 가까이 지났다. 그저 막연한 기다림이었지만 그리 지루하지만은 않았다.

곤왕과 무령장, 그리고 창왕과 궁왕 등 림 내의 인물들과 묘한 친분이 형성되면서 제법 바쁜 나날을 보냈던 것이다.

무공에 대한 그들의 집념은 진정 상상을 초월했다.

이미 인생의 황혼길에 접어든 나이임에도 아랑곳하지 않고 무공의 진일보를 위해 불철주야 노력하는 모습은 오히려 아름답기까지 했다. 과연 은림이란 곳이 왜 그동안 전설로만 내려오는 기인들의 집단이었는지 새삼 느낄 수 있었다.

다만 마주치기 무섭게 구공(口攻)에서 시작하여 사투를 벌이기 직전까지 이르는 창왕과 궁왕 때문에 대경을 포함한 삼인은 하루의 절반을 오로지 싸움을 뜯어말리는 데 보내야만 했다. 그렇게 나름대로 은림에서의 생활이 익숙해져 갈 때쯤이었다.

아침 일찍 곤왕이 발바닥에 땀이 나도록 달려왔다.


"이보게, 검황! 림주가 돌아왔네! 개울가에 있다가 새벽녘에 림주와 인마신이 돌아오는 것을 내 눈으로 똑똑히 보았네. 이제 어떻게 할 것인가?"

곤왕은 오전 내내 모옥을 떠나지 않았다.

림주가 돌아왔다는 사실은 곧 그와의 대결이 임박했다는

말이나 다름없었다.

하지만 림주와의 대결은 곧 황천으로 향하는 지름길이었다. 제아무리 경지에 이른 대경이라 할지라도 림주와는 비교 자체가 불가능했던 것이다.

비록 짧은 시간이었지만 적잖이 정이 든 대경이기에 곤왕은 진심으로 그의 안위가 걱정스러웠다. 내심 이곳을 떠나라는 소리가 입 안에서 맴돌았지만 현실은 그럴 수 없으니 참으로 답답할 뿐이었다. 그저 한숨만 내쉬다가 오후 늦어서야 돌아갔다.

아무튼 그의 걱정은 곧 현실로 다가왔다. 그날 저녁, 곧바로 인마신이 대경을 방문하면서 림주와의 만남은 빠르게 진행되었다.


아침 햇살이 수줍은 듯 구름 사이로 살짝 얼굴을 내비치는 어느 따사로운 아침이었다.

림주가 기거하는 은전 앞에 한 청년이 서성거리고 있었다. 아침 일찍 모옥을 떠나온 대경이었다.

'모든 것을 내던졌다 생각했거늘……!'

그랬다. 이미 모든 것을 초월했다고 생각해 왔다.

그런데 그것이 아니었다. 은전에 도착하자 가슴이 두근거려 잠시 심호흡을 하는 중이었다. 이는 곧 생에 대한 미련이 남아 있음을 의미하는 것이었다. 본능은 아직 이승의 굵은 동아줄을 놓기 싫다는 말이나 다름없었다.

'후후후!'

잠시 후, 입가에 흘러나오는 쓴웃음을 삼키며 천천히 은전 안으로 들어섰다.

햇빛은 열린 창문을 통해 전각 안을 훤히 밝혀주고 있었다.

그 한가운데 이 인이 탁자를 마주 보며 자리하고 있었다. 바로 대경과 림주였다.

"드디어 검황의 얼굴을 마주 보게 되는구먼! 천존 혁원이라 하네!"

림주의 중후한 음성이 은전 내에 울려 퍼졌다.

대경은 고개를 끄덕이며 인사를 대신했다. 그는 내심 림주의 모습에 놀라고 있는 중이었다. 사실 림주에 대한 단상(斷想)은 극강의 패를 연상케 하는 모습이었다.

하지만 예상과는 달리 마치 오랜 기억 속에 남아 있는 할아버지의 모습을 보는 것 같았다. 대경의 시선이 천천히 림주의 맑고 투명한 동공에 고정되었다.

"저를 청하신 연유를 알고 싶습니다."

"자네를 부른 이유라……."

잠시 뜸을 들이던 림주가 대경을 바라보며 물었다.

"무인이란 어떤 존재라 생각하는가?"

대경은 갑자기 예상치 못한 질문에 말문이 막혔다.

잠시 머뭇거리자 림주가 입을 열었다.

"나는 말일세, 무인이란 항시 무를 동경하고 평생 자신의 길을 걸어 무공이든 명성이든 무림에 그 어떤 흔적을 남기고 싶어하는 이들이라고 생각하네. 그것은 나 또한 마찬가지로 오로지 무를 위해 살아온 세월이었네. 그리고 한순간 이미 정상에 서 있는 스스로의 모습을 볼 수 있었지. 그런데……."

잠시 뜸을 들이더니 말을 이었다.

"천마지존공을 익힌 후, 문득 대천마라는 인물이 궁금해지더군! 그것은 단순히 마교의 비전절기라기보다는 무의 시작과 끝을 포함한 하나의 거대한 근원이었기 때문일세. 어떻게 인간이 그런 무공을 만들어낼 수 있는지 참으로 놀랍고 신기할 따름이었지. 정말 그와 동시대에 태어나지 못한 현실이 너무도 안타까웠네. 그래서 한번 도전해 보기로 했네. 천마지존공에 뒤지지 않는 무공을 창안해 내기로 말일세."

림주의 시선이 창밖에 펼쳐져 있는 풍경으로 향했다.

"세월은 흘렀고 드디어 그에 버금간다고 자부하는 여의신공을 탄생시킬 수 있었네. 하지만 그때쯤 생각지 못한 문제가 생겼지. 바로 혈마의 죽음과 영원할 것 같았던 내원의 붕괴였네. 당시 심정을 차마 말로는 표현하기 어렵구먼! 아무튼 그냥 모든 것이 일장춘몽으로 끝난 듯한 느낌이었네. 항시 부담스럽게 여겨오던 혈마와 검마의 합공을 상대해 보기도 전에 상황은 이미 끝이 났으니 참으로 허망하기만 했네. 또한 여의 신공을 대성할 만한 후인도 없으니 그 완성의 의미가 크게 퇴색되었다는 말일세.”

“그랬군요……!”

대경의 고개가 천천히 끄덕여졌다.

왠지 그의 말을 이해할 수 있을 것 같았다. 무릇 인간이란 죽어 이름을 남기고 싶어하는 것이 인지상정이었다. 더욱이 무인이라면 자신의 무공이 사장되는 것을 결코 원치 않을 것이다.

사실 자신이 태허무극검을 익힌 것 역시 같은 맥락이었다.

할아버지가 우화등선하시기 전에 사장되는 것을 안타까워 하시는 모습을 보고 익히기로 결심했던 것이다. 하물며 눈앞에 앉아 있는 천존이야…….

잠시 생각에 잠겨 있는 사이 림주의 목소리가 이어졌다.

“그 허망함을 이겨낼 돌파구가 필요했네. 이대로 여의신공을 사장시킬 수 없다는 절박한 심정이 밀려들었던 것일세. 후인을 찾아 돌아다니기도 하고 은둔 생활을 하는 기인을 찾아다니기도 했지. 하지만 얻은 것은 전무했네. 후인은 고사하고 소문난 기인이라고 해봐야 검마의 발끝에도 미치지 못하는 이들이 태반이었네. 결국 그 실망감은 점점 분노로 변해갔지.

무림이란 세상을 깡그리 파괴하고 싶었다는 말일세."

잠시 생각에 잠기더니 대경에게 시선을 고정했다.

"그 분노가 극에 달할 때쯤 흥미로운 소식을 접할 수 있었네. 바로 자네에 대한 일이었지. 처음에는 후인으로 삼고 싶은 충동이 있었지만 곧바로 마음을 바꾸었네. 여의신공을 펼쳐 보기로 말일세. 하지만 한 가지 문제가 있었네. 언제까지 자네의 성장을 기다리고 있어야 하느냐의 문제였지. 따라서 일정 기간 지켜보기로 했네. 그래서 만일……."

잠시 말끝을 흐리더니 천천히 말을 이었다.

"자네의 성장이 더디다고 판단되면 곧바로 무림으로 눈을 돌리기로 결심했었네. 한껏 무림을 휘젓고 싶었다는 말일세. 하지만 자네는 기대에 어긋나지 않도록 잘 성장해 주었네. 특히 마지막 관문이라 할 수 있는 이곳에서까지 말일세."

'그랬구나!

대경은 이제야 림주가 자리를 비웠던 이유를 알 수 있었다.

그는 내심 이곳의 고수들을 넘어서야 자신과 마주할 자격이 있다고 생각했던 것이다. 실로 정상에 서 있는 인물다운 자존심이었다.

'으음……!'

반면 생각할수록 등골이 시려지는 것을 느꼈다.

만일 자신이 빠른 시간 내에 무극의 경지에 오르지 못했다

면 천황문의 야욕과는 비교할 수도 없을 만큼 크나큰 재앙이
무림을 뒤덮었을 것이다.

그것은 자신이라고 예외일 수 없었다. 그저 거칠고 험한 회
오리에 휘말려 영문도 모른 채 난세를 탓하며 사라져 갔을 것
이다. 그렇게 생각에 잠겨 있는 사이 림주의 소리가 들려왔
다.

"자! 이제 오랜 기다림에 종지부를 찍을 때가 되었구먼! 어
서 나가세!"

림주는 환한 표정을 지으며 자리에서 일어났다.

잠시 그 모습을 바라보던 대경 역시 고개를 끄덕이며 림주
의 뒤를 따라 밖으로 향했다.


일다경쯤 지난 후, 전각 앞에는 대경과 림주가 오 장가량의
거리를 두고 마주 보며 서 있었다.

어느새 주위에는 은림의 기인들이 자리하고 있었다.

모두 눈빛을 반짝이며 이 인에게 시선을 집중하고 있었다.
바로 천외천의 림주와 무림을 대표하는 검황과의 대결이었
다. 참으로 흥미로운 대결이 아닐 수 없었다.

그들 중에는 그동안 친분을 쌓아온 곤왕을 포함한 사 인의
모습도 보였다. 하지만 그들의 얼굴에는 다른 이들과는 달리
근심으로 가득 차 있었다.

어찌 보면 당연한 일이었다. 그동안 함께 지내던 재미가 쏠쏠하던 젊은 친구가 이제는 머나먼 길을 떠날 시간이 코앞으로 다가온 것이다.

은림주 천존 혁원!

그들이 아는 림주는 빙설보다 차가운 인물이었다.

일단 신형을 움직이면 결코 자비를 모르는 냉정한 무인이었다. 한마디로 한없이 자애로워 보이는 이면에 차디찬 냉혈이 흐르는 승부사인 것이다.

한참 동안 고요한 침묵이 이어지던 순간이었다.

갑자기 림주의 주위로 형언하기 어려운 기운이 꿈틀거리며 솟아오르기 시작했다.

곧이어 화룡(火龍)이 창천으로 비상하며 거대한 절벽이 통째로 무너져 내리는 듯한 기세가 사위를 압박하며 엄청난 속도로 퍼져 나갔다.

"검황 장대경! 어서 오시게!"

그의 커다란 목소리가 장내에 울려 퍼지는 순간이었다.

대경의 신형이 미끄러지듯 북두칠성보를 밟으며 전방을 향해 쏘아져 갔다.

어차피 피할 수 없는 대결이고 넘어서기 어려운 상대였다. 하지만 꼭 가야 할 길이었고 물러설 수 없는 승부였다.

정녕 허무하게 막을 내리느니 선공에 승부수를 띄웠다. 자신도 모르게 내부에 잠들어 있던 호승심이 기지개를 켜며 깨어났던 것이다.

"허……!"

"저런……!"

순간, 장내에 지켜보던 고수들의 입에서 탄성이 흘러나왔다.

당연했다. 대체 림주가 누구였던가?

장내에서 지켜보는 모두가 무림에 나가면 일가를 세울 만한 인물들이었다. 그런 그들에게도 감히 상대할 엄두조차 못 내는 무의 하늘이 바로 림주였다.

그의 기세에 눌려 검 한 번 제대로 펼쳐 보지 못하고 끝날 거라는 예상이 보기 좋게 빗나간 것이다. 뿐만 아니라 감히 다가설 수 없다고 여겨오던 하늘을 향해 검을 날리는 젊은 검황의 모습은 차라리 신선한 충격이었다.

슈욱! 슈우우욱!

펑! 펑퍼벙! 펑! 퍼엉!

두 사람의 신형이 육안으로는 구분하기 어려운 속도로 뒤엉키며 거친 파공성과 요란한 폭음이 울려 퍼졌다.

대경의 새하얀 검신이 춤을 출 때마다 흰 기운이 꼬리를 물며 출렁이고, 림주의 양팔이 환영을 그려낼 때마다 주위는 무거운 압력에 짓눌렸다. 그렇게 질식할 듯 이어지던 이 인의 공간 속에 문득 일광이 번뜩이는 순간이었다.

콰과과광!

엄청난 굉음이 울리며 주위로 퍼져 나갔다.

동시에 하나의 신형이 피보라를 뿌리며 거세게 퉁겨져 나갔다.

'크흐흑!'

정신없이 뒷걸음질치던 대경이 검을 꽂아 신형을 멈추는 사이 여지없이 거대한 암벽을 연상케 하는 무거운 일장이 엄청난 속도로 날아들었다.

생각할 사이도 피할 공간도 없었다. 시리도록 차가운 한기가 등줄기로 치솟아오르며 머리는 쭈뼛쭈뼛 하늘을 향해 솟구쳐 올랐다. 전신에 소름이 돋아나며 신형은 무너져 내릴 듯 파르르 떨려왔다.

지금 본능은 온통 아우성치며 극성의 무극진기를 쏟아내라 강력히 경고하고 있었다. 어느새 무극진기는 주변의 자연지기를 극성으로 끌어들이며 터져 나갈 듯 온 혈(穴)을 부풀리고 있었다.

"심검무극!"

대경의 입에서 낭랑한 외침이 터져 나왔다.

고오오오!

소리도 없는 흰빛의 기운이 형언할 수 없는 속도로 부챗살

을 이루며 퍼져 나왔다. 흰빛의 기운이 더욱 새하얀 빛을 띠
더니 투명하게 사라져 가는 순간이었다. 그 무형의 공간을 거
대한 손 그림자가 짓누르며 떨어져 내렸다.

번쩍! 번쩍! 푸쉬시시식!

"크흐흑!"

대경의 입에서 고통에 찬 비명이 터져 나왔다.

동시에 가랑잎처럼 휘말려 오르며 세차게 퉁겨져 나갔
다.

곧바로 비틀거리며 일어서는 그의 두 눈은 불신으로 가득
차 있었다. 태허 진인의 혼이 담겨 있는 태허무극검의 최절초
심검무극이 깨진 것이다. 너무도 어이없는 현실에 넋을 잃고
있을 때였다.

림주의 커다란 목소리가 들려왔다.

"실망이구나! 겨우, 그것이었더냐! 고작 그 자연을 담은
무공으로 여의신공을 상대하려 했다는 말이냐……? 보여주
리라! 나 천존의 평생을 담은 여의신공의 끝을 보여주리
라!"

그의 분노가 실린 외침이 장내에 울려 퍼졌다.

어느새 그의 양팔은 하늘을 향해 내뻗어지고 그 움직임을
따라 거대한 기운이 솟구쳐 올랐다.

"여의멸절(如意滅絶)!"

림주의 노성이 평탄면을 뒤흔드는 순간이었다.

우르릉! 우르르릉!

갑자기 수풀에 폭풍우가 휩쓸고 지축이 뒤흔들리며 평탄면이 요동쳤다. 그 혼돈 속에 거대한 기운이 하늘을 시뻘겋게 물들이며 사위를 뒤덮었다.

‘아……!’

하늘이 갈라지고 있었다.

시리도록 붉게 물든 혈천(血天)이 조각조각 갈라지고 있었다. 어느새 혈천은 수많은 혈린(血鱗)으로 변해 사위를 뒤덮으며 무너져 내리고 있었다.

‘어찌……!’

순간, 대경의 머릿속이 하얗게 비어갔다.

전신의 주요 혈도가 가닥가닥 막히고 흘러내린 선혈로 피범벅이 된 신형을 힘겹게 지탱하는 사이, 세상은 온통 혈린(血鱗)으로 가득 차며 형언할 수 없는 속도로 쏟아져 내리고 있었다.

아무것도 생각나지 않았다. 아니, 아무것도 상상할 수 없었다. 그저 세상을 온통 붉게 물들이는 혈천의 조각난 혈린들이 시선을 가득 메워올 뿐이었다.

문득 허무한 삶이었다고 느끼며 눈을 감는 순간이었다.

…어쩌면 태허무극검에 하나의 깨달음이 더 있을 거란 생각이 든
다…….

　갑자기 할아버지의 영상이 떠오르며 마지막으로 남기신
서찰의 문구가 뇌리를 파고들었다.
　'아……!'
　대경은 머릿속이 환하게 밝아오는 것을 느꼈다.
　그랬다. 심검무극조차도 거대한 자연을 담고 있을 뿐, 결국
깨달음의 한계에 얽매여 있었던 것이다. 시원은 시원이라 생
각했던 그 모든 사고 이전의 자연(自然)하는 움직임으로 기나
긴 세월을 담아 묵묵히 흘러갈 뿐이었다.
　인간의 그 어떤 잣대로도 표현이 불가능한 것이다. 단지 억
겁의 세월처럼 기나긴 세월의 무게가 가까이 다가설 수 있을
뿐이었다.
　'가거라! 장구한 네 세월의 무게를 담아 조각난 하늘을 감
싸 안아라!'
　순간, 대경의 쾌허검이 형언할 수 없는 속도로 허공을 갈랐
다.
　고오오오오!
　검의 움직임을 따라 텅 빈 시원이 모습을 드러냈다.
　시간과 공간이 정지하며 모든 것은 태초의 시원으로 변해

갔다. 그 시커먼 공간 속으로 세상의 모든 것을 파괴할 것만 같던 혈린들이 엄청난 속도로 파고들었다.

번쩍! 푸쉬시시식!

번쩍! 번쩍! 푸쉬시시— 식!

그것으로 끝이었다. 오직 번뜩이는 섬광만이 가득할 뿐이었다. 한순간 모든 혼돈이 사라지고 고요한 정적이 찾아왔다.

'으음!'

림주의 얼굴에는 믿을 수 없다는 표정이 떠올라 있었다.

조금 전 혈린들이 떨어져 내리며 대경을 뒤덮는 순간이었다. 갑자기 모든 것이 일시 정지하며 드러난 시커먼 공간 속으로 혈린들이 모두 사라져 버린 것이다. 더불어 자신 역시 항거할 수 없는 기운에 얽매이며 휘말렸던 것이다.

하지만 그의 시선은 풀리지 않은 의문으로 가득 차 있었다.

"대체 그것이 무엇이었는가?"

대경이 부르르 떨리는 신형을 간신히 지탱하며 힘겹게 입을 열었다.

"검에 세월의 무게를 담아보았습니다!"

"세월, 세월의 무게라……!"

순간, 림주의 입가로 굵은 혈선이 쏟아져 내리기 시작했다.

동시에 전신에 수많은 혈선이 그어지며 그 혈선을 따라 핏물이 마구 뿜어져 나왔다. 어느새 림주의 신형은 온통 피에

젖은 혈신(血身)이 되어 있었다.

"허허허! 그랬구먼……! 그 어떤 것도 넘어설 수 없는 것이 바로 세월의 무게였구나! 허허허! 풋허허허!"

림주의 커다란 웃음이 장내에 울려 퍼지는 순간이었다.

그의 혈신에서 폭발할 듯 거대한 기운이 용솟음치며 숫구쳐 올라 거대한 회오리를 이루며 사방을 휩쓸었다.

우르르릉! 쿠르르릉!

은림이 자리한 평탄면은 또다시 거세게 흔들렸다.

동시에 곳곳에 틈이 벌어지더니 시커먼 속을 드러내며 서서히 갈라지기 시작했다.

"피해라! 무너진다!"

"평탄면이 갈라진다! 어서 뒷산으로 물러나라!"

여기저기서 고함이 터져 나오며 장내에 울려 퍼졌다.

순간, 장내에 있던 은림의 기인들이 형언할 수 없는 속도로 뒷산을 향해 뿔뿔이 신형을 날렸다. 가히 전광석화와 같은 움직임이었다.

쾅! 콰르릉! 콰앙! 쾅콰르르릉!

그들의 빗살같이 쏘아져 가는 움직임과 함께 거대한 평탄면이 하나둘 조각이 되어 무너져 내렸다.

콰과광! 콰광! 쾅! 콰과과과— 광!

지축이 마구 뒤흔들리는 가운데 엄청난 폭음이 사방으로

퍼져 나갔다.

그 사이로 희뿌옇게 피어오른 흙먼지가 드높이 흩날리며 뒷산마저 삼켜 버릴 듯 사위를 뒤덮었다. 어느새 푸른 하늘은 사라지고 온통 잿빛 안개에 휩싸이며 태초의 혼돈을 보는 듯 어둠 속으로 하나둘 빠져들고 있었다.

그렇게 기인들의 별천지였던 은림의 평탄면은 거대한 텅 빈 태허 속으로 서서히 자취를 감춰며 사라져 갔다.

*      *      *

구화산은 안휘성 최고의 불산(佛山)으로 시왕봉을 중심으로 백여 개의 봉우리가 솟아 있고 소나무와 대나무, 그리고 각종 기암괴석이 한데 어우러져 천하 절경을 이루는 수려한 산세를 자랑하고 있다.

또한 불타의 숨결을 느끼게 해주는 많은 불교의 유적이 곳곳에 산재해 있고 지장보살의 도량인 화성사를 찾는 신도들로 항시 북적이는 곳이었다.

홍살식귀(紅殺食鬼)!

이십여 년 전 화성사에서 태평호로 이어지는 가파른 산길은 인적이 드문 장소로 유명했다.

이곳 일대를 주름잡던 구화채를 단 하루 만에 박살 내고 음

식을 거둬간다는 홍살식귀에 대한 소문이 퍼지면서 사람들의
발길이 급격히 줄어든 것이다.

하지만 소문은 항시 과장이 되는 법. 홍살식귀가 붉은 귀신
이며 산 사람의 간을 파먹는다는 해괴한 소문까지 나돌면서
사람의 발길이 아예 뚝 끊기고 말았다. 결국 그로 인해 구화
채마저 해체의 길을 걸어야 했다.

홍귀로(紅鬼路)!

구화산 일대에서는 그 무시무시한 산길을 홍귀로라 불렀
다.

당시 구화채가 해체되며 산중호걸들조차 모두 그곳을 떠
나갔지만 오갈 데 없는 일부만이 남아 밭을 일구고 약초를 캐
며 근근이 생계를 유지해 오고 있었다.

그러던 어느 날이었다. 갑자기 화가 복으로 바뀌어 추운 겨
울이 지나고 따스한 봄날이 찾아왔다.

이제는 무림의 전설이 되어버린 검황 장대경과 그의 양할
아버지인 무당의 태허 진인, 그리고 마교 내원의 최고수로 알
려진 혈마가 함께 생활했다는 황산의 모옥이 알려지면서 그
일대가 일약 무림의 성지로 변한 것이다.

이후 사시사철 그곳을 찾는 무림인의 발길이 끊이지 않았
다. 더불어 홍귀로는 구화산을 거쳐 황산으로 향하려면 꼭 지
나야 하는 유일한 길목이기에 항시 인파로 북적이는 주요 통

로가 되었다.

검황객잔(劍皇客棧)!

오늘날 구화산에서 화성사와 더불어 빼놓고 얘기할 수 없는 이름이었다.

홍귀로에 위치하며 화성사에서 태평호를 거쳐 황산의 검황이 지내던 모옥에 이르기까지 저렴한 비용의 숙식은 물론 안내까지 도맡아주는 객잔으로 유명했다.

거두(巨頭) 지대웅!

팔 척 거구에 험악한 인상을 지닌 검황객잔의 주인이었다.

이전에 그가 구화채의 산중호걸 출신이라는 의견이 분분하지만 손님 하나만큼은 친절히 모시기로 소문난 인물이었다.

더욱이 그가 예전에 검황과 친분이 있었다는 사실이 알려지면서 검황객잔은 더욱 구화산의 명소로 탈바꿈하게 되었다.

현재 고령(高齡)임에도 불구하고 오십여 년간 하루도 빠짐없이 화성사의 산문을 지키고 있는 활불 해명과 함께 구화산의 유명 인사에 속했다.

"어서 떠날 채비를 마쳐라!"

지대웅의 커다란 목소리가 객잔의 앞마당에 울려 퍼졌다.

그곳에는 객잔 식구들이 분주히 오가며 검황의 묘옥으로 떠날 채비를 하느라 여념이 없었다.

오늘은 무림에서 명성이 자자한 인물들을 모시고 황산으로 향하는 날이기 때문이었다. 이 년에 한 번씩 맞이하는 특별한 날인 것이다.

그들은 함께 오는 일행이 워낙 많아 객잔에서 모두 소화할 수가 없었다. 따라서 정기적으로 가사를 두둑히 해주고 있는 해명에게 부탁해 아예 화성사의 지객당을 통째로 빌려 그곳에 머무를 수 있도록 배려했다.

그곳 역시 검황과 진중화의 깊은 추억이 남아 있는 곳이라 모두 만족해하며 지냈다. 아무튼 그들이 곧 당도할 시간이 다가오고 있었다.

'오셨구나!'

지대웅이 재빨리 화성사로 향하는 갈림길로 향했다.

그곳에는 육남이녀가 담소를 나누며 천천히 걸어 내려오고 있었다.

현 무림의 십대고수에 속하는 칠 인과 천하제일지라 불리는 인물이었다. 그들의 사이가 워낙 돈독해 달리 무림팔천(武林八天)이라 불리기도 했다.

바로 염무, 사마염, 한성, 숙빈, 청허, 백리향, 그리고 혜연과 이매였다. 그들 역시 묵묵히 흘러가는 세월만은 비껴갈

수 없는 듯 어느새 불혹에서 이순이 넘는 나이가 되어 있었
다.

"오랜만에 뵙겠습니다!"

쩌렁쩌렁한 지대웅의 목소리가 울려 퍼지자 일행이 환한
웃음을 지으며 다가왔다.

"허허허! 그동안 잘 지냈는가?"

"허! 구화산의 정취가 좋아서 그런가? 갈수록 회춘하는 것
같구려!"

"호호호! 대호(大虎)를 닮은 목소리는 여전하시네요."

"허허허! 이곳에 오면 항시 반겨주는 이가 있으니 정말 좋
구려! 어서 갑시다!

태허 진인과 소희에게서 이어진 대경의 인연이 회오리바
람 속에 퍼붓는 소낙비였다면 대경에게서 이어진 이들의 인
연은 창천에서 쏟아져 내리는 따사로운 햇살이었다.


다음날 오전, 일행은 황산의 이름 모를 계곡에 도착해 있었
다.

그곳에는 예전의 형태를 유지하고 있는 모옥과 마치 폐허
를 보는 듯 무너져 내린 모옥이 공존하고 있었다. 바로 대경
과 혈마가 나란히 사용하던 두 채의 모옥이었다.

그 앞마당에는 커다란 돌기둥이 하나 세워져 있었다. 거기

에는 다음과 같은 글이 새겨져 있었다.

그대의 숭고한 희생으로 무림의 평화를 지켰으니 그 높은 은덕을
어찌 갚으리오? 전 무림인의 뜻을 모아 우리가 부를 수 있는 가장 고
귀한 존칭, 검황으로 기억하겠나이다!

무림맹주 공령.

소하에서 맺은 인연을 결코 잊지 않겠나이다. 정무방의 영원한 지
존이시여!

정무방주 낭인왕 지천후.

반면 무너져 내린 모옥을 바라보며 안타까워하는 이가 있
으니 바로 백리향이었다.
'허! 갈수록 변해가는구나! 혹여 소중한 기억마저 잊혀지
는 것은 아닐는지……'
문득 그의 머릿속으로 사제 위지천과 대경에게 구원을 받
은 후 이곳에서 함께 지내던 기억들이 주마등처럼 스쳐 갔다.
분명 엊그제의 일처럼 느껴지건만 세월은 유수와 같으니
그저 야속하기만 했다. 어느새 모옥들은 세월의 무게를 이기
지 못해 무너져 내리고 자신의 숯 같던 머리에서 하나둘 백발
이 피어나니 참으로 무상할 뿐이었다.
'당주님! 정녕 떠나신 것입니까?

사마염의 눈시울은 어느새 붉어져 있었다.

대경이 무거운 짐을 짊어지고 홀로 은림으로 향하기 전날, 서로 부둥켜안고 흐느껴 울던 당시의 기억이 떠오른 것이다. 그때의 감정이 아직도 생생하건만 그의 모습은 점점 기억 속의 저편으로 사라져 가고 있었다.

더불어 지레 막으려 해도 백발이 제 먼저 찾아들며 무심한 세월만 말없이 흘러가고 있었다.

일행은 돌기둥과 두 채의 모옥을 번갈아 바라보며 지난 기억을 떠올리는 듯 깊은 상념에 잠겨 있었다. 그들 중에는 약립 아래로 눈물을 훔치고 있는 이매의 모습도 보였다.

휘이이잉!

어디선가 한줄기 바람이 불어와 상념에 젖어 있는 일행의 쓸쓸한 마음을 달래주었다.


언젠가는 천지만물의 변화를 담은 거대한 수레바퀴 속에 큰 축을 담당해야만 했던 검황지존 장대경은 점차 세인들의 기억 속에서 사라져 갈 것이다.

그리고 또다시 거친 회오리바람과 소낙비가 몰아치며 또다른 검황지존의 탄생을 원하게 될 것이다. 그렇게 장구한 세월은 자연해 왔고 현재도 자연하고 있으며 앞으로도 자연해 갈 것이다.

너무도 크고[大] 이름지을 수도 없으며[道] 상제보다도 먼저
인[象(上)帝之先] 그 텅 빈 시원의 자연(自然)하는 변화 속에 우
리 인간의 욕심이야…….




『검황지존보』 제6권 終

# 무한 상상 · 공상 세계, 청어람 신무협&판타지

『한백무림서』11가지 중『무당마검』,『화산질풍검』을
잇는 세 번째 이야기 『천잠비룡포』의 등장!!

천잠비룡포(天蠶飛龍袍) / 한백림 지음

천상천하 유아독존!!
새로운 무림 최강 전설의 탄생!!

# 『천잠비룡포』
## (天蠶飛龍袍)

**천잠비룡황**, 달리 비룡제라 불리는 남자.

그는 누군가의 명령을 받고 움직이는 남자가 아니다.
그는 자신의 적을 앞에 두고 물러나는 남자가 아니다.
그는 자신의 이름 안에 있는 자들의 원한을 결코 잊는 남자가 아니다.

그 누구보다도 결정적이고 파괴력있는 면모를 지닌 남자.
황(皇)이며, 제(帝). 그것은 아무나 지닐 수 있는 칭호가 아니다.
그는 제천의 이름으로도 제어할 수가 없는 남자였다.

무적의 갑주를 몸에 두르고
가로막은 자에게 광극의 진가를 보여준다.

# 무한 상상 · 공상 세계, 청어람 신무협&판타지

## 설봉 新무협 판타지 소설!
## 절대로 놓칠 수 없는 2006년 최고의 걸작!!

마야(魔爺) / 설봉 지음

강렬하다……!
절대적 무협 지존!

# 『마야』
# (魔爺)

**소사(小事)로 시작되어 천하대란(天下大亂)으로 이어지는
끝없는 피의 역사…**

북검문(北劍門)과 남드문(南刀門)의 탄생이었다.

두 세력은 장강을 경계 삼아 전쟁을 방불케 하는 싸움을 벌이고 있다.
삼십 년…… 삼십 년 동안이나…….

그리고 절대 죽을 것 같지 않던 그가 죽었다.

**"나를 죽인 건…… 큰 실수야.
나보다 훨씬 무서운… 곧… 곧 너희를…….”**

# 청어람 판타지의 재도약!!

## 혁신과 참신함으로 무장한
## 새로운 판타지 전문 브랜드의 탄생!

판타지계의 커다란 근간을 이뤄온 청어람 판타지 소설!
새로운 브랜드 「알바트로스」라는 커다란 날개를 달고
거대한 웅비를 시작합니다.

알바트로스는 판타지의, 판타지를 위한 개척자이자 도전자로 존재하겠습니다.

알바트로스는 형식적이고 나태해진 판타지계의 구습을 벗어나겠습니다.

알바트로스는 판타지계의 도약을 위한 든든한 날개 역할을 묵묵히 수행합니다.

알바트로스는 변화와 혁신을 통해 새롭게 태어날 환상 공간입니다.

알바트로스는 판타지를 아끼고 사랑하는 이들을 향한 청어람의 굳은 약속입니다.

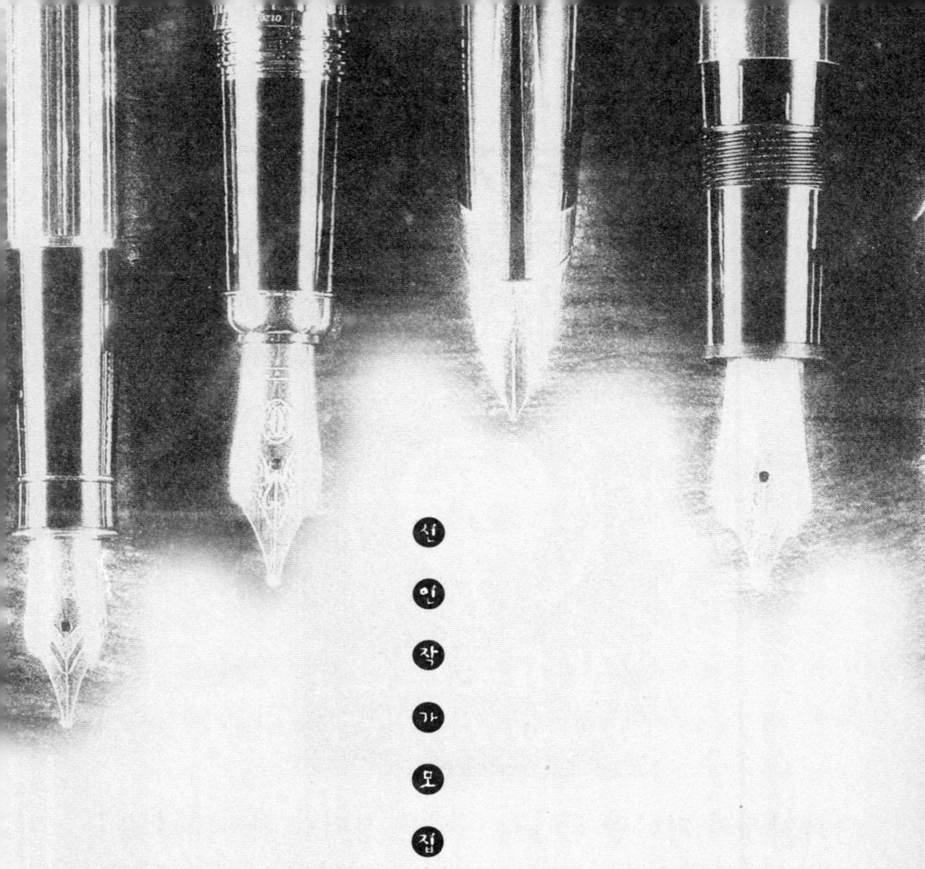

# 다세포 소녀 원작 만화 출간!!



전국 서점가 최고의 화제작!

## OCN 슈퍼액션 드라마 시리즈 방영!

### 왜? 사람들은 다세포 소녀에 주목하는가! 상식을 뒤엎는 기발하고 엉뚱한 상상력!

## 『다세포 소녀』의 숨겨진 힘!!

다세포 소녀 원작만화 (전 5권 예정)

B급 달궁 글·그림 | 값 9,000원 / 부록 예이츠 시집

몇 페이지만 읽어도 좌중을 휘어잡을 이야깃거리가 넘쳐난다!

둔감해진 머리에 영감을 주는 아이디어가 마구마구 솟구친다!

원작을 더욱더 빛내주는 기발한 댓글 퍼레이드!

300만 다세포 폐인을 열광시킨 상식을 뒤엎는 엉뚱한 상상력!

## 또 하나의 이야기! 또 하나의 재미!

## 소설 『다세포 소녀』

초우 장편소설 | 값 9,000원 / 원작자 B급 달궁

"그건 모르겠고, 나는 외눈의 사랑이야. 사랑을 줄 수는 있어도 마주 할 수 없는 사랑이지. 두 눈을 가진 사람은 주고받을 수 있지만, 나는 주는 것만 할 수 있어. 나는 주는 사랑으로 족해. 외사랑이지."

– 외눈박이

# 초등학생이 반드시 읽어야 할 좋은 책 49권

각 학년별로 초등학생이 반드시 읽어야할 좋은 책을 선정하여 통합논술의 기본이 되는 '올바른 독서법'을 일깨워 줍니다.

## 교과서와 함께하는 초등학교 통합논술

초등1학년 | 값 12,000원 / 초등2학년 | 값 9,500원 / 초등3학년 | 값 11,000원 / 초등4학년 | 값 9,500원 / 초등5학년 | 값 9,500원 / 초등6학년 | 값 11,000원

### ♣ 혼자 할 수 있어요.

엄마가 책 읽는 방법을 가르쳐 주어도 좋아요.
독서지도하는 선생님이 가르쳐 주어도 좋답니다.
"초등 교과서와 함께하는 **통합논술 시리즈**"는
아이 스스로 독서할 수 있도록 꾸며진 책이에요.
엄마와 선생님은 요령만 가르쳐 주시면 된답니다.

### ♣ 교과서의 중요한 내용이 총정리되어 있어요.

각 학년별로 중요한 교과 내용이 함께 수록되어 있어요.
초등학생은 교과서 내용을 충실하게 공부해야 합니다.
아울러 그와 병행한 독서가 대단히 중요하지요.
"초등 교과서와 함께하는 **통합논술 시리즈**"는
두가지 방법 모두 알려준답니다.

### ♣ 이 책은 훌륭하신 선생님들이 함께 쓰신 책이랍니다.

동화작가 선생님들이 쓰셨어요. 소설가 선생님도 쓰셨답니다.
국어 논술독서지도 선생님들도 함께 쓰셨지요.
"초등 교과서와 함께하는 **통합논술 시리즈**"는
엄마의 마음으로 모든 선생님들이 함께 꾸민 책이랍니다.

# 입소문을 통해 아는 분은 다 알고 계십니다!
# 올 한해 공인중개사 최고의 화제작!

1~2권 합본 | 이용훈 지음
3~4권 합본 | 이용훈 지음
5~6권 합본 | 이용훈 지음
용 어 해 설 | 이용훈 지음
1~2차 문제풀이집 | 이용훈 지음

## 수험생 기본 필독서
# 만화 공인중개사

## 제목 : 만화공인중개사 쓰신 분에게 감사드립니다.

학원을 두달 다녔어요. 근데 과연 그 숫자 외우기 그렇게 몇 문제나 나올까 생각을 했어요. 아니라는 생각이 드네요. 학원강의를 뒤로 하고 서점을 갔어요. 내 머리에 가장 이해될 수 있는 책이 없나 하구요. 거기서 만화를 발견했어요. 무조건 세번 봤어요. 3개월 걸렸어요. 문제집을 보라고 했는데 그건 시행을 못했어요. 근데 합격을 했네요.

어떻게 감사의 말을 해야 될지…

도서관에서 만화책 들고 다니니까 사람들이 바웃더라구요. 만화책으로 공인중개사를 공부한다고 미친사람 처럼 보더라구요. 근데 그거 다 감수하고 했던 내가 자랑스럽습니다.

어떻게 감사의 말을 해야 할지 정말 감사합니다.

부디 행복하세요. 제 나이 41살에 좋은 스승을 만난 거 같습니다.

엎드려 감사드립니다.

-본사 홈페이지에 독자분이 올린 메일 中 에서 발췌-

# 잘나가고 싶은 사람은 읽어라!

그에게 한눈에 반했다! 그것은 분위기 탓?
애인과 나란히 걸어갈 때 당신은 좌, 우 어느 쪽에 서는가?
**이성은 왜 서로 끌리는 걸까? 그 심층 심리를 해명한다!**

## 30초의 심리학

■ **30초의 심리학**
아사노 하치로우 지음 / 계일 옮김 | 값 8,500원

처음 본 사람인데 와 닿는 느낌이
너무나도 강렬한 사람이 있다.
흔히 하는 말로 '필이 꽂힌 사람',
그래서 잊혀지지 않는 사람,
한눈에 반했다고 하는 것이 바로 그것이다.
이런 인간의 감정을 논하는 데
남녀의 구분이 있을 수 없다.
사랑하는 그, 혹은 그녀를
생각하는 것만으로도 가슴이 두근거린다.
이상할 것 없다. 당연히 그럴 수 있는 것이다.
그렇기에 인간을 감정의 동물이라 하지 않는가.
그러나 그렇게 좋아하는 그 사람이
어느 날 갑자기 싫어지는 경우는 왜일까?

Psychology